Liame

LARANJA ● ORIGINAL

Liame

Cláudio Furtado

1ª Edição, 2020 · São Paulo

Vejo uma cidade estrangeira. Vivi sempre aqui. É cedo num dia de primavera. Estou matando aula, sentado num banco do parque e posso ver a escola. Não, eu nunca comecei a escola, sou mais jovem, ainda nem aprendi a falar. Isso vai ser o que resta para mim, a última música, a última mãe. Paguei durante anos para poder vir para cá — as marcas negras estão coladas na alma feito etiquetas de hotel em mala do globetrotter — paguei com dias e noites para voltar ao ponto de partida que é zero. Mas não é zero. É um zero que se enche de luz, que começa a irradiar, aquecer, é o sol que dança sobre o horizonte da floresta na mesma cadência que o trem. Pode ser que me engane.

TOMAS TRANSTRÖMER, *Mares do Leste*, 1977[1]

---

1 Tomas Tranströmer. *Mares do Leste*. Tradução: Márcia Sá Cavalcante. Belo Horizonte: Editora Ayiné, 2018.

Sumário

- 9   Ouvir, dizer
- 29   Rua abaixo
- 53   Elevação
- 73   Ciclone oriental
- 91   Emergência
- 113   Mecânicas
- 131   Encontro
- 143   Vertigo
- 159   Antigamente
- 169   Sob as águas
- 183   Terra
- 197   Aída
- 205   Em casa
- 221   Janus
- 233   A festa
- 255   A carta
- 267   Correr
- 281   Dormir, sonhar, talvez...

Ouvir, dizer

Talvez a cem por hora, o Ford 53 deslizava em desabalada corrida, produzindo um misto de medo e excitação. Eu era jogado de uma porta à outra, dançando no banco de trás como um João Bobo. Corríamos do próprio tempo. Eu, à mercê dos fatos, e o cabo Agenor dos próprios instintos. A estrada vazia não oferecia obstáculos para a imprudência.

— Seu pai falou que você não pode vir na frente.
— É frescura dele. Eu não gosto de ir atrás, parece madame.
— Eu não posso desrespeitar seu pai. Se ele me perguntar eu conto a verdade.
— Ele não vai perguntar, não está nem aí.
— Não conte comigo. Você veio para frente desrespeitando minhas ordens.
— Está bem, eu digo que a culpa foi minha.
— Vai dar merda!
— Deixa de ser cagão.

Na curva da morte, o carro me jogou para a esquerda e segurei no descanso da porta para não ir para o colo do cabo. Em seguida, o carro me jogou violentamente sobre a minha porta e ela se abriu. Fiquei com os pés sobre o banco, e a mão na alça da porta. O Cabo Agenor puxou o meu pé, sem largar a direção, o carro fez um cavalo de pau, rodou diversas vezes pelo asfalto e, de repente, senti a porta escapar da minha mão, o carro deu um tranco na mureta de contenção, fomos raspando nela e o cabo Agenor esqueceu a direção, concentrando-se em me conter; um segundo de descuido e eu teria sido jogado para fora do carro. Paramos atravessados na pista a uns cinquenta metros da porta amassada, perto do acostamento. Logo atrás, um enorme FêNêMê desviou de nós por um triz e continuou viagem, em seguida um carro depois do outro foi parando, produzindo ruídos estridentes de pneus se desgastando no asfalto. Ficamos alguns segundos imóveis no carro até entender o que havia acontecido.

— Aquele FêNêMê me passou, vinha desabalado na curva e me jogou sobre a mureta. Graças a Deus que o menino estava no banco de trás, se não ia acontecer um desastre.

Fiquei firme e confirmei a história do Agenor. Como era um carro militar, ninguém pôs em dúvida a história. O cabo colocou a porta amassada no porta-malas e seguimos viagem, agora mais devagar e eu no banco de trás e dessa vez forçando meu balanço pela extensão do banco, como se estivesse num parque de diversões.

— Se eu não tivesse passado para o banco da frente, você não ia conseguir me segurar e eu morria.

— Nem pense nisso.

— Ainda bem que eu desobedeci a meu pai, se a porta de trás se abrisse, babau. Mas você bem que podia andar um pouco mais devagar.

— Não nas curvas.

Quase não havia fila na balsa e fomos direto para o píer. Lá um grupo do exército nos fez parar. Queriam revistar o carro. O cabo saiu para falar com eles.

— Não saia daqui, entendeu? Por nada nesse mundo saia deste carro! Entendeu? Só saia daqui se seu pai vier te pegar.

Os soldados do Exército revistaram o carro inteiro. Depois me mandaram sair. Eu disse que não saía. Então um soldado falou pelo rádio e entrou no carro conosco para atravessarmos o canal.

No Guarujá, havia uma praça de guerra formada. O píer do Yacht Club estava tomado por barcos de transporte de soldados, e a rua por uns três tanques e outros tantos caminhões de combate. "Meu Deus! Que está havendo?"

Chegou um capitão.

— Recolham o cabo.

— Ô menino! Sai daí! — Ouvi o grito sem saber de onde vinha, olhava para os dois lados e reconheci as divisas do capitão.

— O garoto se recusa a sair do carro.

— Rapazinho impertinente! — Disse o capitão.

— O que você está fazendo aqui?

— Estou vindo do médico em São Paulo. — Apontando o algodão no ouvido.

— Quem é você?

— Sou filho do comandante da Base.

— Ah! Filho do comunista.

— Meu pai não é comunista não, viu! Ele é legalista.

— Legalista é o nome que os comunistas se dão para disfarçar.

— O senhor quem é?

— Eu é que faço as perguntas aqui. Sou o capitão Erasmo, comandante desta missão.

— Interrogar um menino é uma missão muito perigosa?

— Cala a boca, ô moleque. O que você tem no ouvido? — Quase me deu um safanão na orelha.

— Eu operei o ouvido nos Estados Unidos e não podia entrar na piscina, mas entrei, deu problema e fiquei com muita dor de ouvido. Meu pai deu ordens para ninguém sair da base, só este carro, que leva a gente para escola quando não dá para ir de lancha, me levou até São Paulo.

— Quem está na Base?

— Meu pai, minha mãe e meu irmão.

— Não estou perguntando na sua casa. Quem está escondido lá?

— Se está escondido, como vou saber?

— Não me venha com palhaçada. Tem pessoas diferentes por lá?
— Que eu saiba não. Onde eles iriam ficar?
— O que tem no hangar?
— Avião.
— Não tem gente escondida?
— Não, eu juro que não. Fui lá ontem e não tinha ninguém lá.
— Safadinho, hein?
— Eu não fiz nada errado, não.
— Tem algum político lá na Base?
— Não, lá só tem soldado e oficial.
— Quais oficiais foram lá ultimamente?
— Eu não sei muito bem, mas todo mundo fica sabendo de tudo que acontece por lá. Lá em casa vão uns brigadeiros, um tal de Araripe, um que tem o nome parecido e eles falam que é o brigadeiro com mais horas em pistas de dança do Brasil.
— Ah! O Arariboia.
— É, isso mesmo. Tem o major Cossenza.
— Esse é nosso. E não tem político nenhum lá?
— O único político que foi lá é um senador que é primo da minha mãe. Ele tem um baita iate e nos levou para pescar no canal.
— É? Quem é ele?
— Senador A.
— O senador é primo da sua mãe? E quem é sua mãe?
— A mulher mais linda do mundo.
— Não é isso que eu estou perguntando. Molequezinho estúpido! Esse primo da sua mãe foi lá muitas vezes?
— Sei lá, um par de vezes no verão. Uma vez foi um tal de Jurema. Acho que era o dono das ervilhas Jurema.
— Espera aí!

O capitão Erasmo saiu e foi falar no rádio, demorou mais de hora, então o soldado voltou com o cabo.

— Podem ir. A missão foi abortada.

Entramos no carro e saímos bem devagarinho, em meio a muitos soldados armados e de capacetes como se fossem para a batalha. Ficamos em silêncio até o trevo para Vicente de Carvalho.

— O que você disse para eles?

— Nada, por quê? Falei alguma coisa errada?

— Não, pelo contrário. Aquele cara que falou com você é o comandante da unidade do Exército aqui de Santos. Eles estavam planejando invadir a Base.

— Como assim? Iam atacar nossa casa?

— Isso. Eu estava preso, tomei uns tabefes. Eles achavam que tinham uns pelegos dos estivadores escondidos na Base.

— Quem falou isso?

— Sei lá, nessas horas sai muito boato e ninguém sabe de onde saiu.

— Mas o que está acontecendo?

— O Jango foi deposto. Teve um golpe militar.

— O que é isso? Vai ter guerra?

— Não sei, mas ia ter uma guerra aqui. Graças a nós eles voltaram. Acho que estão prendendo todo mundo.

— Eu percebi que era coisa de política. Então apelei para falar do meu tio que é senador e tal. Acho que depois que falei isso, eles abrandaram.

— Eu te salvei na estrada e você nos salvou a todos.

— Você não me salvou, você quase me matou. Mas deixa pra lá. Vamos continuar com a história do FêNêMê.

A cidade de Vicente de Carvalho não passava de uma pequena vila que corria paralela à estrada para a Base. Havia lá umas vendas, um posto de gasolina e uma igreja. E muitos bares. A gente quase não ia para lá, a não ser quando precisava de gasolina.

A entrada da Base parecia outro campo de guerra. Cavaletes no meio da estrada. Rolos de arame farpado em volta. Barreira de soldados. Duas metralhadoras Ponto 50 ao lado do portão e uns vinte ou trinta soldados armados de metralhadora *Ina* e fuzis. Comparado com as tropas do Exército, não ia dar nem para o cheiro. Paramos na primeira cancela. Esperamos um pouco e aí nos liberaram. O cabo Agenor foi fazendo uns ziguezagues, até que finalmente entramos na Base. O carro parou na porta de casa e minha mãe veio correndo me ver.

— O que aconteceu? O que aconteceu com a porta do carro? Por que demoraram tanto? A gente estava preocupada. Seu ouvido, melhorou?

— Parou de doer. Aconteceu um monte de coisa. Mas nada de grave, não. Depois eu conto.

Eu não queria falar das minhas culpas. Desde criança só ia para piscina com um algodão embebido em glicerina no ouvido e uma touca de plástico costurada pela minha mãe. Era ridículo, eu detestava, os outros meninos gozavam de mim. Quando voltávamos da escola, estávamos pingando suor. A classe já era bem quente. As janelas abertas não davam conta de ventilar a sala repleta de alunos. A última aula terminava lá pelo meio dia e era uma tortura. Depois íamos de bonde até o porto. Se vinha um bonde aberto era legal, mas se fosse camarão, outra tortura. Lá tínhamos que andar umas três ou quatro quadras. Os galpões do porto faziam sombras nas ruas pela manhã, mas ao meio dia o sol batia nas nossas cabeças. Entre o fedor de pinga, cerveja, esperma e fezes, chegávamos ao cais da Base. Lá era legal. Todas as crianças se encontravam sob uma brisa refrescante vinda do canal de Bertioga e, depois da travessia, íamos para a piscina. Era uma piscina pequena de uns noventa centímetros de profundidade, a nossa brincadeira era afundar e pegar as pernas das meninas. Cada um tinha a sua preferida, mas a que eu preferia era também a preferida da maioria e, portanto, a mais difícil de se chegar. Suas pernas eram lisas e roliças, douradas com aqueles pelinhos nascendo bem amarelinhos, e as linhas contínuas sem acidentes. Seu rosto não era lindo. O cabelo alourado um pouco desgrenhado, olhos castanhos escuros e sobrancelhas bem claras. Um nariz um pouco pontudo, não grande. Eu achava bonito, nem todos concordavam. Falavam que era Raimunda, feia de cara e boa de bunda. Como não mergulhar para passar a mão naquelas pernas lindas, levar caldo dos concorrentes e continuar ali olhando os pés pequenos com o dedão menor que o seu vizinho? Ver aquela covinha nas costas. De touca? Nunca ia funcionar! Agora o médico me proibiu por um ou dois meses de entrar na piscina. Um micróbio se instalou no buraco que eu tenho na mastoide e infeccionou. Tinha que pingar cloromicetina no ouvido quatro vezes por dia. Ficar deitado de lado por horas, sem conversar. Um ouvido estava tapado pelo remédio, e o outro contra o travesseiro. Minha mãe ia ficar de olho e a filha do sargento nunca mais iria olhar para mim.

Quando não tinha escola as crianças iam desde cedo para a piscina. Fiquei no meu quarto, colocando minha coleção de flâmulas na parede. Pela primeira vez, tinha um quarto só meu. Grande, com duas amplas janelas que se abriam sobre o telhado da varanda para o canal. A vista era linda. O telhado, o gramado até a água, alguns coqueiros. Uma metralhadora Ponto 50 com dois soldados lá na pontinha do mar e, do outro lado, o movimento do porto, os enormes navios, os guindastes parados. Os rebocadores indo e vindo, não sei para quê. O barco do prático a comandar os navios pelos segredos das calhas mais fundas. Um cheiro de maresia que penetrava pelas entranhas da casa, pela mobília antiga emprestada pela minha avó. As paredes do quarto, azuis até uma barra bem alta, e o forro de estuque branco com algumas manchas de bolor. O lustre horroroso com lâmpada na cara, que eu nunca acendia. O radinho de mesa de madeira, onde se podia ouvir a Eldorado como se fosse em São Paulo. A escrivaninha, que tinha sido do escritório do meu tio, meio riscada, mas de boa madeira e do tamanho exato para as minhas pernas, acima dela uma estante de madeira trabalhada com curvas sinuosas e entalhes de madrepérola onde coloquei minhas coleções de "Monteiro Lobato" e o "Tesouro da Juventude", que havia me ajudado a construir um kart e um protótipo do que viria a ser um autorama. O tapete Santa Helena, grosso e pequeno no centro do quarto, com desenho de flores na borda. As flâmulas reunidas desde a primeira infância, agora cobrindo toda a parede do fundo. O calor. Ah! Como fazia calor! E os mosquitos? Não sei quem era pior. À noite, os mosquitos vinham interromper os sonhos com a filha do sargento em momentos cruciais. Eu ia para a janela, sentava-me no parapeito e respirava a brisa marinha. Ninguém passava na frente de casa e, se um soldado ou recruta passasse, não olhava para nós. O pescoço duro não virava. Eu podia ficar nu que ninguém ia reparar.

De dia, brincava de construir castelos com cartas de baralho. As boas eram aquelas *Copag 139* de papelão, com as costas vermelhas ou azuis. Eram rígidas e dava para fazer castelos imensos. As tardes modorrentas impediam que ventos destruíssem minha brincadeira. As estruturas formavam **A**s que se avizinhavam indefinidamente. Construir uma grande base era o trunfo para que o castelo fosse alto, mas logo esse artifício de pirâmide perdeu a graça. Então conseguia fazer uma pilha de cartas semi sobrepostas, que se apoiavam em dois **A**s distantes, e eu tinha um grande vão, mas era bem frágil a plataforma, requeria perícia e sorte. A umidade garantia alguma aderência às cartas, o que possibilitou construir uma estrutura equilibrada. Punha dois **A**s distantes, com a base passando além dos dois lados, e construía uma fileira de **A**s sobre essa plataforma elevada. Não se tratava apenas de apoio piramidal, agora era equilíbrio. Essa nova fase fascinou minha mãe e quando tentou contar para meu pai, este não prestou atenção. Como os castelos são efêmeros, minhas proezas ficaram entre mim e ela. Nosso segredo, nossa parceria. Meu irmão, eu acho, nem sabia onde ficava meu quarto. Atraído pelas meninas, não tinha tempo para nada. Ele ouvia Beatles, que eram a grande novidade. Eu gostava de João Gilberto e samba canção. Finalmente, antes da grande infecção, consegui fazer uma estrutura de cartas com três apoios no chão, e um conjunto de duas plataformas com vários **A**s seguidos, e outra plataforma acima que formava uma espécie de letra grega **PI** mais grossa. Eu chamava de estrutura em **T**.

À noite, quando o calor, os mosquitos e os medos não me deixavam dormir, costumava me sentar no parapeito da janela, com as pernas para fora, olhando a paisagem pela esvanecida luz da noite. Lá, ouvia a mansidão das águas do canal e a calma daquela Base isolada de tudo e que me davam uma paz, que me permitia passar horas sem que nenhum pensamento viesse me assolar. Quando os castelos caíram, voltei para a janela e vi a filha do sargento vindo em direção à minha casa. Ela olhou para mim e acenou. Fiz sinal para esperar. Não queria ela em casa. Meu pai ia pensar que eu estava paquerando a filha de seu comandado e não poderia mais falar com ela. Ele não tinha a menor ideia do se passava na minha cabeça, me via já grandinho e pensava que eu fosse um adolescente, mas ainda não era. As paixões eram de outra ordem. Corri para fora, ninguém me viu sair.

— Oi!
— Você não pode ir à piscina, não é?
— O médico me proibiu, até o fim do verão. Se minha mãe me vir, vai me pegar pela orelha, a outra.
— Eu fiquei com saudades. Aqueles meninos só querem ficar passando a mão em mim.
— E eu também.
— É, mas você é diferente.

Figura 1 A montagem de castelos de cartas é extremamente delicada, vento, tremores, qualquer coisa e a estrutura colapsa. Para o jovem recluso em seu quarto, a paciência não carece, mas para o adolescente, cuja vida está terminando logo ali, os colapsos podem se tornar a representação de si mesmo. O maior castelo que o jovem conseguiu foi esse de cinco andares. No meu entender, construir castelos com muros que os protege é burlar as regras fundamentais dos construtores de castelos de carta. Essa é a representação do castelo clássico construído a mercê dos ventos, passagem de caminhões pela rua, tremores manuais e golpes de vento pela abertura brusca de portas. Talvez parte do ódio fraterno seja tributário destas bruscas entradas comprometedoras em horas de trabalho duro, mas não sei se as interpretações têm qualquer serventia para a vida ativa, uma vez que as cartas colapsam com irmãos fraternos, competitivos ou indiferentes, há desmoronamentos de castelos por diversas causas e os sem causa alguma, caem porque estão montados. Cartas no pacote permanecem neste estado por anos, sem alterações aparentes. Desmorona o que está em pé. Há um livro magistral "A arte e a técnica de erguer castelos de cartas" de Ivon von Kurtz que é uma referência a todos os que pretendem se iniciar nesta arte. Ele ressalta a instabilidade insuportável dos diversos tipos de baralhos e as condições atmosféricas ideais para que tais castelos permaneçam íntegros até sua conclusão. O interesse de tais castelos não reside na demonstração a terceiros da façanha alcançada, resume-se à constatação pelo executor da precisão de sua obra, a arte da construção de castelos de cartas é introrepresentativa e não exorepresentativa, talvez isso explique a pequena difusão dessa arte nos tempos atuais de visibilidade e autopromoção.

— Agora eu vou almoçar. Você não quer me encontrar na metralhadora atrás do campo, depois do almoço?

— Está bom. Lá pelas duas horas todo mundo vai descansar.

Conversa de namorado já é uma coisa chata, mas entre pré-adolescentes é ainda pior. Não tínhamos muito o que falar. Então logo comecei a passar a mão naquelas pernas maravilhosas. Para minha surpresa, ela começou a passar a mão na minha. Como não sabia o que fazer, dei meu primeiro beijo e fomos embora, sem adeus ou qualquer combinação. "O que poderá acontecer?" Aviões passavam rasante sobre a Base. Barulho de explosões se ouvia do outro lado do canal. Navios de guerra cruzavam o horizonte. Meu pai não saía da sala de comando enquanto minha mãe estava com enxaqueca de preocupação. Ninguém entrava ou saía da Base, o telefone não funcionava. Cortaram a luz e um gerador barulhento fornecia energia até as nove horas quando só restavam lanternas dos soldados e cigarros se acendendo junto às Ponto 50, brilhando como os vagalumes.

Minha mãe dizia para não sairmos à noite. Era perigoso. Mas se aqueles tanques viessem atacar a Base, não ia sobrar nada nem ninguém, então ficar em casa ou na rua não fazia diferença. Eu ia até a frente da casa do sargento e ficava olhando a luz da sala. Todos ouviam o Repórter Esso, para saber o que ocorria e ninguém sabia nada. Alguns meninos pescavam sem nenhum sucesso. Parava nas Ponto 50 para conversar com os soldados, conversávamos sobre bobagens. Todos sabiam que eu tinha beijado a filha do sargento, mas tudo continuava em segredo. Diziam que o sargento não se dava bem com o meu pai. Mas quem se dava? A janela da sala de comando nunca apagava, mas ele ficava lá fazendo o quê? O canal manso não provocava ondas e o barulho leve da pequena arrebentação só se ouvia nas proximidades da costa. As noites eram muito quentes e não dava para dormir. Não adiantava reclamar, pois não poderíamos sair. O mundo pegando fogo lá fora e as estrelas fazendo vagarosamente seus círculos no céu limpo e mormacento, refletindo no canal impávido.

No dia seguinte, depois do almoço, voltei para trás do campo, e novamente a filha do sargento apareceu. Os soldados da Ponto 50 logo perceberam, um saiu para ir ao banheiro e o outro fingiu dormir. Já não havia mais tensão na Base. Parecia já estar tudo decidido. O Jango caiu sem nenhuma resistência. O presidente agora era um general Castelo Branco, começaram a rasgar a Constituição, cassar deputados e prender suspeitos. Meu encontro com a filha do sargento também tinha perdido a tensão do primeiro beijo e agora também não estávamos mais nos importando se soubessem ou não. Tudo estava por um fio. Tudo iria mudar dali a poucos minutos. Nos beijamos, ela me explicou que tinha de abrir a boca, eu não imaginava. Nos filmes, os beijos eram discretos. Como ela sabia? Que importa. Nos beijamos, ela colocou minha mão no seu peito. Eu comecei a tremer feito vara verde. Uma excitação que ainda não encontrava o lugar certo. Voltamos devagar, de mãos dadas, até avistar o prédio do comando. Continuamos conversando, olhando para o chão à procura de um assunto, nos cascalhos marinhos do caminho. Vimos meu pai sair, quase passou por cima de nós sem nos ver. Perdido nos próprios pensamentos não nos notou, nem a luz que batia no canal, nem as grandes folhas de cerejeiras que despencavam secas sobre o caminho, nem a brisa soprando do sul prenunciando chuva, nem as cores da grama que cediam o verde aos amarelados do sol inclemente. Pegou o Jipe para andar menos de cinquenta metros e estacionar em frente à nossa casa.

A passos lentos nos despedimos na frente de casa, sem beijos ou adeus. Lá em cima, no quarto, meus pais conversavam. Meu pai chorava. Revoltado. Não era reconhecido. Uma criança de quarenta anos. Ora, passei refeições mais refeições ouvindo-o falar mal dos golpistas. Dos lacerdistas que ocuparam a Aeronáutica. Ele era legalista. "O militar tem que respeitar a Constituição". Ora, não foram eles que ganharam? O que ele fez? Tinha poder, armas, tropa. É claro que não teria vez contra aquele exército no Yacht Club, mas se entregar sem lutar e depois reclamar que não era compreendido? Previdente ou covarde? Aquela empáfia toda. Aquele poder usado para nos bater, nos repreender, para dizer o que era certo e errado, onde estava? Ali, no colo da minha mãe. Ele que vá procurar a mãe dele! Eu era a criança ali, não ele. Ah sim! Eu ouvia quando ele comia minha mãe e estrebuchava no quarto ao lado. Eu sabia o que e como ele fazia. Ali ele era o grandão, o poderoso. Agora era um bobo covarde, usurpando minha mãe, que mal podia me fazer um carinho sem que ele sentisse ciúmes. Estava ali babando naquela saia linda, estampada com flores vermelhas e folhas verdes, sobre um branco que reluzia sua doçura, a paz conquistada ao custo de muita enxaqueca. Aquilo era o fim. Iríamos embora. Para onde? Sacolejando num banco de trás, estaria eu novamente subindo a serra. Para a casa da minha avó? Para São José dos Campos? E a filha do sargento? Eu a veria novamente? Algum dia? Não tinha telefone, não sabia seu sobrenome, só tinha dela as delícias de suas coxas, o sabor de sua língua roçando a minha e a visão de dias de sol que despencaram na primeira trovoada.

"Você perdeu. Não adianta culpar o juiz. Seu time foi fraco. Você foi fraco. A derrota faz parte do jogo. Isso é pai? Adeus, Santos." No dia seguinte, meus avós vieram com seu Gordini e fizemos uma pequena mala com o mínimo que tínhamos, nem o livro que eu lia consegui pegar. Subi a serra, agora espremido entre uma maleta da Varig e meu irmão, que parecia não saber o que estava acontecendo. Meu ouvido purgando uma cera espessa e contínua que manchava minha camisa, pipocava as minhas fronhas e cheirava mal. Por mais que eu pingasse cloromicetina no ouvido, a infecção não passava. Punha algodão e não durava dois minutos. Não dava para usar cotonetes, porque o algodão saía do palito. Tinha que fazer com um palito de fósforo e uma camada espessa de algodão para limpar um pouco. Aliviava enquanto eu limpava, mas logo depois voltava a escorrer e feder. Mergulhei, me feri para ver aquelas coxas e tive muito mais fora da piscina que dentro dela. Adeus piscinas, adeus paz.

O chororô do meu pai não passou tão cedo. Eu não suportava. Quis ir para o colégio interno. Qualquer coisa era melhor que isso. Dormitório dos médios, eu e meu irmão. Ele estava só um ano na minha frente. As constantes mudanças de cidade atrasaram mais ele que eu, o que mais eu tinha para fazer? Se fizesse uma amizade, dali a uns dias diria adeus a ela. Se encontrasse uma namorada, meu ouvido fedorento a afastaria. Sobrava para mim: ler, desenhar, construir castelos de cartas e olhar o mundo que passava pelo parapeito da minha janela.

As venezianas do dormitório no terceiro andar davam para a rua Loefgren, onde num dos sobrados morava uma bela jovem que gostava de se exibir. Abria a janela e mostrava seu sutiã para os que conseguiam chegar às venezianas na escuridão. Ela parecia saber que olhos a seguiam por trás das tiras de metal, que reluziam reflexos após a reza noturna. Muitos se enamoraram dela. Era mais uma imagem que uma pessoa. Mal dava para ver seu rosto, mesmo seu corpo. Tinha seios fartos, pernas roliças e cabelos soltos encaracolados. Se cruzássemos na rua, não saberíamos quem era. Ela talvez percebesse vultos atrás das venezianas. Certamente, não tinha certeza de que estávamos lá. Minha cama era embaixo da janela, o que me dava o privilégio de poder ficar mais tempo. O padre às vezes fazia uma ou duas rondas. Sempre ficava um para dar o sinal, mas depois das dez da noite todos iam dormir e eu voltava para as frestas, a ver o mundo. Ruas vazias, os sons dos cachorros longínquos ornamentando o silêncio da noite. As janelas da gordinha já fechadas e as luzes amareladas das ruas insistindo em realçar um pedaço de rua vazia, um luminoso apagado e um carro perdido. Ali podia ficar só sem pensar em nada, apenas olhando uma cidade em listas luminosas.

Aprendi que, se não comungasse aos sábados, iria ter problemas. Aprendi que só podia confessar o que me favorecia. Aprendi a abrir o tampo da mesa e escondido construir meus pequenos castelos. Percebi que, para ter sucesso na escola, era preciso ser bom de futebol e isso positivamente não iria conseguir. Mas, se não fizesse nenhum esporte, eu estaria arriscado de assédio. Aprendi a jogar bola ao mastro e, de tanto treinar, acabei ficando bom nisso.

O grande problema do colégio interno era a hora do banho. Os procedimentos eram complexos: o apito do padre tocava, tínhamos alguns minutos para entrar no box e tirar a cueca. Outro apito e um jato quente era atirado nas nossas costas, com uma violência que nos fazia imaginar o que tinham sido os campos de concentração. Outro apito, a água era cortada e nos ensaboávamos. Outro apito, outro jato quente, que ia esfriando aos poucos. Alguns segundos para se enxugar no box. Vestir a cueca e tínhamos que abrir a porta para o próximo grupo. Todos os cuidados eram tomados para que não acontecessem encontros sexuais entre os garotos. Na verdade, isso nunca tinha me passado pela cabeça até que cheguei lá. Aquilo seria uma indução, sugestão ou assédio?

De qualquer forma, a vida no colégio interno era bem melhor que na casa de meus pais. Havia espaço para eu ficar só, para o silêncio e para pensar em mim. A ausência de meninas não me incomodava. As pernas da filha do sargento só me perturbavam os sonhos, dando algum trabalho com os lençóis na manhã seguinte. Difícil era conviver com os colegas. Meu ouvido não parava, não havia tempo para pingar remédio quatro vezes por dia. Descíamos de manhã e só voltávamos à tardinha, na hora do banho, sem poder cuidar do ouvido. Na classe, depois do almoço, inevitavelmente o cerume começava a escorrer pela orelha e coçar o lóbulo, o que me levava a passar o dedo na gota que iria feder em minha volta. Os colegas começavam a caçoar e isso me constrangia muito. Um dia, chamei um dos mais chatos para uma briga no sábado, após nossa saída. Levei uma surra de dar gosto e, na segunda, o constrangimento foi ainda maior. Chamei-o novamente para briga no pátio. Meu irmão me viu apanhando e se meteu na briga, o padre o viu no momento em que ele esmurrava meu algoz e expulsou os dois. Minha maior proteção se fora. Eu e meu ouvido contra os canalhas. Para piorar, meu irmão contou para meus pais e eles foram falar com o padre. A partir de então, sofria com o desprezo silencioso, entre risinhos escamoteados e gestos sob as carteiras. Mas não há mal que sempre dure, meu ouvido melhorou um pouco no fim do segundo semestre e as brincadeiras se desviaram para outros infelizes. Minha avó me enchia de guloseimas, doces de latinha (leite Moça) e outras delícias que substituíam a comida intragável do refeitório. Certa vez, os maiores fizeram greve de fome em protesto contra aquela gororoba. Eu continuava a não comer nada e o padre veio me interpelar se eu estava fazendo greve. Respondi que não, que minha avó havia me trazido muitas coisas naquela semana (como fizera em todas as outras) e por isso comia pouco da gororoba. Tive que comer umas alfaces regadas a lesmas, um feijão boiando na gordura de porco e um arroz carunchado por alguns dias. Depois voltei ao normal.

Fim de ano me livrei do colégio interno. Me lembrei do Lupicínio Rodrigues "esses moços... vão ao inferno à procura de luz". A luz veio na forma de morar com meus avós. Ir estudar no Paes Leme, com meus pais morando no Rio. Na ilha do Governador. A mais de quatrocentos quilômetros de distância. O mundo começou a sorrir para mim. As listas luminosas das noites ganharam a amplidão do vale do rio Pinheiros.

Rua abaixo

Em maio, o azul paulista vagueia entre tons escuros do melancólico sul e a profusão luminosa plena de alegria tropical. O sol rompe a bruma úmida da manhã com sombras caravagescas. À noite, a brisa fresca transporta malhas amarradas na cintura para os peitos frágeis gelados pelo branco frio das estrelas que conseguem se sobrepor às luzes da cidade. Em maio a vida corre: as matérias escolares chegam ao seu cerne, os empregos se fragilizam com a queda do consumo invernal, os neófitos se recolhem, enquanto *habitués* se refestelam no La Bohème, no Stardust ou no Baiúca, onde os frissons humanos se acomodam em corações tenros e úmidos pelas madrugadas. Estou só, sentado a uma mesa na calçada do Fasano, na avenida Paulista, e ouço os ruídos vindos do salão no mezanino, homens e mulheres rindo, interrompidos por sons de raros ônibus, eventuais carros ou um ou outro cão. As coxinhas do Fasano são minha perdição. Me perco nos cartazes pregados nos postes: baile da medicina, "Noites de Maio" no seu Centro Acadêmico. Quem sou eu para competir com os estudantes da Pinheiros? Um fedelho que mal consegue seduzir as colegas tribufus, perdedor de sua paixão para o irmão mais velho, mais canalha e mais charmoso. Como consolação: uma cerveja dinamarquesa.

Seu nome é Ana, simples como um castelo de cartas. Bela como uma deusa clássica banhada pelo sol mediterrâneo, miscigenada pelas invasões, estupros e abusos que os milênios forjaram naqueles povos habitantes do Egeu. A maciez se irradiava pela pele juvenil intocada pelas agruras da vida não afetada pelas desilusões dos sonhos. Prima distante e desconhecida que vi numa manhã em São Vicente. O sol de verão transportou todos para a lancha que iria vagar por praias da costa sul, enquanto meu ouvido inclemente me colocou ao lado dos seus primeiros incômodos. A imensa sala envidraçada descortinava a ponte Pênsil e a ilha Porchat, destino dos rasgos espumantes da lancha apinhada de parentes, enquanto nossos braços se tocaram num gesto despretensioso, que colocou em suspensão os pelos dos meus braços e os devaneios imaginários. Seus longos cabelos, alisados com chapinhas, voaram suavemente na minha direção e seu sorriso branco, amigo e doce, abriu um rasgo na minha emoção. A ponte Pênsil sombreava a lancha e unia nossos espíritos, no que eu supunha, num laço eterno. Não havia sobre o que falar: escola, ano, onde morávamos e de onde vinha nosso parentesco. Sondei dissimuladamente se tinha namorado, sem sucesso. Morar no Itaim é legal? O Ofélia Fonseca era boa escola? Era bom ter tantos irmãos? Dois homens e duas mulheres e ela era a caçula. Não tinha pai, nisso éramos iguais; eu tinha, mas seria melhor que não tivesse. Estudar de manhã era mais legal, porque tínhamos a tarde toda para aproveitar. No meu caso, tinha a rua Augusta para passear antes do almoço, que era uma festa. Disse que a escola em Brotas era fraca e tinha medo de não acompanhar a escola de São Paulo. Seu sorriso franco acendia minha paixão, ela percebeu e ocultou o constrangimento. A lancha abarrotada voltava mais aliviada. Alguém havia cortado o pé num ouriço e iriam buscar de carro. A agitação dos retornados turbilhonou a suave brisa de nossa conversa com a precisa racionalidade da eficácia. Os sonhos se recolheram para as garagens da ilusão e a coragem se ocultou no retraimento. Horas se passaram na farmácia, providências e advertências, enquanto me recolhia no mundo silencioso, com o olhar vago sobre a baia repleta de cores do poente. Meses se passaram até que a coragem voltasse para, furtivamente, obter da minha avó o nome dos pais e outros segredos para alimentar minha imaginação: sua mãe era prima da minha, uma consanguinidade distante, moraram no interior até há pouco e vieram para São Paulo, porque os irmãos arrumaram emprego aqui e as meninas poderiam estudar em escolas melhores. Meu irmão rapidamente percebeu meu interesse e começou a me fustigar que eu estava apaixonado, que devia ir procurá-la na escola e pediu o telefone dela para minha avó. Sabia que dele nada de bom poderia vir, mas também conhecia sua habilidade com as meninas e os inúmeros sucessos, suas recomendações não eram para ser desprezadas. Passar pela cozinha e ver aquele telefone preto à espera da minha ação me revolvia o estômago. Protelei o quanto pude até que um dia, ninguém à tarde em casa, liguei para a prima.

— A Ana está?

— Quem quer falar com ela?

"Meu Deus, acho que é a mãe, não sei quem ela é, mas ela deve saber quem sou eu."

— Olá! Que prazer falar com você! A Ana me disse que o conheceu em São Vicente, veja que coisa, são primos e nem se conheciam. Na verdade, nunca o vi mesmo. Ela nasceu três dias antes de você e não pude ir à maternidade, mas sua mãe conheceu a Ana. Como vai sua mãe? Diga que estou com saudades, vou telefonar para ela. Ela está em casa agora? Eu gosto muito dela, apesar de não nos vermos há muito tempo. Eu fiquei muito contente que vocês se conheceram e ficaram amigos. Mudamos há pouco para São Paulo e a Ana não conhece ninguém. Vocês também moraram fora, não foi? Já vou chamar. Um beijo.

"Ainda bem que ela faz a pergunta e ela mesmo responde. Então a Ana falou de mim para a mãe. Que bom. E agora, o que eu falo?"

— Oi, que bom que você ligou, senão eu ia ligar, até perguntei para minha mãe o seu telefone. Quer ver, tenho aqui, olha: 3 4394.

— É isso mesmo.
— Viu? Quando você quer vir aqui? Amanhã à tarde?
"Como foi fácil! Ela facilitou tudo para mim!" Com a coragem de um Odisseu, a ousadia de um Aquiles e a determinação de um Aníbal, desci o espigão da Paulista no Fábrica-Pinheiros até a Joaquim Floriano e andei até a Uruçuí. Uma casa comum, geminada de um lado e entrada de carros do lado direito. A garagem transformada em sala de estudos, misturada com depósito. Fachada em chapisco grosso, janelas em arco, emolduradas por massa lisa cravejada de granito cinza. Telhado de duas quedas sem calha. Chão de cimento, portão de ferro de um metro de altura. Uma pequena cobertura para a porta da sala onde estacionavam o *Scoda* azul marinho. Ela veio da garagem direto para o portão, me recebeu com beijo amigável. Comecei a não gostar, a satisfação de me ver ali era grande, senti-me acolhido, mas não era isso que eu estava esperando. Me levou para a cozinha, onde a mãe preparava um pão de minuto que era segredo de família, apresentou-me a irmã. Não entendi bem se era adotada ou irmã de criação, o tipo físico era muito diferente. A mais velha estava na faculdade, os irmãos trabalhando. Mostraram os álbuns de fotografias repleto de imagens dos irmãos, do falecido pai e de crianças. Raramente surgia um semblante familiar. Os assuntos variavam de política a receitas de bolos, de memórias da fazenda da família ao boom na bolsa de valores. Um dos irmãos trabalhava como corretor e estava fazendo dinheiro. Ana não sabia ainda o que ia estudar, estava no clássico. Eu fiz o primeiro científico, mas tinha muita vontade de mudar para o clássico.

— E pode? — Perguntou Ana.
— No Paes Leme pode qualquer coisa.
— Você pensa em fazer direito? — Agora estávamos sozinhos na garagem.
— Não! Direito, nem pensar.

— Por que? Não é legal também?

— Não me vejo de terno e gravata comendo de pé no Salada Paulista. A arte da oratória não passou perto do meu berço. Queria fazer alguma coisa com matemática, em que sou bom, e também gosto de filosofia e história.

— Dizem que seu pai é um grande conhecedor de história. É verdade?

— É... bem, ele é inteligente e sabe enrolar, mas o que ele sabe é que a Maria Antonieta era prima do Francisco José por parte de mãe, coisas assim, que não interessam a mínima. Acho legal a história dos movimentos sociais, das revoluções e história antiga. Sou fascinado por Roma. Aquelas ruínas do senado, os templos, o Coliseu, agora se foi o Brutus ou o Tirésias que matou Júlio César, isso eu acho um saco.

— Estou achando tão difícil a escola. Em Brotas a escola era bem fraca, estou com dificuldades em tudo. Fico só pensando em coisas bobas, em vez de prestar atenção no professor.

— Se você quiser eu venho estudar aqui com você.

— É mesmo? Minha mãe falou que você é bom aluno.

— É sou, fazer o quê? Cada ano estou numa cidade, numa escola, não consigo fazer amigos que logo tenho que mudar. O meu primo do outro lado da família, que mora ao meu lado, arrumou uma namorada e sumiu. Ele era o único cara com quem eu saía nos fins de semana.

— Arruma uma namorada, você também.

— O que você acha que eu estou fazendo aqui?

Ela riu.

— Nós somos primos.

— E daí? Até ontem eu nem sabia que você existia.

— Vamos devagar. Vamos nos conhecer.

— Mais devagar? Estou vagando pelas ideias, acho você muito bonita.

35

— Isso eu percebi desde o primeiro dia na praia.
— Não tenho jeito para essas coisas. Nunca tive uma namorada.
— Não fala mentira.
— Verdade. Bem, tinha uma menina lá na Base de Santos em quem dei uns beijinhos, mas não posso chamar de namorada, nem lembro o nome dela.
— E depois, nada?
— Não. Na minha escola não tem meninas legais. As meninas mais velhas me acham um fedelho, as que regulam comigo só querem saber de caras mais velhos, e as mais novinhas são bobocas demais. Meu primo arrumou uma novinha e esperta, mas é difícil encontrar.
— Não tenho amigas na escola. Sou nova, não tenho assunto, também não tenho as mesmas condições financeiras que elas. Elas falam de moda, de rua Augusta, de Dener e tal, eu não sei nada sobre isso. Em Brotas, até as revistas comuns como Manchete e Cruzeiro quase não chegam, quanto mais essas chiques de que elas falam. Os meninos olham para mim só para passar a mão. Nem conversam. Sabe, acham que, porque sou pobre, podem usar e jogar fora.
— Acho que posso lhe dar lições de matemática, rua Augusta e sobre a cabeça suja desses playboyzinhos da Augusta.
— Que legal. Vou adorar.
Seus olhos ficaram fixos nos meus em silêncio. Ficamos assim um minuto. Um bom paquerador lhe daria um beijo na boca e começariam a namorar. Não era meu caso, fiquei imóvel, catatônico, até que ela perguntou se eu queria uma água.
— Sim, qualquer coisa para sair daqui.
— Não está gostando da minha casa?
— Não é isso. Vamos dar uma volta. Tem uma lanchonete nova na Joaquim Floriano. Você conhece?

— Não.

Conversar com ela era a coisa mais prazerosa que encontrara. Todas as tardes, depois do almoço, eu ia lá e passávamos horas conversando sobre lógica aristotélica, a guerra do Peloponeso e nossos planos de vida. Explicava as diferenças entre os sapatos do Adriano e do Spinelli, discorria sobre as camisas com botão no colarinho da Tobbs e comentava o último disco dos Beatles. Falávamos sobre a Odisseia, os mitos gregos, sobre Édipo. Mas quando a conversa ia para o assunto nós, morria. Queria falar do quanto gostava dela e ela falava da família.

Costumava sair da casa dela à tardinha, quando os irmãos voltavam do trabalho, ia para o Pipeta encontrar colegas do Paes Leme e gente do bairro. O bar ficava na Pamplona, em frente ao colégio Assunção, onde alguns escolhiam suas meninas prediletas. Quando falei do Ofélia Fonseca, eles acharam exótico. Muitos eram mais velhos, o Paes Leme não era uma escola ruim, mas não era tão renomada e aceitava qualquer tipo de aluno, expulsos como meu irmão, atrasados ou pouco assistidos pela família. Meu melhor amigo era o Pepê, baixo, magrinho, moreno com cabelos encaracolados, nos ligávamos aos mesmos assuntos, era curioso, um bom ouvido e capacidade de fazer conexões entre as coisas. Mestre na escola da vida e mau aluno na escola; tinha uma namorada linda na rua Caconde, que visitava às tardes, baixinha como ele, cabelos castanhos escuros, não era gorda, mas tinha cadeiras largas. Pepê morava na José Maria Lisboa, num sobradinho geminado dos dois lados, um tipo de casa que chamávamos de V8 porque tinha em cima dois quartos com a escada em V no meio e um banheiro. Em baixo, era sala, cozinha e às vezes um lavabo. A mãe tinha saído de casa e deixou o pai com os dois filhos. O pai trabalhava como contador do Jockey, era baixo, simpático e de poucas palavras. Pepê, apesar da discrição, era conhecido pelo uso de drogas. Se surgisse o assunto era o primeiro a condenar as bolinhas, vi uma caixinha de "dexedrina expansor" no seu quarto, perguntei por que usava aquilo.

— Não use. É só o que eu sei dizer.

— E por que você não para?

— Não consigo. Tomei uma vez de curiosidade e fiquei numa tão boa, parece que você vai poder resolver tudo à volta, só você está vivo no mundo, você pode resolver tudo, mas depois que o efeito acaba vem uma merda que só passa tomando outra. Aí cara, você está fodido, fode a família, tudo. Minha mãe largou meu pai porque ele não falava nada. Eu os ouvia discutindo, ela dizendo que ele era um bundão, que não era macho para fazer eu parar com as bolinhas. Como se ele pudesse fazer alguma coisa. Fui para uma clínica e, quando voltei, minha mãe não estava mais aqui. Acho que era tarde. Fiquei uns meses sem usar, mas depois não sei o que me deu e voltei. Agora tenho tomado muito pouco. Consigo passar o dia inteiro sem tomar, mas à noite, quando chego aqui em casa e vejo meu pai sozinho, triste, minha mãe com outro cara por aí, e meu irmão que começou a tomar minhas bolinhas também, eu fico mal. Tento ler, pensar em coisas bacanas, na minha namorada, mas não funciona.

— O que você está lendo?

— "A idade da razão". Conhece?

— Ouvi falar, é do Sartre, não é?

— É. Você já leu alguma coisa dele? "Sursis", "Os caminhos da Liberdade", "As palavras", "A náusea"?

— Tentei ler "Questão de método", mas não entendi muito bem e parei logo.

— É filosofia, não dá para a gente entender isso não, um negócio chamado fenomenologia, uma coisa assim. Ele inventou o existencialismo, você se ver sozinho no mundo e a vida não ter sentido. Tem uma frase famosa "o inferno são os outros".

— É o que acho. A minha vida não tem nenhum sentido mesmo e os outros são realmente um inferno.

— O negócio dele é bem mais complicado. Não sei explicar, acho que tem alguma a coisa a ver com comunismo de uma forma um pouco diferente. O que acho mais legal é quando diz que estamos condenados à liberdade.

— Eu não entendo como alguém ainda pode ser comunista nos dias de hoje. Depois do discurso do Kruschev em 56 contando todas as barbaridades do Stalin, tem gente que ainda acha aquilo legal?

— Acho que eles estão tentando encontrar uma forma de comunismo humanista.

— Como você aprende todas essas coisas? — Perguntei.

— Você conhece o Constantim? Ele vai de vez em quando no Pipeta. Acho que todo mundo vai lá para ver se encontra ele. É parente do Alberto e estuda arquitetura e filosofia. É um gênio o cara. Lê tudo, sabe tudo e é um cara super legal. É capaz de ficar a noite toda bebendo e batendo papo e depois vai ler. Uma vez falei com ele sobre a dexedrina e ele topou tomar uma comigo. Sabe, ele ficou loucão e nunca mais falou no assunto. Acho que para ele não viciou. Eu é que sou fraco, por isso tenho que tomar essa porra. Mas não experimenta não.

— Nem pensar. A energia que eu gasto para ficar acima d'água é enorme. Você nem imagina. Meu pai não é um cara legal, meu irmão meio canalha, esse meu ouvido é como os outros: um inferno. Dói, purga, cheira mal, afasta as meninas. Não tenho namorada, amigos, só vocês aqui do Pipeta e da escola.

— Que também não são grande coisa.

— Agora estou paquerando minha prima linda, mas não rola. Ela é um encanto, mas na hora que penso em lhe dar um beijo, pegar nela, a coisa trava. Não vai. Acho que ela só me quer como primo mesmo. Dou aulas para ela de filosofia, história antiga e matemática, dessas coisas que conversamos, mas outros assuntos não rolam.

— A gente tem que ir devagar, mas não muito devagar. Se ficar ensebando dança.

— É disso que tenho medo. Minha avó fala que estamos namorando, acho que a mãe dela também pensa que somos namorados, mas nem ela nem eu achamos.

— Ou você toma uma atitude logo, ou ficam amiguinhos para sempre.

— Tem dexedrina para isso?

— Não, cara, você tem é que ter colhão, é isso que você precisa, meu, culhão!

Chegou Constantim Wallace na mesa. Pegou seu Dunhill numa caixa dourada e vermelha e acendeu. Pediu um Dreher e uma rodela de limão. Tomou num gole só. Depois pediu outro e chupou o limão.

— Estávamos falando do Sartre, existencialismo. Aí lembrei de você.

— Por que estão interessados nisso? — Perguntou.

— Sei lá, disse Pepê eu contei que estou lendo a "Idade da razão".

— Vocês ainda estão longe dessa idade. Idade da razão é a minha, chegando nos trinta. É lindo aquele momento em que o Mathieu solitário anda pelas ruas de Paris, dá para entender o que ele pensa: que o homem está só no mundo, que maior que a essência é a existência, somos o que vivemos. A revolução bolchevique foi uma tremenda experiência na história, mas não acaba aí. É preciso pensar adiante, claro que foram cometidas atrocidades inimagináveis, mas isso não invalida toda a teoria marxista. É preciso encontrar modos de existir fora dos padrões. Pode-se fazer revolução a todo o momento, não é só pegar em armas e ir para Sierra Maestra, veja o comportamento dele e da mulher, a Simone de Beauvoir, eles têm vidas independentes apesar de serem casados, ele pega as aluninhas dele e ela tem uns casos e continuam amigos, marido e mulher. A trilogia inteira é muito interessante, vale a pena vocês lerem.

— Eles são amigos do Camus, não é? — Perguntei.

— Eu acho que foram, depois deixaram de ser. O Sartre é muito encrenqueiro mesmo, com o Merleau-Ponty ele também brigou. Sartre queria unir o existencialismo com o marxismo, acho que os dois não pensavam assim. Na verdade acho mesmo que é praticamente impossível, mas não importa. O Camus foi um grande escritor, se matou, deixou alguns dos livros mais importantes do século. O Merleau-Ponty morreu cedo, menos de sessenta. O texto dele sobre o Cézanne é imperdível. Tem nos "Pensadores".

— Pô Wall! Se a gente for ler tudo que você acha legal, não vamos fazer outra coisa na vida. — Disse Pepê.

— Se vocês lerem vinte páginas por dia vão ler seiscentas num mês. Em dez anos, veja quantos livros vocês teriam lido! Não podemos ficar perdendo tempo com bobagens. Livrinho da moda, reportagem, que não deixam nada para amanhã. A gente sempre deixa a leitura para mais tarde, até que toma gosto; aí, é coisa para sempre. É como se fosse um enorme quebra cabeça que a gente vai montando aos poucos. Uma pecinha aqui, outra ali e as coisas começam a se encaixar, daí você começa a entender um pouco o funcionamento do mundo. Se conseguir um pouquinho que seja, você será um rei. Rei de si mesmo é a melhor coisa a que podemos aspirar.

Wallace tomou mais alguns Dreher, até que parou completamente de falar. Como não havia muitas meninas lá, ele ia para o Camelo, sentava-se no balcão, pedia um chopp só para ficar olhando o movimento. Não era raro que alguma moça começasse a encarar e ele a levava para um passeio lá fora. Com a saída dele, a conversa voltou para a escola.

— A principal diferença entre o clássico e o científico é que nós temos aulas de inglês com o Bola Sete, e os carinhas do clássico com a Cleide.

A Cleide era jovem e bonita, costumava cruzar as pernas sob a mesa e pontificar sobre o bardo de *Stratford-upon-Avon*. Os mais espertinhos se sentavam na frente, no centro da sala, para ver os "mais belos joelhos do Paes Leme". Poucos prestavam atenção ao que dizia, eu sempre sentava na frente para conseguir ouvir, mas no canto, o ouvido direito voltado para o professor, e com isso perdia a cena dos joelhos. Entretanto nas aulas do Melantônio de lógica, Aristóteles e nas de latim meu caderno ganhava desenhos e mais desenhos de castelos de cartas que cada vez se pareciam mais com guindastes que com jogos infantis. Bolei uns cortes no baralho que davam para montar coisas incríveis. Não que não prestasse atenção no professor, mas fazia as duas coisas ao mesmo tempo. O José Maria só falava do tratado de Frankfurt. Que interessa a guerra franco-prussiana? E tome Bismarck e Thiers. Parece que era a única coisa importante que aconteceu na história. Gostava de história, mas não a do Brasil. Tudo que falavam parecia falso, manipulado, aquele negócio de Guerra do Paraguai parecia conversa para boi dormir. Por outro lado, eu mal prestava atenção em matemática e entendia tudo, conseguimos com o Rossi, o diretor, ter aulas de matemáticas no clássico, estava surgindo a faculdade de administração na Fundação Getúlio Vargas que muita gente queria fazer. Cheguei até a pensar nisso.

Voltei cedo para casa. Meu irmão estava numa de suas intermináveis conversas ao telefone com alguma garota. É claro que ele me ouviu entrar, mas nem virou a cabeça. Fui direto para o banheiro escovar os dentes e deitei. Apaguei a luz, liguei o rádio baixinho na "Noites de Jazz" e fiquei pensando no que iria fazer da vida. Ele entrou aos trambolhões. Acendeu a luz sem a menor cerimônia. Desligou o rádio e começou a falar comigo.

— Sabe com quem eu estava falando?
— Não, nem me interessa.
— Interessa sim. Deu moleza, perdeu a vez.
— Qual é?
— Você ficou paquerando a Ana um tempão e não fez nada, ela se encheu, agora está namorando comigo.
— Puta que te pariu! — Gritei. — Você é um canalha! Você não presta! — Pulei em cima dele e comecei a tentar dar porrada nele, mas não tive coragem, então ele me acertou um soco no olho que eu quase desmaiei.
— Isso é para você aprender a deixar de ser babaca! Perde a namorada e ainda apanha.

Eu, mesmo encolhido com a mão no olho, dei-lhe um chute no saco que o fez vergar. Meus avós vieram correndo saber o que acontecia. Naquela noite fui dormir na sala de televisão. Assisti até o último filme da RKO tentando não pensar em nada. Acordei muito cedo porque a luz da manhã entrou forte. Tomei banho. O roxo do olho ficou sob os óculos escuros e saí para tomar café no Jomagova. Íamos para a escola normalmente de bonde ou de ônibus, mas voltávamos a pé. Passávamos pela frente do Dante Alighieri para ver as meninas, ou pelo parque do Trianon para ver um pouco de mato e bichos por ali. Naquela manhã eu tinha tempo, tomei meu pingado e pão com manteiga. O português me deu um bife para eu colocar no olho, depois umas rodelas de pepino. Todo mundo tinha uma receita, mas nada funcionou. Não vi o canalha na escola e tive que desconversar com muita gente sobre o olho roxo. Queria fugir dali. Acabou a aula e, em vez de ir para o Conjunto Nacional como fazíamos todos os dias, fui para a porta do Ofélia Fonseca. Saí mais cedo da última aula alegando qualquer coisa. Cheguei a tempo de encontrar Ana saindo da escola, agarrada com seus livros no peito, a gravata atada e os suspensórios sobre a camisa branca, as lindas pernas sob as meias três quartos e o sapato colegial que toda menina tinha.

— É verdade que você está namorando meu irmão?
— Não que eu saiba. Quem te falou?
— Ele. Vocês não estavam conversando ao telefone ontem à noite?
— Conversamos sim, mas isso não é namorar, que eu saiba. Acho que ele está maluco.
— Do que vocês falavam?
— Sei lá. Bobagens, nada importante. Não falamos nada de namoro.
— Mas marcaram alguma coisa?
— Ah! Ele me convidou para ir ao *Tonton Macoute* no sábado. Mas com uma turma.

"Alguém está mentindo, ou os dois. Eu sou o trouxa aqui, mas isso não vai ficar assim, não."

— Nossas aulas, continuam? — Perguntei.
— Claro! Por que não? — Hoje eu não posso. Amanhã também não. Segunda as três, OK?
— OK, tudo bem com você?
— Tudo bem. Fora olho roxo, o resto está bem.
— Tadinho.
— Não! Não me chame de coitadinho! Te vejo segunda.

Dormi o resto da semana na sala de TV. Não falei com o canalha nem olhei para a cara dele. Mitômanos são perversos completos, ou seja, mentem até para si mesmos. Não sabem o que é verdade ou mentira. Não têm a menor ideia de quem sejam eles mesmos, não há o que aproveitar de gente assim. Aquela deusa mediterrânea ficou com os genes mais vis no cérebro e os mais refinados no corpo. Primeiro amor é uma falácia. Não tinha nada para fazer nem em outra coisa para pensar a não ser em Ana, mas queria primeiro saber o teria sido aquela noite no *Tonton*

Macoute. Com amigos? Sei, sei. Voltei da escola pelo parque. Na Paulista, a obra do novo museu fazia muito pó, atravessei o parque pela ponte de madeira sobre a alameda Santos, mal passei a ponte e um cara mal-encarado veio me pedir fogo. Enquanto eu pegava o meu Zippo no bolsinho do jeans, ele me arrancou o tênis, o jeans e minha jaqueta jeans que tinha ganho do meu tio no aniversário, meu relógio, e saiu correndo. Não bastasse o olho roxo, o chifre que meu irmão me colocou e agora isso. No lugar mais bonito do meu trajeto? No mais bucólico passeio, florido pelas graciosas meninas do Dante Alighieri? Não era só meu coração que estava maculado, meu parquinho preferido não me dava mais segurança. Fiquei de cueca e fui até o guarda do trânsito na frente do Dante, ele quase me prendeu, só faltava essa, mas expliquei, ele foi até o colégio comigo e me emprestou roupas e conga. Cheguei em casa e a minha avó ficou horrorizada, nervosíssima. Queria avisar a polícia, chamou os irmãos que moravam no mesmo prédio e nosso apartamento virou um velório: "onde é que vamos parar? Em plena avenida Paulista? Um menino, tiraram a roupa dele? Pode? Onde está a segurança dessa cidade? Que horror!" Toda sorte de comentários em torno desse tema e esse tom perdurou até depois do almoço. Fui para meu quarto e comecei a ler "Sursis". Algo útil que me deixava sossegado, até que chegou meu nefasto irmão. Quando ele chegou, fui para o banheiro e terminei a tarde na banheira seca, saí sem jantar, queria ficar longe dos comentários idiotas e do irmão canalha, fui ao Pipeta. Não contei nada para ninguém. Celsinho, um ano na minha frente, estava bebendo sozinho.

— Li o "Sursis" hoje.
— Não conheço. De quem é?
— É o segundo da trilogia "Caminhos da Liberdade", do Sartre.
— "A idade da razão" era matéria obrigatória no grupo. Se alguém não tivesse lido, mentia, mas os outros eram raramente citados.

— Eu agora estou ligado no Nietzsche. A vida dele, no "Ecce Homo". Em vez de passar a vida para encontrar Deus, passar a vida para encontrar a si mesmo. Não é legal? Ser um ser superior, encontrar um lugar para você nesse mundo, em vez de mudar o mundo. Ele disse que a Terra é o planeta dos seres exercitantes. Então há uma vida a ser construída através do exercício de procurar por si. Ninguém virá nos salvar, só temos a nós mesmos.

— Eu nunca entendi isso muito bem, mas acho a ideia legal. — Disse. — O Kierkegaard pensa meio parecido, ele pensa que temos a vida interior e a exterior completamente diferentes. Há um íntimo próprio, único e individual, que esse íntimo pode encontrar Deus ou sei lá quem mais, mas sem intermediações. Ele era católico, mas não papista. Ele não fala que Deus está morto, mas tem três formas de ver o mundo, a visão estética, a ética e a religiosa, uma coisa assim.

— Sei lá, acho que essas coisas mais embaralham a nossa cabeça que ajudam. Nosso problema é encontrar uma vida para a gente. Se vamos casar, trabalhar no Banco do Brasil ou vender drogas para grã-fino. Se vamos copiar nossos pais ou ser livres como o Sartre. Aceitar a ditadura para levar vantagem ou lutar pela liberdade?

— Eu acho que tudo ajuda. Pensar só pode fazer bem, ainda que aparentemente não cheguemos a uma conclusão, já é um puta treino aguentar a angústia de não saber. Acho que é esse o plano. O livro do Kierkegaard que eu li se chama "ou... ou...", sacou? Não é como os do Lenin: "o que fazer?" "A questão agrária" e coisas assim. Aguentar a dúvida é ser macho. Você arruma uma menina e não sabe se ela gosta de você ou não, se te trai ou não, mas continua gostando mesmo assim. Isso é foda. Agora, é mais fácil sair galinhando por aí e se ela te cornear você corneou mais, isso é ser babaca. É enganar a si mesmo para não aguentar as porradas que a vida dá.

— E a prima? Conseguiu? — Perguntou Celsinho.
— Não quero falar sobre isso. Estou puto.
— O que foi?
— O filho da puta do meu irmão está dando em cima dela também. Sabia que eu estava flertando com ela e se meteu no meio.
— E daí? Vai lá antes.
— É tarde, ele já marcou para ir amanhã no *Tonton Macoute* com ela. Fodeu! Ele é mais velho, tem carta, trabalha, está no cursinho e tem não sei o quê, que fatura toda garota que ele canta.
— Eu não deixava barato.
— Olha esse olho.
— Ah! Foi isso então?
— Na porrada eu apanho também. Se não fossem meus avós ele me matava de tanto me bater.
— E sua avó sabe por quê?
— Sabe, até ligação do Rio ele recebeu, meus tios que moram no prédio vieram falar com ele. Foi como se ele tivesse quebrado um código de conduta da Máfia. Toda família italiana é meio mafiosa mesmo. Mas agora é que ele não vai deixar barato mesmo.
— Se eu fosse você, eu ia lá e dava uns amassos nela. Se ela aceita esse canalha, boa coisa não deve ser também.

Isso me pôs a pensar. Consumi a noite de sábado me remoendo entre os lençóis com a ideia do Celsinho. Domingo de manhã, ele estava todo bacanudo querendo falar comigo. Nem olhei para a cara dele. Veio todo mundo almoçar. Sentei-me longe dele, mas deu para ouvir que ele estava namorando a Ana. Fiz cara de desentendido, todos os velhos o criticaram: "isso não se faz, é seu irmão, não se mete com gente da família!" Quando deu uma brecha, saí sem dizer nada e fui ao Astor ver o filme que estava lá, não importava qual, de lá fui para o Pipeta, estava cheio. Wall estava com o seu costumeiro Dreher e seu Dunhill na mão, lendo "Ou... Ou...".

— Poxa! Que coincidência! Eu estava falando sobre esse livro com o Celsinho aqui ontem.

Wallace explicou tudo do livro. Me esclareceu tudo que estava nebuloso, vi que tinha que ler tudo novamente, pois tinha entendido muito pouco. Falou de Hegel, do absoluto, enfim me deu uma aula fabulosa, mas no meio olhou na minha cara e disse:

— Me conta o que realmente está te afligindo.

— Sabe aquele lance da minha prima? Meu irmão saiu com ela ontem e me corneou.

— Ele dormiu com ela?

— Não sei, mas acho que não.

— Então ele não te corneou, o que abre a possibilidade de você fazer isso.

— Pô! Você não falou que a gente não deve entrar em competição, que deve aguentar o tranco, sentir a coisa em vez de ficar tergiversando?

— Rapaz! Tudo tem exceções. Essa é uma delas. Vai para casa, amanhã toma um banho depois da aula, passa perfume e vai lá dar sua aula de matemática, só que agora você vai explicar o real valor de PI. Tchau, que agora quero ler.

Segunda feira, depois de almoçar na cozinha, desci a pé pela Eugênio de Lima, depois a Veneza, a Maestro Chiafarelli, cruzei a São Gabriel e fui andando devagar pelas ruas calmas de casinhas geminadas do Itaim, algumas ruas de paralelepípedo, outra asfaltadas, quase ninguém nas ruas, uma empregada, um amolador de facas, o cachorrão varrendo as guias, que alguns chamavam de "espalha merda", um padeiro, uma criança indo para a escola. Não fosse um certo estilo de arquitetura, poderia dizer que era outra cidade. Na verdade, quando atravessei a Brasil já começou a ficar tudo bem diferente, mas depois da São Gabriel a diferença ficou maior. Apesar do banho, estava suado, não estava quente, mas um pouco abafado. A malha no pescoço molhou meu ombro, amarrei na cintura. Eram umas quinze para as três. Ana estava em casa, a mãe me recebeu e me ofereceu cafezinho fresco, tomei-o embebido em açúcar. Ana desceu linda, vestido de alça, sapato baixo tipo mocassim e o cabelo preso. Cara de desconfiada, chegou sorrateira e não me encarou. Conversamos os três até que ela sugeriu irmos estudar na garagem.

— Você está bravo comigo?
— Por que estaria?
— Seu irmão...
— Não tenho irmão. Não sei sobre o que você está falando...
Ela sorriu, aliviada e com um sorriso encantador. Fechei a porta da garagem e dei-lhe o mais longo beijo que havia dado na vida. Fui plenamente correspondido. As alças escorreram pelos ombros, os sapatos ficaram pelo caminho e, em minutos, ela estava sem roupa, sentada na mesa onde deveriam estar equações do segundo grau. Estávamos excitados como nunca vira antes. Com a mão, procurei entre os pelos pubianos o local para mim desconhecido, ela me guiou, abriu minha calça e ajudou a baixá-la. Tirei a camisa e sem pensar que alguém poderia abrir aquela porta, coisa que nunca acontecera, deitamo-nos sobre almofadas no chão e em conjunto experimentamos o amor carnal cheio de ternura e emoção. Depois de consumado, ela chorou um pouco.

— Eu sou uma idiota! Eu amo você, não tinha nada que sair com seu irmão.
— Eu não tenho irmão.
— Desculpe. Vou falar com ele hoje mesmo. Nunca mais olho para a cara dele. Juro!
— Não jure. Me abrace que este está sendo o melhor momento da minha vida. Não estrague o momento fazendo planos que nunca vão acontecer. — Beijei-a e voltamos a fazer amor, agora menos impetuosamente, por toda a tarde, sem que o "bê dois menos quatro a c" viesse à tona, sem que ninguém viesse nos

importunar, sem que eu lembrasse que existia um mundo lá fora. Só há tempo de inocência, não espaço ou lugar.

    Naquela noite, voltei para o nosso quarto. Passei umas semanas sem dirigir palavras ao meu irmão, mas um dia pedi para passar o sal. Ele ia colocar sobre a mesa, eu tirei da mão dele antes que o fizesse. Esse passou a ser nosso diálogo por meses, talvez até o fim do ano, depois, devagar, voltamos a conversar, mas nunca sobre questões amorosas. Ele namorou Ana até que no fim do ano ela se mudou de volta para Brotas. O mercado de ações teve um grande baque. O milagre econômico tinha terminado e os irmãos perderam os empregos. Quando ele foi lá, nas férias, Ana já namorava outro cara. Naquele ano, minhas aulas de matemática foram reduzidas a uma vez por semana, sempre às segundas feiras, mas ela não se deu bem na escola. Parece que o irmão lhe deu lições nas férias e ela passou na segunda época.

Elevação

O sol nasce na praça Oswaldo Cruz e o seu poente inunda de vermelhidão a praça Marechal Cordeiro de Farias. Ando pelo espigão urbano, vejo o pico do Jaraguá a Oeste e o prédio do Banespa ao Norte, no centro velho, e o vale do Anhangabaú, que delimita o centro novo. O parque Trianon divide a avenida ao meio: um pequeno pedaço da mata atlântica originária, adensada por diversas espécies exóticas. Na frente do parque, o belvedere Trianon seguia a moda parisiense, desvendando as montanhas da Cantareira, agora ocupado pelas obras do Museu de Arte. Olho para o Sul, vejo os bairros implantados pela companhia Anglo Canadense, na várzea saneada após a retificação do rio, contratou renomados urbanistas ingleses adeptos do *Garden Cities* ou Cidade Jardim para criar bairro com ruas pitorescas em suaves curvas, miolos das quadras em área de recreação e baixíssima densidade e muito verde. Outras versões do projeto pioneiro simularam algumas dessas características, tais como arborização, baixa densidade e certa generosidade no traçado das ruas, e o conjunto desses bairros denominados de Jardim América, Europa, Paulista ganhou o apelido genérico de *Jardins*. A Paulista nasceu com o estigma de avenida dos Barões do Café, representando a elite econômica de sua época e conservou essa condição referencial ao abrigar o poder financeiro e sociocultural da cidade. Morei a poucos metros de lá, na minha infância e juventude, participei do projeto de adequação da avenida aos tempos dos automóveis e volto para pleitear um emprego num escritório, onde projetavam um núcleo habitacional no Raso da Catarina. Poderia ir trabalhar no último andar do prédio no número 1111, a torre piramidal avermelhada chamada de "Goiabão". Chegarei ao topo do mundo, depois de tantas andanças pelos vales, pelas praias e becos. Engalanado como um mestre-sala, orgulhoso como um vencedor de maratona, prepotente como um aluno da FAU, iria trabalhar no projeto de uma cidade. Não se tratava mais de casinha de cachorro ou de um puxadinho na periferia. Uma cidade inteira no meio do nada, no coração do Brasil. Contrapor a cidade onde moro a um núcleo urbano no agreste, experimentar novos conceitos de urbanismo, participar de uma equipe competente e criativa, seria sonho inimaginável, só havia um pequeno detalhe: eu ainda não estava contratado. Minha megalomania não deixava dúvidas de minha contratação, mas a vida costuma brincar com minha autoestima. "Nova frustração ou dessa vez a justiça será feita?" Senti um frio na barriga, que podia vir do empuxo do elevador ou do medo de um *não*. O escritório ocupava todo o andar de piso acarpetado, rodeado de janelas amplas em caixilhos de alumínio, envolvendo, num sanduiche de vidros, venezianas reguláveis. O andar é uma linguiça, interrompida por dois blocos de circulação, seccionando o andar em três. Dois ambientes menores, na frente e atrás, e um amplo salão entre esses blocos de escadas e elevadores. No bloco da frente, voltado para o Sul, havia uns biombos que organizavam o espaço das secretárias, do arquiteto chefe, copa, um espaço maior para os arquitetos seniores, e uma imensa mesa de reunião rodeada de estantes de livros. O grande salão era ocupado por quatro colunas de vinte e cinco pranchetas, alinhadas regularmente, voltadas para o Sul, com exceção da mesa do coordenador, como um inspetor de colégio interno. No espaço Norte, ficavam os engenheiros calculistas de estrutura, hidráulica, elétrica, e outras especialidades.

O elevador subiu arrastando minhas vísceras até a garganta, entrei no salão imenso, assustador, alguns rostos familiares ajudaram a digestão. Nunca vira um escritório dessa dimensão. A vertigem da ascensão cedeu ao calvário plano. A oferenda foi uma cadeira de plástico sem braço, no hall dos elevadores. Passada uma hora, fomos tomar café na Peixoto Gomide, com alguns conhecidos e futuros colegas. Voltei ao Gólgota, e o meu portfólio pesou nos meus joelhos. Às seis horas da tarde, quando as luzes da avenida se acenderam, os olhos dos colegas arroxearam e meu constrangimento tornou-se visível, o coordenador veio me falar:

— Olha, tem um monte de coisas aqui para ele tratar. Se ele vier hoje só vai te atender depois das oito ou nove da noite. Acho melhor você voltar amanhã. Às vezes ele chega cedo, às vezes nem vem. Quem sabe?

Deixei o portfólio na mesa e levei a frustação comigo. Andei errante sobre os mosaicos portugueses até a Consolação. Tomei uma cerveja no Ponto 4, àquela hora não havia conhecidos, no Riviera só o garçom Juvenal. O único ônibus que chegava à Vila Madalena era o Edu Chaves, que demorava horas ou vinha um atrás do outro. Quem sabe? Demorou horas. Até chegar àquele escritório, passei tardes na porta da classe do Chefe na FAU, aguardando os intervalos e, enquanto ele descia as rampas em direção à sala dos professores, eu ia detalhando meu *curriculum*. Ele não dava muita atenção e andava rápido, eu voltava para a porta da classe, aguardando o fim da aula. Às vezes caminhava ao seu lado, falando pelos cotovelos, e outras vezes ficava quieto aguardando resposta. Um dia, ao fim da aula, ele falou: "amanhã à tarde passa lá no escritório". Só isso, mas foi o bastante.

Como faz falta um pai, como é bom não ter pai, isso nos condena à liberdade. Meu pai se separou da minha mãe, que foi morar com minha avó, na Eugênio de Lima. Eu costumava ir lá umas duas vezes por mês para degustar os fantásticos e fartos almoços dominicais. Os raviólis preparados pela *nonna* desde a véspera, recheados de ricota, que meu avô ia buscar na Vila Mariana, e a farinha de grano duro que alguém trouxera da Itália. Os tomates que passavam horas reduzindo entre as *braccioli* e os pedaços de linguiça. Os *Chianti* nas cestinhas de palha e as *gasosas* para as crianças. Depois do almoço os homens dormiam espalhados pelos tapetes enquanto as mulheres conversavam na sala.

O lema do meu pai era "você precisa ser alguma coisa na vida" e "alguma coisa", para ele, era ser o Napoleão, por outro lado seu sonho é que eu fizesse concurso para o Banco do Brasil, chegou a me matricular numa escola de datilografia. Na sua lógica, eu deveria me casar com uma boa moça "de família" e em seguida ter pelo menos dois filhos, preferencialmente um menino e um menina, nessa ordem. Difícil era ser um Napoleão dentro de um cubículo do caixa no Banco do Brasil. Certamente nunca iria satisfazê-lo, mas os planos para a minha vida se propagaram aos demais ancestrais.

— Você precisa se casar.

— Mal consigo me sustentar! Como posso me casar?

— Casa com uma mulher rica.

— Para me tornar um pau-mandado? Nem pensar! Só me casaria com alguém que me arrebatasse como um tufão.

— Sua casa anda uma bagunça, suas roupas estão todas amassadas. Você precisa ao menos de uma empregada para cuidar melhor de você. Eu tenho uma ótima, você quer ela duas vezes por semana?

— Mãe, às vezes atraso o pagamento da minha, que vai uma vez por semana. Duas, nem pensar.

— Eu pago. — Disse meu avô.

— Não conseguir pagar as minhas contas já é constrangedor demais para mim. Ser sustentado pelo avô então... Obrigado Vô.

Você já ajuda minha mãe, meu irmão, não precisa se preocupar comigo. Eu escolhi viver assim, se quisesse me dar bem na profissão eu entraria para uma panelinha dessas, mas não quero. Ser independente é a melhor coisa do mundo. Não precisar repetir palavras de ordem, ouvir conceitos em que nunca pensou e ficar feito papagaio só para ser aceito pelo clubinho. Não! Já frequentei as piscinas e as lindas meninas do clube Pinheiros e não gostei. Não quero ser vaca de presépio.

— Você precisa então encontrar um grupo que te dê emprego respeitável.

— Meu emprego é respeitável, e muito.

— Mas você ganha uma miséria. — Completou minha avó.

— Ganho mal porque não sei nada de nada de arquitetura.

— Você é inteligente. Entrou nos primeiros lugares da Universidade e diz que não sabe nada. — Completou minha mãe.

— Não sei quase nada. A universidade é mais uma repartição pública, onde o que interessa é o quinquênio, a aposentadoria e a licença prêmio. Tem uma meia dúzia que se preocupa em ensinar alguma coisa, mas é exceção. São na verdade funcionários atrás da estabilidade e só. Saber arquitetura exige muito estudo, muita reflexão, não um conjunto de truques para você fazer papel bonito na família.

— Você é um rebelde, meu filho. — Disse minha avó. — Em tudo você vê defeito.

— Aprendi com a senhora, cozinhando essa massa perfeita. A senhora sempre acha que não está bom. E agora me critica?

— Um pai faz muita falta, meu filho. — Minha mãe se culpava por não ter conseguido manter o casamento.

— Ora mãe, não ter um pai é ótimo. Não ter pai me permitiu enfrentar o mundo sozinho e de peito aberto. Ter um pai covarde me fez corajoso.

— Não fale assim dele. — Disse minha avó.

— Vocês ainda o defendem? Não têm vergonha? Um canalha. Traiu minha mãe, judiou dela, nos largou no mundo ainda crianças e ainda acham que minha mãe deveria "manter o casamento"? Não acredito!

— É feio falar assim do seu pai. — Disse minha avó.

— Feio é o que ele fez. Não sabe ser pai, não repara em mais ninguém fora ele mesmo. Eu falo sem ressentimentos. Não ter pai me fez uma pessoa mais livre, pronto para mudar de opinião, para entender o mundo e as voltas que ele dá. Hoje penso assim, amanhã posso mudar cento e oitenta graus, e não tenho nenhum problema com isso. A vida horrível de vocês me afastou do sonho de um casamento feliz. Só me amarro numa pessoa se for como um furacão que me tira do chão.

— Tem razão, filho. — Completou minha mãe. — Se é para separar é melhor nem se casar.

Os irmãos dos meus avós moravam no mesmo prédio e, depois do almoço e da *siesta*, vinham ocupar todos os sofás e poltronas da sala.

O mais velho era um renomado boêmio, que vivia entre a esposa e a amante, mas extremamente conservador nas roupas e na linguagem. Apesar de ser domingo, usava terno, gravata, meia, liga e pérola na gravata. Sentado na maior das poltronas, batia suas bem tratadas unhas contra o braço revestido de veludo verde, enquanto pontificava.

— Isso eu também acho. Veja o irmão dele. Muda para Ribeirão Preto com a família e depois abandona a mulher por outra. É uma vergonha. A família toda sempre teve amantes, mas nunca abandonamos a família!

— Ô tio, o senhor ouviu o que acabou de dizer? — Perguntei.

— Ham, ham, quer dizer, hammmm, abandonar a mulher nunca. Não se pode abandonar a mulher que lhe deu filhos assim sem mais nem menos.

— Foi o que eu falei para ele, mas ele não me escutou. Come a moça e depois volta para casa.

— Menino! Olha as palavras! — disse minha avó.

— O tio fala que todos aqui têm amantes e sou eu a olhar minhas palavras? Vó, por favor!

A conversa aparentava conteúdo intransigente, mas os cantos dos lábios não abandonavam o discreto sorriso irônico. Meu avô, a essa hora, estava com o rosto vermelho, contrastando com a cabeleira branca, meu tio ria indisfarçavelmente, as mulheres se seguraram até cair numa sonora gargalhada. Nas datas mais festivas, meu irmão vinha com a família e minha atitude era de retraimento e discrição. Ele se dizia rico e bem-sucedido. Eu era a ovelha negra, mas isso não me importava. Eu sabia que tudo aquilo era uma farsa. Ele era um puxa-saco que seduzia todos através de histórias fantásticas e parecia ser uma pessoa enquadrada, mas suas mentiras eram o cavalo de Tróia da sua aparência. Repetir isso, nem pensar! Ficar achando legais os arquitetos do sistema para conseguir uma beirinha no seu escritório ou ganhar um concurso qualquer? Não. Desculpe Dr. Fausto, minha alma não está à venda. Tenho minha vida para levar e não vou trocar isso por um carro novo. Prefiro meu Chevette laranja e a minha liberdade ao carro importado financiado que ele faz questão de exibir para a família, e para a mocreia que arrumou no interior.

— E quanto você vai ganhar nesse emprego que está pleiteando? — Perguntou meu tio.

— Sabe que eu não sei! Verdade, o salário é o que menos importa.

— Tem muita mulher bonita lá? — O tio voltou a colocar seu sorriso no canto da boca.

— O pior é que tem, tio. Tem sim, mas também não é isso que me interessa. Tio, o senhor vai à ópera para ver as pernas da soprano ou para ouvir o seu canto?

— Gostei dessa. Arte é arte, não é?

— Isso mesmo tio, arte é a segunda melhor coisa que Deus colocou no mundo. — Escancarei meu sorriso e meu tio me acompanhou, nem era preciso dizer qual era a primeira. E todos ali consentiram. Por trás daquela sobriedade e tradição, corria um entendimento vindo dos primeiros migrantes da família com o aprendizado peninsular de anos de civilização, onde os ritos e costumes são seguidos sabendo que, no fundo, são apenas isso mesmo e a vida é suficientemente dinâmica para correr nos interstícios das regras e o que interessa é encontrar o prazer de desfrutar alguns momentos que valham a pena.

— O que nós podemos fazer para você conseguir esse emprego? — Perguntou meu avô.

— Torcer.

— Vou rezar. — Disse minha avó.

— Obrigado a todos. Acho que o Chefe não é muito católico, mas em todo caso...

Na manhã seguinte, fui à minha sessão de análise. A terapeuta era jovem e bonita, usava um cabelo de Cleópatra, era refinada, culta, mas iniciava sua profissão num belo prédio de Higienópolis, submetida aos cânones da terapia de Bion. Eu estava bastante ansioso com a postulação daquele emprego e não conseguia controlar a angústia. Pedi ajuda a ela.

— Eu não costumo misturar minha vida pessoal com as questões dos meus pacientes.

— Como assim?

Como poderia saber que, enquanto esperava sentado naquela cadeira incômoda no hall dos elevadores, o meu futuro chefe estava comendo minha terapeuta? Eu nem fazia ideia de que eles se conheciam. Ela deve ter ficado com uma cara de tacho enorme, mas eu não vi, deitado na *recamier* olhava apenas as cortinas das janelas e os mosquitos rondando o teto.

Quem não tem um pai, quando necessário, recorre ao que pode. Minha terapeuta não estava muito bem das pernas, voltei a procurar o Wallace. Agora professor de cursinho, metido em política e fazendo filosofia. Morava no Copan num quarto e sala repletos de livros, desenhos e mulheres, seus inseparáveis cigarros Dunhill e alguma bebida. O restaurante Eduardo, que frequentava, tinha mudado o perfil. O Redondo, em frente ao teatro de Arena, tinha sido ocupado pela comunidade GLS. Marcamos na cantina Montechiaro, na rua Santo Antônio. Pedi meu costumeiro Capelete a Putanesca e um Forestier tinto. Falamos sobre nossas vidas em geral e ele, devagarinho, foi me listando novos filósofos que eu mal conhecia: Foucault, Deleuze, Derrida, Lacan. Antes que o álcool nos levasse para as conversas sobre algo importante, introduzi o assunto do meu emprego.

— Estou querendo muito esse emprego, mas não sei se está conceituado corretamente. As posições do chefe são muito contraditórias.

— Seu pai é banqueiro?

— Não, é militar.

— E você quer ser intelectual sendo filho de militar? Por favor! No Brasil? Terra de analfabeto? Se você fosse mulher e solteira, aí é fácil, era só matar seu pai que você recebia a pensão dele até o fim da vida, podia ser intelectual, artista ou filósofa. Agora, falando sério, deixa de bobagem. Posição política, conceituação, não enche a barriga de ninguém. Ou você vira funcionário público ou deixa isso para lá.

— OK, eu preciso mesmo é de um emprego.

— O Tony é um cara sensacional. Eu conheço ele. Vou ligar para ele amanhã e vamos ver o que acontece.

Findo os assuntos fúteis, Wall começou a falar das mulheres, de como elas haviam mudado desde nossos tempos de adolescentes. Como ficaram mais atrevidas e decididas. Contou que estava viciado em sexo. Não podia ficar um dia sem conquistar uma mulher. Seu charme, sua inteligência, sua cultura, compunham o cartão de boas-vindas na entrada de sua quitinete. Contei minhas aventuras pouco numerosas ou criativas.

— Não se preocupe, isso muda de um dia para o outro. Agora você está focado na profissão, deixa passar esse período que seu enfoque muda.

— Será que estamos vivendo no auge de nossas vidas ou é apenas o começo de algo enorme que está por vir?

— E aquela sua prima que você comia?

— Ah, casou-se com um médico do interior. Nunca mais a vi. Pena, ainda a homenageio de vez em quando em noites solitárias.

— Eu a achei excepcionalmente bonita quando você a levou ao Pipeta. Só não dei em cima por consideração a você.

— Fez bem, eu ia ficar puto.

Voltei ao Goiabão para ver a persistente arrogância vencer a impaciência. O coordenador geral do projeto era um arquiteto conhecido, tanto por suas andanças espaciais como pelos passeios musicais. Nos anos sessenta, ocorreu um surto de músicos na FAU: Chico Buarque, Maranhão, o conjunto Musikantiga e muitos outros. Nessa leva, o saxofonista Anthony Xenakis teve atuação em festivais e excursões musicais pelo Brasil. Já nos anos setenta, a febre do estilo sofisticado de música brasileira cedeu espaço para o rock e ele voltou à prancheta. Alto, voz grave, nariz que denunciava sua ascendência helênica, dirigia o grupo de uns vinte e poucos arquitetos, outros tantos projetistas e meia centena de desenhistas com olhos de lince e mão de ferro. Controlava o escritório com a maestria de regente e a doçura de harpista. Podíamos levantar-nos para pedir grafite, papel manteiga, ir ao banheiro ou eventualmente ir à copa pegar uma água ou café. Anthony circulava pelas mesas para resolver problemas. Ia muito mais às filas das pranchetas a Oeste, ocupadas pelos desenhistas, que do Leste, ocupadas pelos arquitetos. Os profissionais seniores ficavam na parte frontal do andar e raramente vinham até nós. Tony me explicou o funcionamento operacional do escritório, as competências de cada um e a forma como seria desenvolvido o projeto. Explicou o cronograma, as etapas do projeto e as atribuições dos demais arquitetos. Me colocou na quarta prancheta, da frente para trás. À minha frente, o irmão menor de um amigo de infância, Pedro, e à sua frente uma colega de faculdade, Lia. Atrás de mim, a mais bela arquiteta do escritório, Morena, tinha cara de menina, franjinha na testa e olhar ingênuo. Viera da faculdade de Santos e era um doce de pessoa. Havia ainda alguns estrangeiros. A primeira da minha fila era uma uruguaia competente, retraída e discreta. Havia, também, alguns argentinos vindos da diáspora da guerra das Malvinas.

Demorou uns três dias para me encontrar pela primeira vez com o Chefe. Ele não aparecia no horário que eu frequentava. Tínhamos a liberdade de entrar na hora que quiséssemos, desde que não houvesse abusos, mas tínhamos que sair depois das sete e completar quarenta e sete horas semanais. Se fizéssemos menos, seríamos descontados, se fizéssemos mais era para compensar nossa ineficiência e nada recebíamos pelo tempo extra. Você podia gostar ou não do sistema, mas havia uma imensa fila lá embaixo à espera de sua desistência. Então, vamos em frente com o *turning point* da carreira.

A primeira coisa que aprendi com Anthony Xenakis foi a diferença entre *Take the A train* e *Satin Doll*. Parece óbvio para os ouvidos apurados, mas para mim, não. A segunda coisa é que eu não era o único a achar a arquiteta atrás de mim a mais bela do escritório. Minha audição deficiente não me permitia acompanhar todo o desenrolar da conversa entre Tony e a bela Morena. Os desafios profissionais tomavam toda a minha concentração. A última palavra seria sempre do Chefe, mas ele quase nunca es-

Figura 2 É prática na arquitetura representar um desenho, que se estende repetidamente, interrompendo o desenho com dois traços paralelos transversais ao sentido da extensão, às vezes com um pequeno Z deitado no meio dos traços. Nossa sala na avenida Paulista era bem comprida onde cabiam cerca de vinte e cinco pranchetas alinhadas com espaço para uma pessoa entre elas. Dessa forma, a planta da sala foi interrompida por dois traços após a quinta fileira para reaparecer entre as últimas três fileiras no fundo. Estão localizadas no desenho algumas pessoas apenas, outras são cartas viradas. Algumas se retraíram por diversos motivos. É importante ressaltar que, se para mim o trabalho com o Chefe foi uma experiência edificante, para muitos não, estes preferem esquecer todos os fatos, tanto profissionais quanto mundanos. De qualquer forma, ficaria muito confuso se todas as cartas mostrassem suas figuras. A hierarquia do escritório se reproduz nas cartas, uma cor para arquitetos e projetistas, outra para os desenhistas; estes eram muito inconstantes, revezavam-se não apenas entre as pranchetas, como entravam e saiam constantemente. Baitola ficou marcado por ser uma pessoa incomum e pela brilhante participação na São Silvestre. De fato, os contatos mais frequentes eram entre os pares e os imediatamente superiores e inferiores. Recebia ordens do Chefe ou do Anthony Xenakis e passava para João Paulo, raramente falava sobre trabalho com os demais. Os iniciados em cartomancia podem identificar as cartas com as respectivas personalidades. Confesso que obtive consultoria de Otto nessa escolha. Apesar das cartas não mentirem, é bom lembrar que cartomantes sim.

Legenda

A ♠ Anthony	J ♦ Pedro	9 ♣ Baitola
Q ♥ Olívia	J ♣ Eu	Q ♦ Morena
Q ♣ Lia	10 ♣ João Paulo	J ♠ Davidson

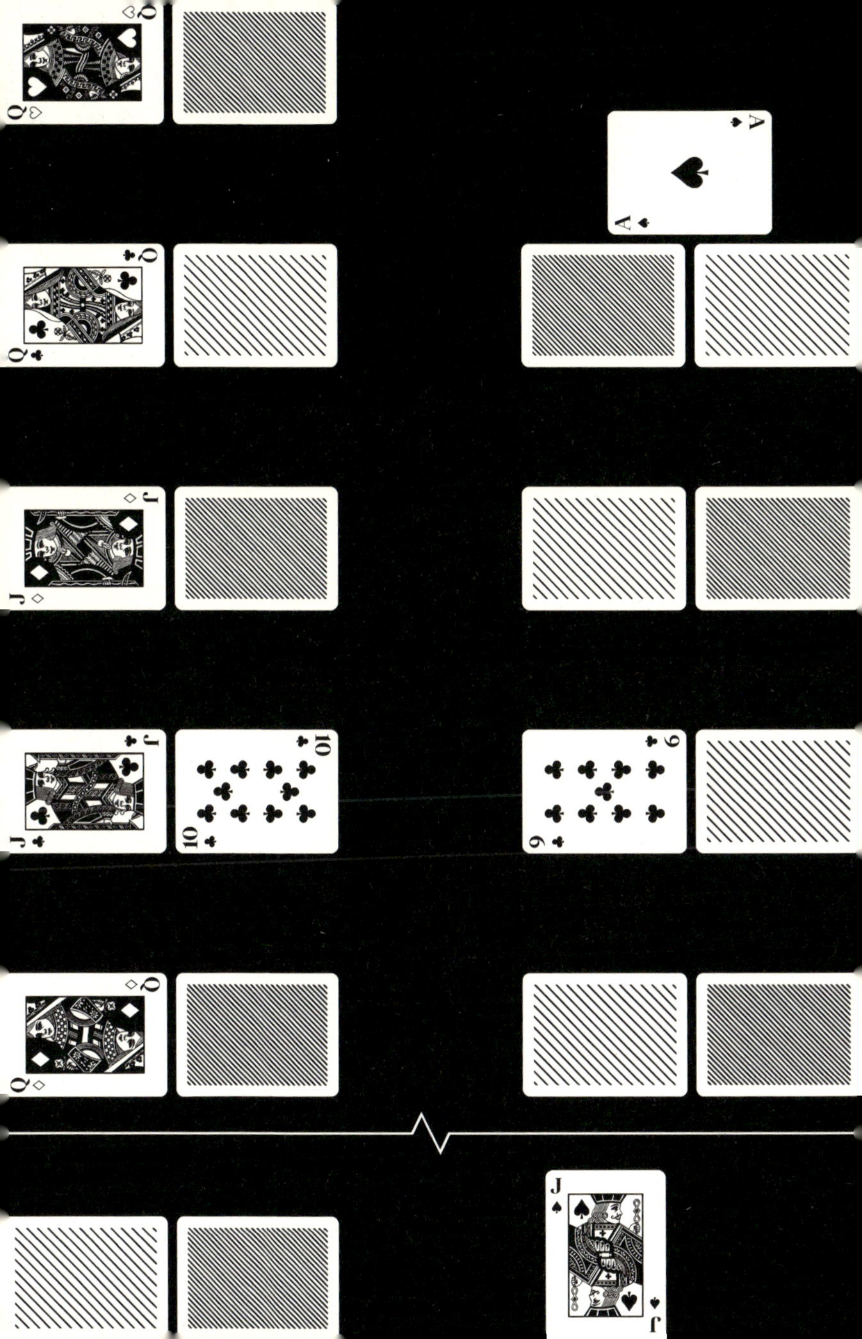

tava lá. A gente ficava rondando soluções até tomar um partido para prosseguir o projeto. Quando encontrávamos o Chefe, muitos papéis manteiga e grafites depois, tudo mudava e passávamos noites trabalhando para recuperar o tempo desperdiçado. O coordenador conseguia manter a fleuma britânica e relaxava em suas conversas na prancheta atrás de mim. A jovem derramava seu charme de ar de inocência sobre todos, não sei se para fazer ciúmes ao coordenador ou porque era esse mesmo seu jeito de ser, porém, se eu quisesse permanecer naquela prancheta, era prudente não cair no seu encanto. Quando Tony vinha na minha prancheta, diferente do que fazia normalmente, sentava-se ao meu lado e não em frente. Nossa conversa era breve e, na primeira oportunidade, mudava seu foco para a ocupante da prancheta de trás, e sua presença mais incomodava meus movimentos que ajudava nos meus projetos. Quando a conversa às minhas costas começava a incomodar, eu ia tomar um café e xeretar as mesas dos arquitetos seniores, para falar de cidades.

Márcio tinha o perfeito domínio das suas ações num projeto. Não colocava a lapiseira no papel sem saber precisamente o que aquilo significava. Sua formação em escritórios de engenharia garantiu-lhe a responsabilidade sobre o traço que normalmente os arquitetos não têm. Nosso traço está sujeito a mudança, são provisórios, irá para o calculista, depois para as especificações de hidráulica, elétrica e outros profissionais, e nunca estamos seguros se nosso traço é o final. Já o calculista, quando desenha uma viga com uma certa espessura, se errar um pouco, pode comprometer o prédio, vidas e a própria carreira.

— Acho que nós estamos recolocando a valorização da rua na cidade. — Ele disse.

— Mas tem rua em Brasília, não tem? — Perguntei.

— O partido do Lúcio Costa foi o de superquadras, unidades de vizinhança. O cidadão tem tudo ao seu redor na quadra: escola, bar, padaria, ele desce do apartamento, vai ao bar e volta para casa. A rua medieval continha uma vida, tudo se fazia ali, as conversas, o comércio, o trabalho, as casas eram voltados para a rua e a ocupação das ruas deixa a cidade segura, gostosa de se viver, cheia de surpresas e acontecimentos. Em Brasília tudo está claro, estampado à sua frente, você não perde de vista sua casa, a cidade é dividida em trabalho, lazer, habitar e circular. Cada coisa em seu lugar e as surpresas de uma cidade se perdem nessa organização racionalista rígida.

— Pô, mas você não pode pensar numa cidade moderna com os olhos de uma cidade medieval, não é? — Perguntei para aprender mais, não que houvesse realmente um questionamento meu.

— Não seria fazer uma cidade medieval, mas os princípios da cidade moderna surgiram por volta da baixa Idade Média e então estamos falando de conceitos fundadores da cidade. Não se trata de passadismo, mas de entender o que constitui uma cidade, o ser da cidade: no mundo medieval cidade era sinônimo de liberdade. De ficar livre de um senhor feudal. Aquilo era território dos homens livres que circulam ao seu prazer, com suas próprias regras. A cidade precisa encontrar seu etos coletivo, sob o princípio da liberdade. O racionalismo urbanístico limita o homem a ser o que o demiurgo planejador determinou para ele.

— Você está dizendo que o Lúcio Costa é um autoritário?

— Não, não posso dizer isso. Ele é um dos mais brilhantes arquitetos da velha geração. Um pai da arquitetura moderna. Seus projetos foram os mais marcantes tanto no Brasil como no mundo todo.

— E por que então ele se apoiou na superquadra?

— Porque era isso que estava posto ao urbanismo. Não se poderia criticar esse urbanismo sem antes ter executado uma cidade e ver o que realmente é. Um projeto só se concretiza na obra. O modernismo foi um passo fundamental na história da arquitetura e urbanismo, não quer dizer infalível, a retomada da concepção estética no projeto de uma cidade tinha que sofrer uma renovação. Não poderíamos repetir o Haussmann ou o Camillo Sitte. A cidade industrial não pode avançar em cima de um padrão estético do oitocentos. Avanços implicam em erros, mesmo assim são avanços.

— E agora o Chefe está pondo de cabeça para baixo essa visão modernista, revalorizando a rua?

— Não, não está pondo de cabeça para baixo, está atualizando. Você conhece o *Team 10*?

— Não, o que é?

— É um grupo de arquitetos encabeçados pelo casal inglês Peter e Alison Smithson, que montaram o décimo congresso do CIAM.

— O que é CIAM?

— Pô meu, não sabe? É o Congresso internacional de arquitetura moderna. Houve 10 congressos entre 1928 e 56, que estabeleceram os fundamentos da arquitetura moderna. A chamada "Carta de Atenas": foi no congresso de 1933 que o Le Corbusier propôs dividir a cidade em Trabalho, Lazer e Habitar, ligando tudo pela circulação. Precisa estudar um pouco.

Ciclone oriental

Onde estavam essas meninas? Lindas, cabelos pretos ou dourados, olhos esverdeados, pisar discreto, segurança de sábios, doçura no tato e na linguagem rebuscada posteriormente despojada dos contornos barrocos na travessia do Atlântico quando perderam a ossatura, tornando-se brejeiras. Vieram do Sul e agora circulavam em torno de mim. Competentes, modestas, nada semelhantes à arrogância portenha. Vinham de Mendoza, Rosário, Rio Grande e Montevidéu, e traziam anos de estudo e amargura política de refugiados. Nomes lindos como Micaela, Florência, Celeste, Fiorella e Olívia. Essa era a minha preferida. Olívia, além da beleza incomum, trazia nos olhos a profunda dor da perda de um filho. Todos nós somos católicos, mas para ela era uma questão visceral. Sem saber aonde ir, o que fazer, desesperada com a tristeza que corroía sua alma, andava sem rumo por Punta Trouville e, atraída pela arquitetura simples do barroco latino americano, a paz do espaço amplo do pé direito imenso e os rebuscamentos dos anjos, entrou numa igreja para descansar. Começava uma missa com órgão entoando o Evangelho de São Matheus de Bach que preencheu o espaço pleno de dourados e abafou o zumbido do vento. A magia do espaço turbilhonou sua alma e Olívia reencontrou a tranquilidade. Como uma pequena flor, a fé de Olívia brotou, ocupou calçadas e sombreou as ruas, até dominar toda sua existência. Retornou nas tardes seguintes, até chamar a atenção dos padres. Um jovem e bonito rapaz, vindo de Tucumán, chamou-a para confessar. À confissão prolongaram-se passeios pela orla, chás e troca de confidências com o padre Robledo. Raul afogou-se no trabalho insuficientemente pago para o sustento do casal e, à noite, Olívia relatava ao seu antigo colega de faculdade, com a máxima economia de palavras, suas ações diurnas. O fato de Olívia ter cogitado no aborto daquela inesperada criança, vinda num momento inoportuno de suas vidas, desenhou uma parabólica curva que culminou em atribuir a si mesma a perda do filho.

A depressão de Olívia corroeu a renda do casal e, em retribuição à ajuda de seus colegas, Raul dedicou-se mais às tarefas políticas noturnas, afastando-se da esposa, ou talvez os ciúmes de um e culpa da outra inibissem o facear-se. A busca do perdão é nobre, mas tem seus limites. Compreendeu a esposa, mas não perdoou o padre, e a ideologia incandesceu o ódio. O bispado de Montevidéu dera mostras de simpatia aos Tupamaros e comunistas, mas a ingenuidade de Raul confundiu opção política com retidão de caráter. Se o bispo era simpático às causas de esquerda, não havia perdido seus fortes vínculos com o poder. Depois da conversa com o bispo, Raul notou uma acintosa perseguição. Na sua chegada em casa, um Peugeot velho e amassado estava parado na esquina, com dois indisfarçáveis homens de terno. Quando saía da repartição, outro o seguia. Parou com as reuniões do partido, temendo expor os colegas, Olívia investigou junto ao padre Herman Robledo e este confirmou as suspeitas do marido, o bispo havia recomendado ao padre se afastar de Olívia, mulher casada com um perigoso comunista. O conforto espiritual de Olívia acentuava o desespero de Raul e decidiram pela emigração. Raul ficou em Montevidéu para desmontar o apartamento, dar o aviso prévio no trabalho e procurar contatos brasileiros com o Partido, enquanto Olívia procuraria colocação para o casal no Brasil. Tudo que ela tinha era uma indicação dos arquitetos paulistas membros do Partido. Talvez a causa política, talvez seu irresistível charme, ou ainda sua aplicação técnica, convenceram o Chefe de imediato.

Os desafios que aquele emprego me punha cegou-me inicialmente à sua beleza. Olívia Quiroga vestia-se mal, seus cabelos estavam sempre desalinhados, não usava maquiagem, joias ou tratos usuais da feminilidade. Os olhos baixos se negavam a admirar o mundo. Mas o olhar nos prega peças, o meu foi à sua procura e num relance acendeu-se uma fogueira, ou talvez um vendaval nos tenha arrebatado e me conduzido até a primeira fila de pranchetas e, antes mesmo que me desse conta, a convidei para uma pizza no Camelo, prontamente aceito. Olívia vivia só, numa pensão modesta da Alameda Santos, a poucos passos do escritório. Confessou ir à missa das seis todos os dias, no Colégio São Luiz. Praticamente reclusa nos dois meses desde a imigração, precisava conversar com alguém. O Pipeta já não existia mais, o Camelo ganhou freguesia. Sentados nos bancos onde Wallace costumava estacionar, o novo garçom percebeu minha familiaridade e tratou-me como *habitué*. Olívia ficou surpresa por apanharmos as esfihas da caixinha do outro lado do balcão, sem nenhum controle, apenas as bolachas dos chopps e a nossa palavra ao fechar a conta. Novos moradores do bairro se apossaram do nosso canto. Agora era apenas uma pizzaria, as esfihas restaram como última lembrança do restaurante árabe. Queria que Celsinho, Pepê, Álvaro e Wallace me vissem com aquele mulherão, aquela simbiose de Vênus com Perséfone, me levando para as profundezas ao Olimpo, mas não havia ninguém lá me vendo um homem, trabalhando, seguro e confiante, no lugar que me viu cheio de dúvidas e baixa auto-estima. Eu estava ali a mostrar às paredes que eu vencera. Ao menos o primeiro *round*.

Nossa conversa terminou no meu apartamento. Sob aquelas roupas esquisitas havia um corpo fantástico, sob sua timidez maior volúpia que conhecera. Sua habilidade magistral, seu envolvimento total. Entendi a aceitação do marido, até eu aceitaria. A noite mal dormida se prolongou pelo amoroso café da manhã na padaria e, enquanto ela passou na igreja, fui para o escritório olhando o mundo com cores mais vivas, vendo luzes antes despercebidas, ruídos que se tornaram música e a metamorfose de sonhos em planos para a próxima noite. Às cinco e pouco, o Chefe chegou ao escritório. Vinha com muitas ideias e sentou-se na minha mesa. Começou a falar de Barcelona e do plano Cerdà. Os grandes blocos de alta densidade, cortados por grandes avenidas ortogonais e algumas transversais que enriqueciam o traçado urbano, com praças, cantos, eventos urbanos, rompendo a monotonia. Mostrou desenhos e rabiscou a minha folha com caneta Bic, destruindo meu vegetal sob desenhos em nanquim. Não estávamos projetando capitais europeias, mas uma pequena cidade no sertão, será que cabia tanta discussão nesse projeto tão restrito? Me lembrei do Baravelli nos dizendo que não importa ao arquiteto o que se está projetando, palácios ou casinhas de cachorro, ali estava a oportunidade de projeto e nele cabia tudo que sabíamos e todo nosso esforço para fazer algo novo, instigante, desafiar não só a lei da gravidade, mas, principalmente, desafiar os parâmetros sobre os quais há anos estávamos atrelados. Expandir a linguagem do arquiteto era o que precisávamos fazer ali. O Chefe falou: "cabe ao arquiteto dar forma à cidade. Não importa a teoria, a pesquisa ou a ideologia adotada, se não formos capazes de vislumbrar a dimensão estética espacial e entender como esse espaço está afetando as pessoas." Eu admirava meu chefe, vi naquela noite como valeu a pena meu esforço, aprendi naquelas altas horas o que não aprendera na faculdade, nem aprenderia por muitos anos da minha vida profissional. Ele completou explicando a diferença entre cidades projetadas por arquitetos e as demais. "O arquiteto tem por base a tectônica, a arte de organizar estruturas sustentáveis. Essa base nos faz pensar a cidade como articulação de tensões. A gente pode agrupar as estruturas que abrigam recintos humanos ao longo da história. O primeiro deles é a pirâmide, estrutura hiperestática onde uma pedra se prende à outra em todas as suas faces, de forma que, se você tirar uma, não acontece nada. As pirâmides existem no Egito, nas civilizações da mesopotâmia, das Américas pré-colombianas, nos túmulos dos Citas, dos Gálagos, na China e na Índia. Da pirâmide para a arquitrave é só um passo. Ao mesmo tempo ou até antes, o homem criou o arco, estrutura adequada para material comum como o barro, que submetido apenas à força de compressão, resiste a grandes vãos. Os arcos atenderam a diversas demandas do Império Romano, da Idade Média e do Renascimento. O modernismo se caracterizou por eleger o equilíbrio como sua estrutura característica. Os grandes balanços de Frank Lloyd Wright ou as estruturas balanceadas de Le Corbusier. Veja o projeto do congresso de Brasília: é a representação de uma balança. Eu chamo esse tipo de estrutura de estrutura **T**. Outro exemplar dessa estrutura é o ginásio de esportes do Clube Paulistano do Paulo Mendes, um grande bloco de concreto faz contrapeso para ancorar cabos de aço que sustentam a cobertura esférica sobre o ginásio. Finalmente, com o esgotamento das formas equilibradas, surgiram estruturas exóticas. Veja o projeto do Niemeyer para a igreja da Pampulha, a igrejinha de São Francisco é em arco como os romanos, ao lado o campanário em forma de **v**, que é uma coisa esdrúxula, o oposto da pirâmide, para que aquilo? Apenas formalismo, contrário a toda a lógica estrutural. Hoje surge o pós-moderno, abusando dessas pirotecnias, como se isso fosse arquitetura ou urbanismo. Não sabem fazer projetos para as pessoas, então fazem pináculos, torres de TV, aquele negócio em Berlim, o que é aquilo? Uma estrutura de poste segurando a bola giratória do restaurante, para provar que a Alemanha Oriental tem alta tecnologia. Não precisa disso não, basta construir um belo BMW ou um AUDI que já teria mostrado sua alta tecnologia. Isso não é urbanismo, nem arquitetura, é exibicionismo. Na nossa pequena cidade não tem lugar para exibicionismo estrutural, é arquitrave, abóbodas e olhe lá. Nem grandes balanços ou equilíbrio. É **A** das pirâmides e das arquitraves ou **O** ou **U** invertido dos arcos, talvez num ou outro prédio importante algum **T**, mas certamente nenhum **V**. Parecia que ele estava falando dos meus castelos de cartas que brinquei desde a infância. Os castelos montados na casa de minha avó, de onde olhava pela janela e todo o mundo estava à minha vista, uma cidade imensa de dois a três milhões de pessoas. A tranquila avenida Paulista, rota diária da Eugênio de Lima para o Paes Leme, agora alargada, sem árvores, sem mansões rodeadas por grandes jardins. Agora está ocupada por torres altas, infindáveis garagens e todos os carros para elas. Lembrei dos bondes Avenida 2 e 3, substituídos pelos ônibus fumacentos, feios e barulhentos. Muita coisa mudou, e outras nem tanto. Os prédios se valorizavam com vidros e caixilhos de alumínio. As pessoas que andavam por ali agora não tinham mais nomes, não se identificavam por suas roupas, se pasteurizaram. Fusquinhas ocupavam todas as faixas de tráfego, que outrora eram partilhadas por árvores, imensas calçadas, bondes, postes bruxuleantes e muros baixos. Fazer uma cidade hoje é fazer zoneamento? Virou coisa de sociólogo e economista? Saiu da esfera de arquitetos para se tornar matéria de idealistas? Dizia-se que a cidade era o palco dos homens livres. Mas será que um desenho diretivo, segregando funções, não é o cerceamento dessa liberdade? Até que ponto a organização do espaço tem o direito de organizar a vida dos cidadãos? As aulas de urbanismo na universidade eram cheias de números, de pesquisas, mas não tinham calor. Não pensavam na cidade como lugar de encontro, diversidade, surpresas, conexões. Como eram frias e desumanas as cidades planejadas pelos arquitetos modernistas, mas que coisa insuportável essa cidade deixada ao prazer dos especuladores, erguida entre monumentos ao mau gosto, adensando bairros e deteriorando o território, a natureza e a vida comunitária. Os homens deixam de ser homens públicos para se tornarem privados em seu caixote habitacional, nas caixinhas rolantes que entopem as ruas e nos modelitos padronizados de vestimentas impostos pela publicidade. Onde está a liberdade do cidadão? Temos principalmente o direito de ser consumidores.

De madrugada, a Paulista era escura. Havia uma festa no mezanino do Conjunto Nacional, no térreo, o Fasano ainda estava aberto para alguns clientes, nos cinemas Astor e Rio, os lanterninhas aguardavam o fim da sessão das dez e alguns carros estacionados mostravam que ali ainda havia notívagos. Fui domingando pela Augusta em direção à cidade, O Longchamp estava fechado, na galeria Ouro Verde estava cantando Roberto Luna. Pretendia chegar até o Gigetto na Avanhandava ou o Jogral na galeria Metrópole, mas parei no Majestic cuja lembrança me chamou para um filé à cubana. Só em São Paulo era possível fazer aquele *tour* noturno. Nas cidades da Europa, tudo fecha às dez horas da noite. Mesmo Nova Iorque, se você não conhece bem, corre o risco de ficar madrugada zanzando na cidade vazia. Tínhamos uma vida noturna e não apenas a vida da boemia ou num bar da avenida São João. Tínhamos a boca do lixo e a boca do luxo, a Augusta, o Stardust, o Baiúca, o João Sebastião Bar, o bar do Hotel Cambridge, também os bares do Maksoud Plaza. Havia a sopa no Ceasa, o Bar Brahma, os botequins em torno dos jornais a Folha, o pernil do Estadão, onde os jornalistas se misturavam com as putas e desocupados. Não tinha nada mais urbano que aquele passeio noturno, perdido, seguro, vacilante, pelas calçadas razoavelmente inteiras e carros velozes que rasgavam o silêncio das ruas. Taxis atrás de alguém perdido, ônibus praticamente inexistentes. Buenos Aires na Corrientes tinha esse espírito, Vargas LLosa tinha histórias sobre Lima

Figura 3 Cortes, dobras e fissuras nas estruturas sólidas permitem diversas alternativas tectônicas. Um pequeno corte, de preferência com estilete novo, deve ser feito a cinco ou seis milímetros da extremidade menor da carta, com aproximadamente dois centímetros de extensão no centro. Na extremidade oposta, deve-se fazer dois cortes com o comprimento igual à distância entre o primeiro rasgo e a borda da carta, com um ou dois milímetros a mais, e distantes estre si um ou dois milímetros menos que a largura do rasgo do primeiro corte. Com isso, temos os famosos encaixes macho e fêmea. Sendo machos os cortes verticais à borda, e fêmeas os horizontais à borda. Os cortes verticais vão possibilitar a dobradura de uma pequena aba numa das extremidades com fácil penetração no rasgo da outra face. Esse coito possibilita alguns artifícios estruturais para aumento da estabilidade, possibilitando outras aventuras impensáveis para objetos tão frágeis. As estruturas em T e V ou W só são possíveis com esses cortes. Para isso, recomenda-se iniciar qualquer estrutura complexa com uma base triangular, sendo a de baixo preferencialmente composta de uma carta com dois cortes fêmeas e duas inclinadas, uma com dois cortes machos e a outra hermafrodita. Esta disposição evita que a força de compressão sobre as cartas verticais provoquem o deslocamento da base, que estaria sujeita apenas à força de atrito entra a carta e o piso. Em um piso liso, seria praticamente impossível manter a estabilidade. O uso de cartas, digamos assim, sexualizadas, evita os deslizamentos. As cartas da parte baixa da treliça devem ser executadas com cartas híbridas, e a fêmea deve ser uma pouco mais flexível para suportar os encaixes macho horizontais e os oblíquos, podendo, neste caso, provocar rupturas e fissuras nas paredes laterais da abertura. O cuidado tomado nos triângulos de base devem ser repetidos nos contraventamentos da estrutura espacial em forma de T. As promiscuidades das aberturas fêmeas, disponíveis para diversos encaixes machos, podem ocasionar lesões e danos, tanto nas fêmeas quanto nos machos. Todo ritual de montagem da estrutura, apesar de ser muito prazeroso, deve vir acompanhado de redobrados cuidados e atenções.

Figura 4 A descoberta de que as cartas se tornavam letras ocorreu, movida pela paixão adolescente que, depois de rabiscar as duas últimas folhas do caderno escolar com o nome **ANA**, transpôs ao jogo simples do castelo de cartas a fixação no nome da amada. O nome **ANA** prestava-se perfeitamente a essa transposição. Na verdade, nem seria necessário qualquer artifício para que um jogo de três pirâmides, dispostas lado a lado indicasse, com algum esforço, a palavra **ANA**, mas um apaixonado quer mais, quer destacar a pena vertical do **N**, o que é quase impossível sem o auxílio de algum artifício. Os cortes permitiram uma solução universal para as várias letras que rabiscavam no ar e dispensavam a introdução de outro material qualquer. **ANA** foi a primeira palavra formada com os cortes macho e fêmea. As letras **O**, **T** e **W** constituíram-se nos maiores desafios estruturais solucionados com os cortes. Mas a vida nos traz surpresas, há quem chame isso de sincronicidade, outros de coincidência, e outros ainda a magia que as letras e principalmente as cartas têm. Essas imagens que constroem o universo e se escondem sob as letras leves, fugazes, frágeis e tributárias do acaso, como são geralmente os jogos de cartas.

ATOWMA

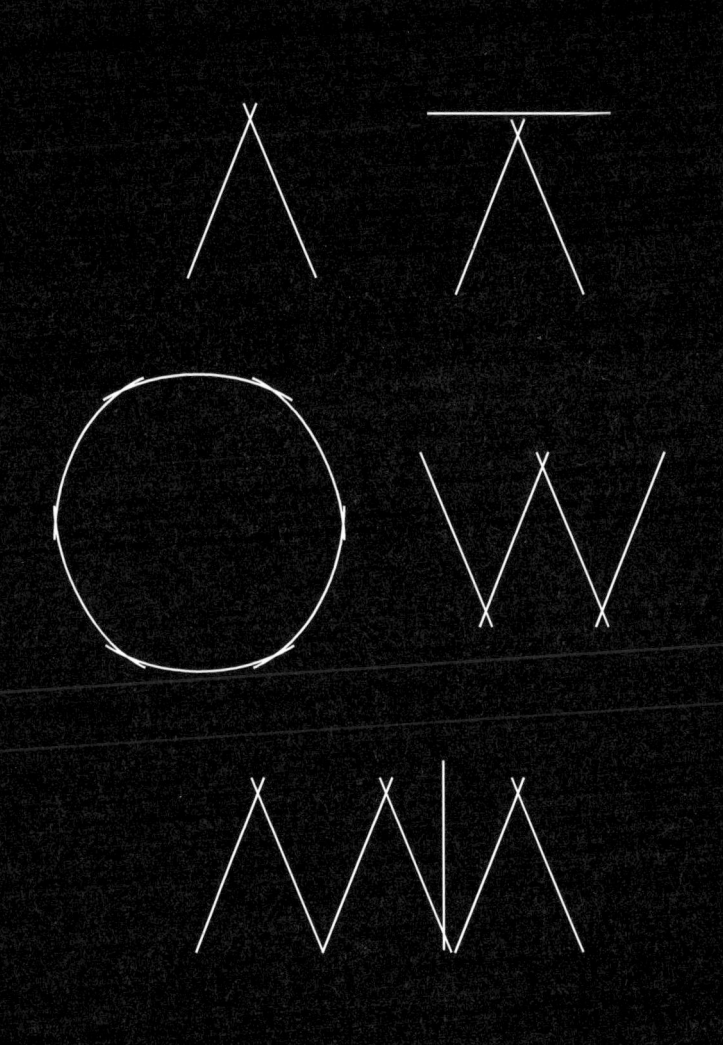

de madrugada, Malcolm Lowry descreve uma pequena cidade do México no dia dos mortos. Eram cidades, mas se eu estivesse em qualquer uma delas, seria turismo, espectador olhando os fatos. Em São Paulo eu estava dentro, vendo, sentindo os cheiros, os sons, o clima úmido da cidade da garoa. Cruzando com rostos, se não conhecidos, ao menos familiares, o terno da Ducal, o sapato Zuger ou Vulcabrás, me indicavam alguma coisa. Era como se a cidade fosse feita para mim, para os moradores, turistas e para os vagabundos que perambulam sem rumo. O que era a "vida urbana"? Não fui eu que moldei minha urbanidade, a cidade que o fez. Tantos anos circulei por aqui, vendo as pessoas, os bares, as roupas, os sons e os cheiros. Eu agora projetava uma cidade que ficaria pronta em anos, em outro clima, com pouquíssima gente, perdida na caatinga nordestina, onde nunca haveria um Gigetto ou o Roberto Luna. Que sei eu de cidade para desenhar para essas pessoas? Até os amores, as dores de cotovelo serão diferentes. Não se amará como se ama aqui. O que eu posso falar sobre amor?

A brisa marinha trouxe um frio para disputar com a ardência do sol a prevalência do dia. O ônibus Edu Chaves sai do seu ponto final na grande praça, que era praticamente um terreno baldio. Cobradores discutiam futebol com os motoristas e deixavam a fezinha no jogo do bicho. Nunca entendi por que havia uma linha da Vila Madalena para o parque Edu Chaves, uma área no limite de São Paulo com Guarulhos. Quem teve a ideia de fazer tal linha? Será que algum dia algum passageiro fez esse trajeto? Daí tamanha irregularidade. O Mercedão saiu fumegando fuligem pela quase deserta Vila Madalena, na Teodoro tremulou pelos paralelepípedos até a Doutor Arnaldo. Na frente do Belas Artes, desci e caminhei pelas calçadas amplas até o Goiabão. Entrei no prédio pelo subsolo e sob o olhar de um porteiro perdido no vazio de seu ofício.

O elevador me transportou através das nuvens, a secretária me pediu para assinar o ponto. Olívia já estava lá. Não levantou o rosto, ou estava realmente concentrada ou me evitando. Será que ela arrumou outro? "Vou procurá-la no fim do dia, no São Luiz". Sentei-me e fiquei pensando como transferir os pensamentos eróticos em formas, volumes, espaços, lugares. Criar lugar era o desafio, não se tratava mais de criar amplos espaços, local de reunião do povo, mas lugares para pessoas viverem, Brasília, concebida sobre as bases de Le Corbusier e do modernismo do pré-guerra, estava em xeque. Em 1972, foi demolido o conjunto *Pruitt-Igoe* de Minoru Yamasaki, um infame projeto habitacional em Saint Louis no Missouri, que obedecia rigorosamente às regras do modernismo e se mostrou inabitável. Para alguns, representava o fim do modernismo. Discuti e desenhei, à espera da inclemência da caneta Bic do Chefe e mais uma noite debruçada sobre a prancheta. Às seis saí para encontrar Olívia. Andei rápido, ela tinha saído há uns dez minutos, percorri toda a igreja, sacristia, capelas, nada. "Onde ela se meteu? Será que está transando com o padre daqui?" Na cabeça de um apaixonado tudo pode ocorrer. Sem os ciúmes não teríamos guerra em Troia, voltei para a padaria da Peixoto Gomide, a noite prometia ser intensa, a data da próxima entrega se aproximava, meu lanche demorou o suficiente para que chegasse Olívia.

— Está vindo da igreja?
— Sí, ahora encontré una iglesita cerca y he estado yendo allí.
— Onde é?
— Está en alameda Franca, Nuestra Senõra Madre de la Iglesia. Ella es rica, era una iglesia anglicana y se hizo católica no hace mucho. Realmente parece inglesa.
— Por que deixou de ir na São Luiz?
— Ah, no lo sé. Creo que esa es pequeñita, me siento mejor, hay menos gente, menos ruido de la calle. Es muy graciosa.
— Eu nunca vi essa igreja. Fica em que altura?

— Está en esa dirección. Cerca de la Ministro, gira a la derecha, ella está justo en el medio del bloque.

Resolvi entrar logo no assunto antes que algum colega chegasse.

— Você está me evitando?

— ¿No, porque? De ninguna manera!

— Não falamos mais? Você mal me olha no escritório.

— Tengo dificultades en el trabajo, es muy difícil para mí. No sé si soy lo suficientemente competente para eso. El jefe cambia todo lo que hago y hace garabatos en mis lindos dibujos, él viene con aquel bolígrafo y los estropea todo.

— Comigo é a mesma coisa.

— Si? Pensé que era yo.

— Não, ele é meio louco mesmo. É assim com todo mundo.

— Pero él se queda mucho tiempo en mi tablero y cuando cuando no es él, Xenakis viene a mi dibujo y le pone una X.

— Não, isso é a rubrica dele.

— No se llama Zenakis? Sería Z no X!

— Na França, o X tem som de Z. A origem é grega mas a família dele é francesa.

— Si, lo juras?

— Sim, Xenakis se escreve com X. Ele está aprovando seu desenho, evita que o Chefe rabisque.

— El jefe viene mucho en mi tablero

— É que ele está te xavecando.

— ¿Que es eso?

— Te seduzindo. Ele é bem galinha.

— Si? No está casado? Él sabe que estoy casada, no creo que haría eso.

— Posso estar errado, mas... não descartaria a possibilidade. Fica tranquila, está difícil para todo mundo. Eu estava pensando nisso mesmo hoje à tarde. Mas tenho que subir, já estou fora há quase uma hora, se passar mais tempo eles descontam minhas horas.

— Me voy también. No puedo tener descuentos.

No nosso andar a secretária estava com o Chefe e não nos viu entrar. Sorri de longe para Olívia e ela retribuiu. Acho que podemos voltar a conversar normalmente. Minha cabeça pensou cada coisa quando não a encontrei no São Luiz... "mente corrupta". As pranchas se acumulavam na minha mesa. Perdi mais de hora verificando os erros, enquanto os desenhistas tomavam lanche. Trabalho estafante e pouco intelectual. Os olhos marejavam, vermelhos, esfregavam-se contra as mãos sob a luz fluorescente, que insistia em distorcer as cores. Os vidros fumês, mediados por uma veneziana interna, deixavam o exterior distante, com aspecto irreal, estranho e aquela luz refletindo no brilho do papel vegetal completava o serviço. Ninguém fica bonito sob uma luz dessas, com exceção de Olívia. Continuava linda sob as olheiras, com os cabelos desalinhados e as roupas amarrotadas. Silenciosa, concentrada não percebia as fugidias buscas da minha íris. A assimetria era gritante. De um lado, o bobão dispersando-se do trabalho para roubar olhares furtivos e, do outro, uma mulher trabalha com dedicação sabendo o que faz e o que quer da vida. Não acreditava em mim nem como urbanista, nem como arquiteto, nem como homem, melhor seria procurar um bode expiatório. Um padre para paquerar Olívia, teorias para me afastar do arquiteto que eu era. Pareço o Galtieri, que disfarça a crise argentina com a invasão das ilhas Falklands. Mas naquele trabalho não seriam truques, teorias fantásticas ou ideologias que iriam me ajudar, estava ali para resolver um problema concreto de projeto e não para divagar sobre o futuro do mundo. Se minha paixão corria perigo sob as ameaças do marido, do Chefe, dos padres, ou sei lá mais quem, muito maior perigo corria meu emprego sob a ameaça da arrogância, das teorias bacanas e da ideologia. Aquela cidade que eu projetava era única, específica, e não uma cidade teórica transportada de Nova Iorque, Londres ou Paris ou mesmo de Dhaka em Bangladesh.

Emergência

Nós, das pranchetas da frente, controlávamos o movimento dos elevadores, sempre que um problema de projeto aflorava. O anjo do dever forçava nossas cabeças de volta para o desenho, mas as engrenagens elevatórias competiam com alto *handicap*. Saber que, a qualquer momento, nosso trabalho seria descartado não ajudava a concentração. Me enamoro do elevador, ele chama minha atenção como poucos, dedico-lhe uma quadrinha:

Não sei se subo ou se desço
A porta se abre num raio
Atravesso o lado do avesso
O elevador não chegou e eu caio.

O tempo atravessou o vazio do hall e encobriu os sons exteriores, quando saiu do elevador uma mulher de tirar o fôlego, alta, roliça, cabelos quase loiros, olhos azuis, com as pernas desenhadas sob um jeans branco muito justo e jaleco de médica aparentando cerca de 40 anos. Andar decidido, dirigiu-se à recepcionista que, em seguida saiu da sua cadeira e foi calmamente andando até o fundo do salão. Alguns olhos a seguiram até as últimas pranchetas:

— Davidson, sua mãe está aí. — Espanto geral! Mãe? Aquela gata poderia ser mãe de alguém ali?

No canto escondido dos maqueteiros e *office-boys*, entre a copiadora e pedaços de madeira balsa, estava Davidson, que caminhou num passo sincopado, como se tambores lhe ditassem as passadas, atravessava as cartesianas pranchetas com seus pés longos, cabelos não menos, esguio e solerte, olhava a partir dos olhos azuis para a mãe que o aguardava, enquanto das pranchetas cabeças se torciam para apreciar a figura até então transparente. Com caminhar de um rei Yorubá, o silêncio e a fleuma da discrição, beijou sua jovem mãe. Entre afetos e lágrimas, as palavras atravessaram como ruídos indistintos, mas ouvidos moucos puderam ler os movimentos labiais relatando a não gravidez. A felicidade do encontro denunciava a amizade quase fraterna entre mãe e filho.

— O que será? — A pergunta atravessou o salão, mas não seria eu agente da indiscrição.

Os passos heráldicos voltaram com a mesma placidez e balanço da ida, mas, ao redor do azul de seus olhos, pequenos riscos vermelhos surgiram. Rubro e sorridente, estampava um convite a ouvintes atentos. Troca de sussurros e olhares se difundiram entre as pranchetas, atraídos pela inusitada figura humana. Enquanto o sol concluía seu curso a Oeste, arquitetos caminhavam para o Norte, envoltos pelo forte odor de amoníaco e de cola de madeira. Seus avós eram holandeses. Vieram para o Brasil em 1950, trabalhar na nova fábrica da Philips. Adolescente, voltou a Eindhoven, passar um ano com os avós. Lá conheceu o pai, um nigeriano estagiando na Philips. Quando Agnes descobriu que estava grávida, o nigeriano já havia voltado ao seu país e, para evitar transtornos de guarda da criança, não avisou o pai. Davidson Wallabe recebeu o nome do pai e sempre soube de quem se tratava, quando foi sua vez de atingir a adolescência, foi a Lagos conhecer o pai. Este estava casado, com filhos, e trabalhava numa mineradora. O pai achou estranha a história, aceitou-a a contragosto e desconfiado, mesmo Davidson ressaltando que não reivindicava nada dele, não foi aceito afetivamente como filho, a esposa quase não lhe dirigiu palavra e pouco permitiu a aproximação com os irmãos. Davidson voltou decepcionado com a estranha família: ricos, moravam numa área sofisticada, eram elitistas e reacionários, apoiavam o ditador, um déspota sanguinário. Não fez nenhuma pergunta sobre sua mãe, bem como sobre sua infância. Davidson se perguntou como sua mãe, tão liberal e inteligente foi ter um filho com aquele sujeito. Em prosseguimento àquela viagem ficou na casa da avó em Eindhoven para fazer faculdade em Delft. Voltou recentemente, mas ainda não havia conseguido regularizar seu diploma e trabalhava como estagiário.

Com mãos pequenas e perícia de parteiras, as meninas tiraram histórias holandesas. Davidson tinha bons ouvidos, mas poucas palavras. A cada pergunta ele respondia laconicamente e induzia a confissões maiores. Nos surpreendemos sobre o quão pouco sabíamos uns dos outros. Revelaram-se muitos fatos como o de que Lia era casada com um arquiteto que trabalhava num grande escritório; Morena morava na Mooca com uma enorme família e formou-se em Santos. João Paulo, meu projetista, corria nos fins de semana e era casado, apesar da pouca idade. Pedro pós graduou-se na *Harvard Graduated School of Design* e tantas outras histórias. Também souberam onde estudei, onde morava, e mais algumas generalidades. Olívia não se aproximou, guardou para mim suas confidências. Davidson falou dos assuntos que estavam em pauta na faculdade de Delft: "estruturalismo holandês, detalhes sobre as *New Towns* inglesas, o desconstrutivismo de Deleuze e Guattari, transposto para a arquitetura. O estudo de história da Universidade de Veneza. As ideias de Robert Venturi, Aldo Rossi, o projeto do MoMa de São Francisco, Califórnia. Detalhes do concurso do Beaubourg em Paris. Projeto de uma pequena casa em Tóquio de Tadao Ando e tantas outras coisas." As informações surgiram entremeadas de conversas despretensiosas, um sabia uma coisa, outro outra, assim fomos vendo que, no conjunto, podíamos nos ajudar em vez de falar sobre futebol em nossos cafés. Nos surpreendemos com o desnível entre seus estudos e os nossos, não só sobre arquitetura e urbanismo, como os conhecimentos gerais. Vivíamos ainda sob a pressão nacionalista, valorizando quase exclusivamente os nossos. Niemeyer era o melhor arquiteto do mundo e não havia concorrência. Brasília era a melhor cidade planejada de todos os tempos e mal sabíamos o que acontecia nos pampas, quanto mais na Europa. Perguntamos se estudavam Niemeyer na Holanda. Davidson nos deu um banho de água fria. Elogiou o velho mestre, mas apenas como momento importante e fugaz do modernismo e se esquivou de falar de Brasília. Nos contou de um seminário na faculdade sobre o Nikolaus Pevsner, que cita o arquiteto de forma muito negativa. Conhecíamos o autor pelo livro "Pioneiros do desenho moderno", e nada mais. O tal pensador alemão não só critica Brasília como o nosso Barroco, dizendo ser o mais exótico que existe.

— Aí ele está indo longe demais! — Replicou Morena. — Nosso Barroco Mineiro? Esses gringos nos consideram uns macacos que ainda estamos pendurados em árvores e por isso não temos o direito nem mesmo de copiar uma arte europeia com dignidade.

— Eu conheço muito pouco dessa arte barroca brasileira. Quando estava no ginásio, fui a um mosteiro de Caraça, mas não me lembro bem e era mais bagunça que estudo. Nos próximos feriados, quero ir a Ouro Preto, Tiradentes e Paraty. Talvez eu possa falar alguma coisa a respeito. Conheço muito pouco mesmo. — Continuou Davidson.

— Acho que se a gente falar mal de qualquer arquiteto brasileiro na faculdade pode ser jubilado. — Acrescentei.

Pedro continuou.

— Saiu aqui um número de uma revista sobre o Memorial da América Latina. Tinha uma crítica e em seguida duas favoráveis ao projeto. Pode? Em vez de guardar o debate para um próximo número e vender mais, gastaram os trunfos para não aparecer alguém falando mal do mestre impunemente.

— Isso na Holanda é bem diferente, você pode falar barbaridades do outro e depois ir tomar cerveja com ele. A obra não é de um cara, é do mundo. Ele fez algo a partir dos conhecimentos partilhados. Um projeto como esse que nós estamos fazendo é coisa de todos nós, mesmo que o Chefe não nos permita participar muito, no final tem nosso traço lá. Eu imagino que o filho do português que ia para Coimbra voltava sendo o rei da verdade, porque ele era chique e foi para lá. Isso é bobagem, nem Coimbra é o céu, nem aqui é o inferno, a obra é fruto das condições que se tem para fazer um projeto, da tecnologia, da qualidade da mão de obra, na prancheta e no canteiro, não um dom divino ou um privilégio de quem é bem-nascido. — Acrescentei.

— Não dá para comparar projetos como o Memorial da América Latina com o pavilhão da exposição de Nova Iorque de 48 ou mesmo o prédio da ONU. Lá tem uma intenção de criar espaço público e isso é novo. Veja que o *Metropolitan Opera House* do Philip Johnson tem o mesmo propósito. No memorial a grande praça é um grande nada. A solução do fechamento do teatro com aqueles caixilhos grossos praticamente destruiu a ideia de transparência do hall. Não há diálogo com a cidade. Uma arvorezinha ali também não iria mal.

— Você fala de uma lenda viva da arquitetura brasileira em termos de gosto ou não gosto. Isso é desprezar o homem. — Argumentou Morena.

— Não! Todos sabem que teatro curvo não combina com acústica. Plantas redondas são um inferno para a ocupação. Quais são as razões para aquelas curvas senão o formalismo? E não digo que não gosto de formalismo. Digo que arquitetura não é um jogo de formas compondo a planta. As formas devem ser fruto das articulações entre programa, estrutura, intenções do partido, enfim a forma vem depois e não antes do projeto.

A discussão se prolongou e os apartes se inseriram até entrarem em banalidades e voltamos às nossas mesas com outra visão de Davidson, não era apenas sua mãe que era incrível, ele era bem inteligente, tinha ideias próprias e era imoral permanecer naquela função. O fundo da sala aos poucos atraiu as conversas do café para a proximidade de Davidson. Numa dessas conversas, Pedro voltou ao assunto Pevsner.

— Enquanto a arte nos séculos XVII e XVIII tinham Vermeer, Rembrandt, Velásquez, Piranesi, Caravaggio, o que foi trazido ao Brasil era um barroco jesuíta, vinculado diretamente à contrarreforma. Fomos catequisados numa rua de mão única. A diversidade era a marca registrada da cultura ocidental. Essa tradição barroca jesuítica foi responsável por toda a educação no Brasil até a república, que nos viciou nesse procedimento da verdade única, insofismável e absoluta. Aqui, quem não gosta de Brasília é um desertor ou pior, um inimigo da pátria.

As conversas entrecortadas do escritório eram interessantes e me davam muito o que pensar, estudar na Europa, para mim era impensável. Marquei com a turma sábado à noite no Supremo, alguns ficavam inibidos de ir à Oscar Freire, mas ficou marcado. Eu queria mostrar à Olívia que eu era descolado e tinha uma garrafa de whisky no bar. O bar tinha cara dos antigos restaurantes do centro de São Paulo nos anos 40 e 50. Balcão de mármore branco, mesas com toalhas, garçons de paletó e gravata borboleta. Olívia foi a primeira a chegar, Roberto, o dono, estava sentado à mesa xavecando a moça. Em seguida chegou Lia, muito expansiva, simpática e alegre, seu marido era meio galinha e era chegado a um whisky, mas ele não foi naquela noite. Lia não sabia sobre nossa relação e tomou boa parte da nossa atenção até a chegada de Davidson, o que mudou o foco, e Roberto deixou espaço para que eu trocasse algumas conversas breves com Olívia. Enquanto Davidson era quieto, Lia era muito expansiva e me pareceu interessada nele. As conversas ficaram em torno de amenidades e um dos meus propósitos do encontro, que era conversarmos sobre arquitetura e urbanismo, ficou restrito à citação de Camillo Sitte no livro do Lewis Mumford, que guardei para estudar outra hora.

— Pô meu, vocês estudam tudo isso na Holanda? Você devia ser um aluno brilhante lá.

— Qual o quê! Na maioria das vezes, os professores me chamavam e diziam que me dariam sete para eu não perder a bolsa, mas que não merecia essa nota. Era foda, outra língua e uma base escolar bem precária, aqui a gente aprende só o básico, fazer contas, rudimentos da língua e de história. A matemática que aprendi ainda era a tradicional. Lá aprendi a partir da teoria dos conjuntos, lógica matemática e a conceituação das ciências naturais. Aqui não se lê muito. Eu não conhecia Homero, Dante, Rousseau, Voltaire, Moore, Erasmo, Shakespeare, esses caras básicos. Mal e mal tinha lido Machado de Assis e Aluísio de Azevedo.

— É, eu me sinto um pouco ignorante, não estudei história antiga, filosofia, fundamentos do pensamento científico, essas coisas. É foda entender de arquitetura sem conhecer história antiga com alguma profundidade, templo grego sem a cultura helênica fica um monte de proporções e desenhos sofisticados.

— Sem estudo de arte e ciências, a arquitetura e o urbanismo se tornam um conjunto de macetes, de truques para se projetar. Perde-se o sentido das coisas, fica-se com as formas, e o que são as formas? — Disse Davidson.

— Pô, gente! Vocês vieram aqui para conversar coisa séria, em pleno sábado à noite? — Disse Lia.

— La conversación en el bar siempre es una pérdida de tiempo, es solo futilidad, nos sentamos en una silla incómoda en medio del ruido y casi no podemos respirar. — Completou Olívia.

— O bar é um lugar de reverberação, não importa o teor da conversa, mas o som, o ritmo, a música. Nos espaços fechados, os graves reverberam nos tetos altos, prolongam-se e se equiparam aos agudos. Esses são absorvidos pelas toalhas, roupas e pessoas, e se tornam tão intensos quanto os graves. Entretanto, copos, talheres e louça pontuam sincopadamente sons estridentes. Conversas são fúteis, com vocabulário modesto, com isso sons se repetem pelas diversas mesas. Numa se fala de avião, noutra de Minhocão, noutra de revolução e as rimas se assemelham a uma música do Thelonious Monk. A gente vem ao bar se embriagar de sons, músicas e dissonâncias. Nas calçadas, os sons graves da cidade são recebidos de forma constante enquanto as ruas pontuam essa plenitude com cachorros, risadas, conversas, gritos. As interferências são mais claras e de várias ordens: tem bêbados falando alto, pedinte importunando, floristas, vendedores de bilhetes de loteria, o Jacaré. A gente se embriaga de sons. — Disse.

— ¿Significa que lo que bebes no te emborracha?

— Mais ou menos.

Lá pelas tantas, Davidson e Lia se despediram e nos deixaram sós. Minha garrafa já se aproximava da parte inferior do rótulo e não me via capaz de encarar aquele furacão da República Oriental do Uruguai. Saímos para andar pela rua, tomar um pouco de ar. Fomos em direção à Augusta parando na frente das lojas. Olívia não conhecia. Ficou encantada com as roupas, as lojas e tudo o mais. Ela se vestia com roupas que pareciam as da minha avó anos atrás. Seus sapatos então eram terrivelmente feios, pesados e nada sexys, enquanto seu pé era para mim um produtor de testosterona.

— Mi marido llega la semana que viene.
Fiquei sem assunto, o que dizer? Frustrado, triste?
— Você está contente?
— Sabes que no, me siento triste, creo que en ese tiempo sola estuve muy bien, conocí gente nueva y aprendí mucho. Creo que él es un poco catalizador de mi energía.
— Todo marido é.
— No digo en ese sentido, creo que tiene una visión más práctica. La vida en Uruguay es muy difícil y la supervivencia toma toda nuestra fuerza.
— É difícil em qualquer lugar e toma sempre a nossa energia. Isso se chama capitalismo, não é?
— Talvez, pero estoy triste que ya no podemos encontrarnos.

A frase evaporou todo o álcool e os sons do meu sangue, e as formas de seus pés saltaram sobre os horríveis sapatos. Pegamos um taxi ali mesmo e fomos direto para meu apartamento, subimos o elevador num processo de despir um ao outro e, mal atravessamos a porta, já estávamos em ação. Seu silêncio que me parecia indiferença era apenas seu jeito introvertido de ser. O fim de semana passamos entre o sofá da entrada e a cama no quarto, com uma rápida parada para que Olívia fosse à missa. Havia uma igreja a poucos metros de casa, feita por arquiteto e com linda vista para o vale do Pinheiros, mas ela não gostou e foi até a Nossa Senhora de Fátima, na Doutor Arnaldo, lá a igreja era no estilo barroco.

— Eu não entendo essa devoção à igreja. Eu me sinto católico e temente a Deus, mas precisa mesmo ir todo dia à igreja?
— Religión es ascetismo, práctica, ejercicios. Es por el ejercicio que uno llega a Dios, no sirve de nada solo decir que eres Dios temeroso para acercarse a Él.
— Tudo é preciso de prática. Até sexo.
— Exactamente, cuanto más haces, mejor se pone.

— E como...
— Llegase a Dios por diversos caminos. A través de la ascese. Tenista, jugador de fútbol, lo que quieras, sin práctica no se desarrolla. Pelé fue el que más practicó, talento no le basta, no hay talento en la religión, ni vocación, lo que tengo es que me siento Dios cerca de mí y cuanto más voy a la iglesia, más cerca Él queda.
— A Terra é o local onde vivem os ascetas.
— Quien te dijo eso?
— Nietzsche, justamente quem anunciou que Deus está morto. — Disse eu.
— Bien, él sabía que Dios no está muerto. Buscaba la ascensión terrenal. La elevación por el arte, por lo inusual, tanto para él como para nosotros los cristianos, está mirando hacia arriba que nos elevamos.
— Quanto mais eu conheço você, mais apaixonado eu fico.
— Que boludo! Es solo un entusiasmo pasajero, vi cómo te enfocaste en la madre de Davidson.
— A Tatin?
— Viste? Incluso su nombre sabes! La miraste como si la hubieras desnudado en el centro de la oficina. Tus ojos fueron directamente a su trasero.
— Não exagera.
— Yo? No viste tu cara mirándola!
— Realmente, é raro uma mulher europeia com bunda proeminente.
— Culo hacia arriba? No lo tengo.
— Não, a sua não é arrebitada, fica entre a secretária e a balconista.
— Tu mente es un libro pornográfico.
— Quando estou com você.
Demorou para conseguirmos nos despedir na segunda feira de manhã. Resolvemos que ela ia pegar o Parque Edu Chaves e

eu ia até a Heitor Penteado pegar o Consolação, assim chegaríamos separados e não daríamos bandeira.

Passei novamente o dia com um olho na prancheta e outro em Olívia. Acreditava piamente ser ela a mulher da minha vida, não haveria outra e que eu era um banido de Deus, condenado ao desamor por toda a eternidade. Quando temos um problema, a gente acha este o maior de todos no universo e a situação atual será eterna. Tudo isso nos ajuda e voltamos a acreditar em Deus e seus olhos focados em nós. Para o bem ou para o mal, não importa, eu sou único e Deus olha para mim. Mas quem de fato me deixou estarrecido foi o Davidson, quando veio até minha mesa e falou:

— Minha mãe pediu para te convidar para jantar em casa esta noite. Ela disse que gostou muito de você.

Meu coração começou a disparar. Tremia que mal podia segurar a lapiseira.

— Obrigado, claro que vou. Saímos juntos daqui?

— Não, eu vou tomar umas com a Lia, te escrevo o endereço.

Piorou minha tremedeira. Era um jantar a sós. Meu Deus, é hoje. A Olívia tinha razão. Levantei-me até a copa tomar água, pedir mais minas para a lapiseira e espairecer. Encontrei Xenakis no corredor e falamos sobre o Davidson.

— Aquele menino é foda, hein? — Tony comentou que invejava quem podia dar aos filhos um estudo melhor. Suas duas filhas mal liam alguns livros da literatura brasileira e nada da clássica. Não tinha história universal muito bem dada e não se estudava mais latim, uma língua morta, mas que nos colocava em contato com a etimologia e, indiretamente, também com a história e nos faria entender o português melhor.

— Veja, uma arte para ficar tem que ficar no tempo. A arquitetura trabalha com plantas, cortes, elevações, perspectivas e sempre foi assim. Podia desenhar a planta com um guarda-chuva riscando a terra ou em nanquim sobre o vegetal ou ainda no computador, não importa, é sempre uma planta. A língua é a mesma. Agora, se você fala uma língua local que vai morrer logo, as palavras não ficam, não ressoam no tempo. O que se escreveu em Latim está aí até hoje: Cicero, Ovídio, Plinio, Sêneca e Virgílio. As línguas morrem e já não sabemos mais o que eles diziam. Falar latim é entender história antiga, saber de onde viemos. Só vale o que fica. A verdade é sempre fugaz, o que é verdade hoje não será amanhã. Como saber o que foi verdade em outros tempos, se não temos registro, mas apenas transposições recheadas de presente?

— As pinturas de Lascaux ficaram, mas não sabemos o que significam, — disse eu — não sabemos como foi feito, por que, como. Temos só as figuras, o resto é chute. Se era magia ou ritual, não temos ideia.

— É verdade, não sabemos o que era verdade na época, mas que importância tem? Sabemos que houve aquilo e aquelas pinturas nas cavernas, naquelas dimensões, com aqueles traços, nos emocionam, nos fazem ser outros. Nem sempre precisamos de linguagem oral para entender alguma coisa, mas ela nos enriquece e precisamos de uma língua universal e permanente para que as ideias ressoem nos homens. Sem latim, voltamos à condição de bárbaros.

— Radical você.

— Sem planta não temos arquitetura, ou melhor, não temos o registro histórico da arquitetura e, sem um arcabouço histórico, não temos arte alguma.

Voltei à minha prancheta: "Esquece as mulheres e pensa no Chefe, senão você perde o emprego e quem vai pagar o aluguel? Cidade, urbanismo, arquitetura..." Vi que não ia me concentrar, então fui à biblioteca. Se você quisesse espraiar um pouco naquele andar, as opções eram restritas, mas se fosse à biblioteca, ninguém o incomodaria, até incentivavam. Procurei um livro sobre o Camillo Sitte, me perdi no *"L'art de bâtir les villes"* e me assustei quando o Chefe bateu no meu ombro.

— Você conhecia ele?

— Não, o Davidson falou dele e vim ver do que se tratava.

— Você lê francês?

— Arranho.

— Eu não curto muito ele. Ele gostava das formas irregulares da cidade antiga e medieval, com ruas e praças que não surgem da prancheta, mas da natureza. No tempo da *Ring*, houve um debate sobre o desenho urbano. O Barão de Haussmann, em Paris, era absoluto em suas decisões de reformar e modernizar a cidade; em Viena, graças à *RingStrasse*, o debate urbano ganhou contornos públicos e controversos. Contra ele se interpôs Otto Wagner, ele achava que a cidade deveria ser construída para dar segurança e proteção aos cidadãos, tornando-os mais felizes. Depois deles veio outro arquiteto vienense, Adolf Loos, ele achava que arquitetura e urbanismo não eram arte. Se tinha função não poderia ser tratado como arte, apenas como solucionador de problemas. É dele a frase: "todo ornamento é um crime". Fico com ele. O Camillo Sitte reviveu ultimamente, tanto nos novos anti-urbanistas americanos como nos formalistas na arquitetura chamada pós-moderna.

Eu não tinha muita ideia do que ele estava falando. Procurava um assunto e vinham outros tantos, dos quais sabia menos ainda. Lembro de ter ouvido sobre as comunas de Paris de 1848 e 1871, mas não muito mais que isso.

— Se você começa projetando a cidade a partir de uma visão esteticista, não chega numa cidade, chega numa paisagem pitoresca. Cidade não é isso. Para mim isso é "utopia regressiva". Você conhece Viena?

— Não.

— Pega um mapa ou umas fotos e você vai entender. A cidade se divide em três: a cidadela, o interior da *Ringstrasse*, a *Ring* propriamente e, além da *Ring*, que em francês chamam de *Faubourg*. Ele desenhou numa folha sobre a mesa. A *Ring* foi o projeto sanitarista, é um projeto interessantíssimo. Pegou os muros que já não tinham serventia, a esplanada que o sucedia e criou um anel onde instalou a prefeitura, a universidade, o teatro, o parlamento e assim por diante, e os prédios dos burgueses ascendentes que queriam morar junto ao castelo, junto ao rei. Esses prédios foram projetados pelos melhores arquitetos da época como Semper, Ferstel, Hansen, Wagner e tantos outros. Era a representação formal da ascensão da burguesia, mas representou um avanço histórico notável. O império Austro-húngaro foi o mais longevo da história moderna e esse período foi um dos mais notáveis, só para ter ideia, é desse período o Klint, o Kokochka, o Otto Wagner, o Adolf Loos, toda a Werkstatt Haus, o compositor Mahler, os pensadores como Wittgenstein, Freud, uma efervescência inigualável, escritores como o Musil, o Karl Kraus e nem sei mais quem. O Camillo Sitte, ao invés de ver todo esse progresso, ficou olhando para a cidadela de Viena e lastimando a harmonia, a segurança e beleza perdida. Realmente, você vir andando pelas ruas estreitas e belíssimas e chegar na praça do Pestsäule na GrabenStrasse é muito impressionante. Aquilo não tem igual no mundo. Aqueles prédios refinadíssimos, com acabamentos sofisticados do térreo ao capitel. Frontões dourados, estátuas de mármore magníficas. É belíssimo, mas não se pode reproduzir o império Habsburgo, ele acabou e vivemos novos tempos, não podemos ficar reverenciando o passado falando de um tempo maravilhoso, isso é ser sonhador de um passado que nunca existiu. Para construir aquela belezura, foi preciso muita violência, muita exploração, aquilo não surgiu de um conto de fadas, mas de um sistema terrível e cruel. Quando eu vou lá, fico muito mais na Graben que na frente do parlamento, um neoclássico gasto e híbrido. É competente, imponente e tem sua graça, mas não se pode frear a história. A arquitetura não pode reproduzir o passado, somos agentes de transformações. Arquitetura não é fazer coisas bonitinhas, é fazer a história avançar.

Voltei ao trabalho, tirei da cabeça as fantasias eróticas, e a ansiedade foi aplacada pelos traços da lapiseira sobre o papel manteiga.

Figura 5 A pirâmide invertida não apresenta nenhuma novidade estrutural que já não tenha sido tratada anteriormente, entretanto é de grande impacto visual, provocando admiração instantânea, porém fugaz. Esse tipo de estrutura é conveniente pela ilogicidade da concepção estrutural, levando os incautos a crerem se tratar de novidade ou originalidade, às vezes confundida com criatividade. Nada há de criativo nessa estrutura, apenas o uso indevido dos princípios básicos da estática, que causam espanto ao primeiro golpe de vista. Esse tipo de estrutura vem sendo utilizado mais frequentemente em tempos recentes. No último Congresso Internacional de Castelos de Cartas, essa estrutura foi a que ganhou mais destaque nos painéis e palestras proferidas, sempre com grande audiência. Não se pode dizer que deva ser evitado, entretanto não se recomenda o uso frequente. Apesar de se tratar de uma estrutura óbvia, requer muito *know-how* e mesmo elegância no seu uso, características essas que vão além dos ditames da moda, ou dos consagrados tratados sobre estática. Diria mesmo que é necessária uma certa dose de talento, muita sensibilidade e alto grau de alienação sobre as limitações dos executores. A arrogância, tão evitada na maioria das ações da vida, aqui é quase obrigatória. O executor, com a certeza de ser um artista incomum, terá muito mais sucesso do que aqueles que se apresentam cheio de dúvidas e questionamentos.

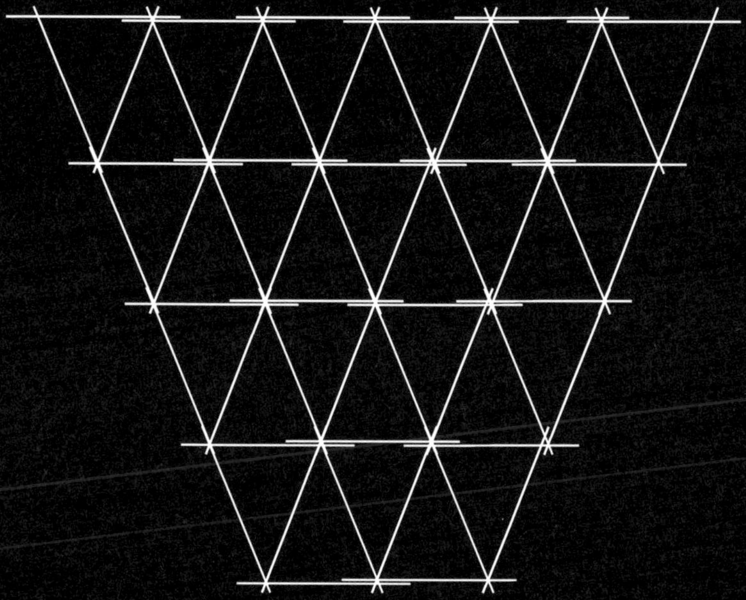

Figura 6 O arco é uma estrutura extremamente antiga, que aparece nas mais remotas construções humanas. A porta de Ishtar, no museu Pergamon em Berlim, apresenta o arco perfeito, com as paredes de suporte guarnecidas por anéis de efeito decorativo, mas de grande importância estrutural. São esses anéis que resistem às forças horizontais inevitáveis em arcos suspensos. Esses anéis foram inicialmente confeccionados em pedras, e depois em pozolana ou com anéis de ferro. Os arcos foram utilizados na arquitetura romana de forma extensiva, prolongando-se pela arquitetura românica e barroca. O uso de arcos com cartas deve-se mais à herança histórica do que ao uso adequado da estrutura cartográfica. Para confeccionar um arco, é recomendável o uso de cartas híbridas, macho e fêmea, utilizados em sequência simétrica, porém é também necessário um procedimento pouco usual que danifica definitivamente a carta, impossibilitando-a a qualquer outro uso posterior que não seja para a confecção de arcos. A deformação arcaica da carta é uma arte que requer um aparelho auxiliar como molde para a curvatura. A maneira convencional de arquear as cartas, pressionando as extremidades com uma força compressora dos dedos contra a palma da mão, pode deixar o arco irregular, comprometendo o aspecto plástico do modelo. As formas devem ser previamente estudadas de acordo com o tamanho do arco que se pretende construir. Normalmente, para letras, o círculo deverá ser construído preferencialmente entre quatro e seis cartas. Para quatro cartas, o modelo usado foi o rolo vazio de papel higiênico, recheado com papel ou algodão, para dar consistência ao rolo. Para seis cartas, o molde utilizado foi um pau de macarrão. Não se deve, de forma alguma, umedecer a carta para atingir o efeito esperado. A carta deve permanecer fixada ao molde, através de um papel sobreposto a ela, comprimindo com durex ou barbante por, pelo menos, vinte e quatro horas.

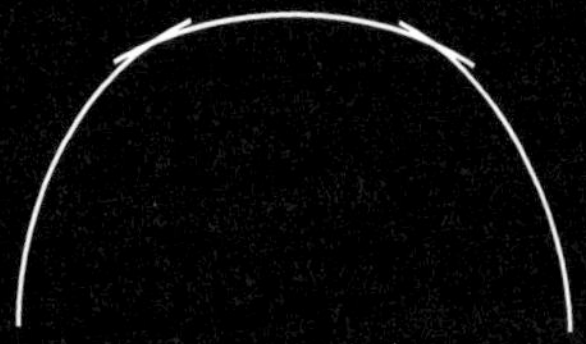

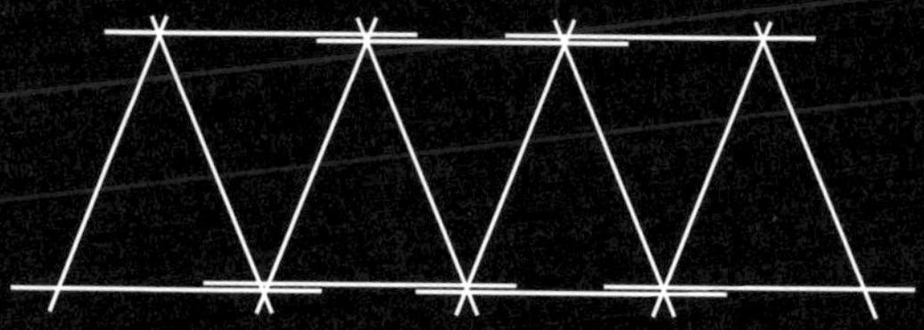

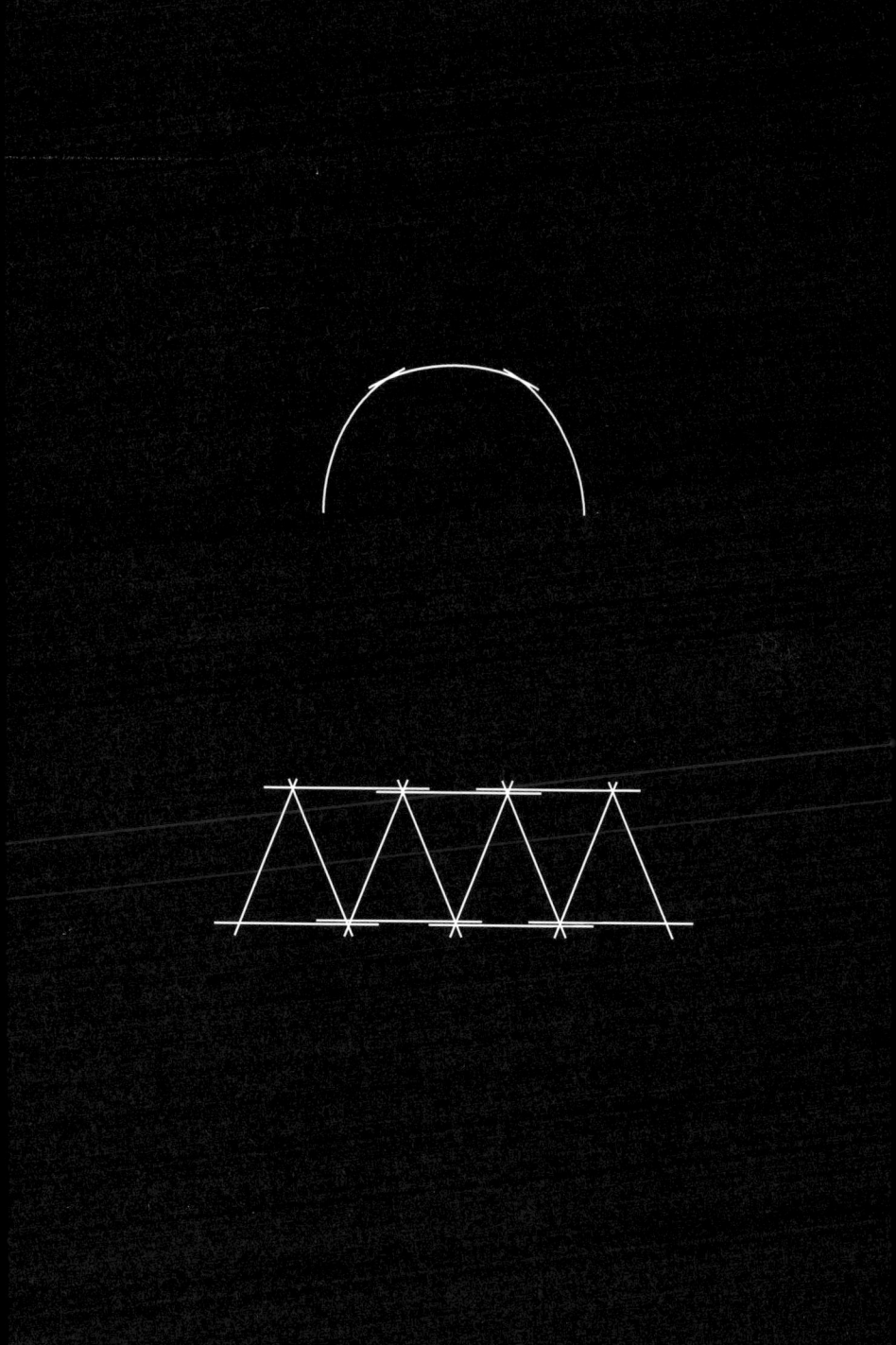

Mecânicas

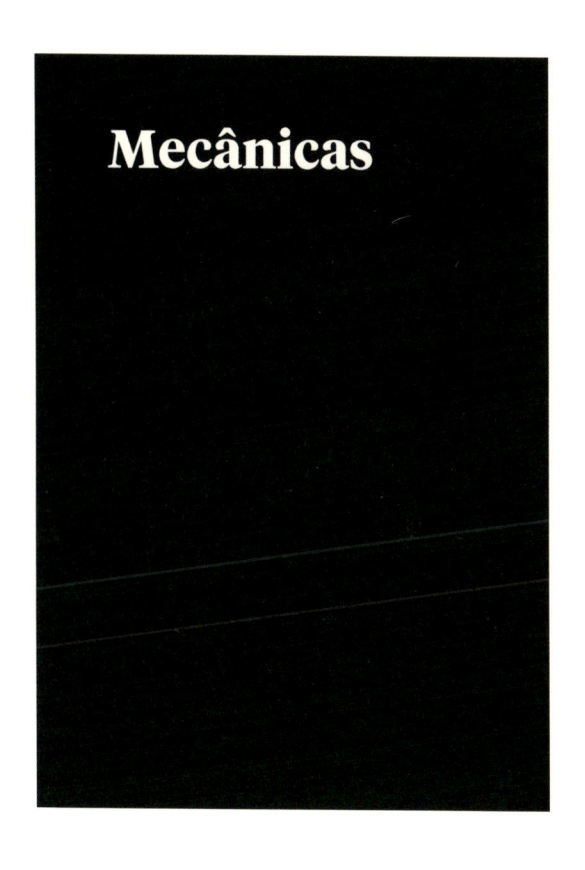

"O que será que vai acontecer? Será que aquele monumento de mulher se interessou por mim? Ou é um truque qualquer?" Peguei meu Chevette laranja em direção à avenida Angélica, inseguro e excitado ao mesmo tempo. A luz vinda da arandela antiga, de ferro e vidro martelado, mostrava o número. Agnes Tatlin abriu a porta vestindo jeans colado nas coxas fartas, sandália de tirinhas delgadas vermelhas, que deixavam os pés nus dez centímetros acima do solo, e uma blusa estampada de mangas curtas levemente transparente, insinuando amplos e fartos seios brancos. Me achei ridículo com minha velha roupa de guerra: jeans de veludo cotelê verde oliva, camisa social pra fora e mocassim. Ela me beijou ainda na minúscula varanda, interligando a calçada à entrada. A casa e sua vizinha geminada tinham na fachada das varandas dois semiarcos que se uniam em estilo mais ou menos mexicano, à moda dos anos 40. A frente media em torno de sete ou oito metros, revestida em massa raspada, porta-janelas de ferro no piso inferior e de madeira em cima, emolduradas por um arco de massa lisa cravejada por pedras de granito cinza. Os vidros martelados redobravam o semiarco da varanda, o interior fora reformado pelos moradores. O espaço era amplo e branco, prolongava-se por uns doze ou quinze metros até uma grande porta-janela de vidro temperado, limitando o piso de tábua corrida. No centro, uma escada vazada era iluminada por uma claraboia central, formando dois mezaninos. A escada deixava quase imperceptível a cozinha sofisticada, que ocupava apenas uma parede. As portas abriam-se para um jardim tropical, entremeado por pedras cinzas que formavam um caminho até a edícula, construção nova toda branca com grandes caixilhos, onde morava Davidson. Antes, fora ocupado por Thereza, a arquiteta da casa. A mesa oval *Saarinen*, assim como as cadeiras brancas, formavam a mobília de jantar. Dois sofás *Strips* brancos e um *Chesterfield* de couro preto formavam o ambiente da frente, em torno da mesa de centro de madeira ebonizada e vidro e um tapete colorido com desenho que parecia Kandinsky. A luminária tipo tocheiro com design do Achille Castiglioni dava ao ambiente calor e aconchego. Tatin não estava só, para minha surpresa e alívio, havia um casal: ele alto, tipo galã, magro, vasta cabeleira preta, nariz proeminente, chamava-se Otto Weisz. Pensei como um cara tão boa pinta fica com uma garota tão feia quanto a Thereza. Alta, morena, cabelos muito curtos, um tanto nariguda, boca grande, olhos grandes e bem espaçados, seu corpo era o que chamávamos "falsa magra" e com um andar estranho, meio desajeitado. Otto trabalhava como pesquisador do IAG, e ela como paisagista; eram simpáticos, tinham mais ou menos a mesma idade que Tatin. Perguntaram um pouco sobre o trabalho, sobre minha família, de onde éramos, e falaram um pouco sobre assuntos que diziam respeito somente a eles. Ficou claro que esperavam alguém e foram levando a conversa em banho-maria até a chegada do último convidado. Percebi que eram íntimos e brincavam muito. Thereza projetou na edícula um pequeno apartamento para si com um espaço grande compreendendo a cama, mesa de trabalho, livros, discos, material de desenho, uma pequena copa e uma parte fechada onde havia uma bacia e chuveiro, o resto era todo aberto. A parte de cima da casa era ocupada pelos quartos de Agnes e Davidson, separados pela banheira envolta em vidro. No fundo dos dois quartos, havia um box para cada um, fechado para abrigar a privada. O ambiente geral era amplo, claro e despojado. Anos depois, quando Thereza mudou, Davidson ocupou o apartamento dela na edícula. Privacidade não era uma prioridade naquele projeto, nem nas conversas. "Isso aqui está parecendo muito pior do que eu temia, vai acabar num grande bacanal". Estava claro que houve muita intimidade entre eles, só não sabia entre quem e quem. Pouco depois chegou Alban Berg de Carvalho, arquiteto, colega de classe de Thereza, que trabalhava na secretaria de planejamento da prefeitura. Veio com uma roupa muito estranha. Calça branca, camisa listada branca e rosa, gravata vermelha bem clara, um paletó claro, meio esverdeado, sapato sem pala, calça pula brejo e a meia no mesmo tom da gravata, assim como o lenço no bolsinho do paletó. Todos elogiaram sua roupa. Ele estava bem orgulhoso. Beijou todos, olhou para mim e disse:

— Carne nova no pedaço! — Tatin nos apresentou e acrescentou:

— Ele trabalha com o Davidson e estamos nos conhecendo hoje.

O fascínio do rosto estranho de Thereza me tomou a atenção. Suas expressões não pareciam amigáveis, talvez fosse retraída ou introvertida, mas seu olhar era doce e terno, fixo nos meus olhos, atenta a cada palavra, sinal ou gesto meu, como se não houvesse mundo ao redor. Contou sobre seus estudos de arquitetura, sobre a paisagem em Delft e o estágio com Piet Oudolf. Paisagista, ficou conhecido por criar a escola do paisagismo selvagem oposto aos jardins formais da tradição, seus projetos eram marcados pelo uso da vegetação agreste, seguindo critérios naturalistas, entremeados por formas humanas espontâneas, verificadas em pesquisas de comportamento em espaços abertos. Suas claras explicações foram mostrando uma simpatia por trás de seus traços marcantes e, ao fim da noite, estava convicto de que Thereza era a mais bela mulher daquela sala. Há belezas que se revelam aos poucos, escondem-se sob características estranhas e mostram gradativamente a harmonia entre corpo e alma, a beleza espiritual se sobrepõe à material e o que parecia estranho, graças à dissonância e assimetria, torna-se belo. Tudo parecia novo e me deixou um pouco confuso. Os sinais não eram visíveis e a intimidade entre eles era bizarra. Nas conversas, foi dito que Otto era cartomante.

— Nunca vi um cartomante homem! — comentei.

— Na verdade, aprendi com minha mãe. Ela era cigana e meio bruxa e me ensinou.

— E seu pai?

— Em 1937, minha mãe fugiu da Espanha, onde morava por causa da guerra civil e da perseguição aos ciganos. Foi para Holanda e lá encontrou meu pai. Ele contava que estava no campo, cultivando suas papoulas, quando a cigana apareceu pedindo informação. Assim que a viu, pensou: "é essa", e alguns anos depois se casaram. Ela contava que, quando o viu à distância, pensou: "achei o homem da minha vida". Ela não falava nem holandês nem inglês, e ele só a língua natal, naquela noite já fizeram amor e estão juntos até hoje. Meu pai tinha dezoito anos e minha mãe dezesseis. Dá para acreditar? É história de bruxa mesmo, não é?

— Linda história! E você sabe ler cartas de Tarô? Ou o que? — perguntei.

— Qualquer coisa. Tatin, você tem um baralho comum aí?

— Escolha cinco cartas e coloque-as em cruz. — Ordenou-me e assim fiz.

— Você é um cara honesto, puro, bom caráter, bem-intencionado, um pouco inseguro, acredita no amor, em valores morais, se apaixonou duas vezes na vida.

— Incrível! Só com cinco cartas você vê tudo isso?

— As cartas não mentem jamais!

— E o meu futuro? Tenho que jogar outras cinco cartas?

— Você vai se dar bem na vida, não tanto quanto gostaria, mas vai dar tudo certo. Terá muitos amores, não exatamente como você sonhou, vai se envolver em muita perversão, vai sacanear algumas pessoas queridas e fará coisas ilícitas.

— Pô! Você acha que é isso mesmo? Me ensina com você consegue saber?

— Bem, tem umas regrinhas fáceis como os significados dos naipes, dos número e das figuras, mas o básico é que a maioria das pessoas põe na mesa como elas gostariam de ser vistas, não o que elas são, então você fala o que elas querem na primeira leitura e ganha a confiança. Na segunda virada de cartas, algumas coisas reais aparecem, quase sempre bem diferentes do que apareceu na primeira virada. Quase sempre as pessoas são muito diferentes do que querem parecer. É só pegar o que falou na primeira leitura e virar de cabeça para baixo.

— Que cara louco! Vi mais coisas estranhas nesse pouco tempo aqui que em muitos anos da minha vida.

— A vida é sempre surpreendente. — Disse Thereza. — Você pode se abrir para o que é novo e viver muito bem, ou se opor, ir contra as mudanças e ser infeliz para sempre.

— Será que o que mais quero é ser infeliz? — Falei olhando para o teto.

— Todos querem ser as duas coisas, menino. — Disse Agnes. — Há várias pessoas em cada um de nós e, quantas mais você descobrir em você mesmo, melhor para sua vida e para os que estão ao seu redor.

— A gente fica o tempo todo procurando uma única palavra para se auto definir ou para classificar os outros. — Disse A.B.C. — Mas ninguém nem nada é redutível a uma palavra, um pensamento ou um conceito. Veja a cidade por exemplo. O centro de São Paulo: eu trabalho na Secretaria do Planejamento. Tem muitos centros, não é só o novo e o velho, é o pobre, o dos imigrantes, o rico, tem o Jockey Club, a sede dos bancos, o Martinelli, onde trabalho, os vendedores de rua, mas à noite é terrível, o centro é tomado por mendigo, pessoal do craque, um horror. Hoje saí mais tarde e, para ir até o metrô, foi um sufoco. Aqueles malucos parecem que vão te abduzir. Acho que a cidade perdeu seu coração.

E Tatin argumentou:

— Legal você falar no coração da cidade. Até a idade média era muito comum comparar a cidade com o corpo humano. Diziam que o coração da cidade era onde estava o poder, podia ser do duque, rei, tirano, o que fosse. Depois, o centro do pensamento escolástico veio dos mosteiros para as catedrais, o coração passou a ser o edifício religioso e o centro político passou a ser a cabeça. O estômago sempre foi o mercado, e as casas eram os membros. Essa concepção tardia ainda veio chamar os parques e jardins do pulmão das cidades.

— E é interessante. — Completou Otto. — Nesse tempo a riqueza se concentrava na terra, na propriedade rural praticamente autônoma, com poucas conexões, e a medicina galena consistia no conhecimento do que era saudável, mórbido e neutro. O conhecimento experimental pouco influenciou as ideias de Hipócrates e Aristóteles, que são a base dessa medicina.

— Se não me engano, debatia-se na época onde ficava a alma, não é isso? Não sabiam se ficava na cabeça, no coração, sei lá mais onde. — Completou Thereza.

— Acho que é isso sim, querida, tudo parecia correr em sintonia. — Continuou Agnes. — No começo do século XVII, Harvey publicou o tratado *De motu cordis*, onde descreve seus experimentos, entende o coração como uma bomba e a saúde consistia da boa circulação do sangue.

— Quando o mercantilismo se solidificou, a circulação de mercadorias tornou-se mais lucrativa e não é à toa que a riqueza migrou da península Ibérica para o mar do Norte, onde estavam as potencias navais. — Continuou Otto. — Sem dúvida, hoje, o aspecto mais importante de São Paulo é a circulação. Esse trânsito louco, a deficiência de meios de transportes públicos. Isso é o mais importante hoje, mesmo estando vivendo depois do mercantilismo.

— O capitalismo não cresceu no lugar de outra coisa, mas incorporando formas diversas de lucrar. A economia de mercado sempre ganha com a produção industrial, agrícola ou com os serviços, o importante é o ganho, não importa como, a circulação de dinheiro é a forma mais lucrativa hoje em dia, não saímos do problema de trânsito. Mas, para mim, circular em São Paulo não é um grande problema, saio de casa para a Cidade Universitária e volto. A Thereza que sofre um pouco, tendo de fiscalizar as obras. Esse transtorno não é um entrave para a economia?

— Eu acho que a cidade é um órgão vivo. Mutante e imprevisível. — Disse A.B.C. — Não é à toa que chamamos as grandes avenidas de "artérias", como se as ruas fossem as veias urbanas. Se as veias entopem o sangue, o capital não circula. O carro é o colesterol da cidade.

Thereza e Otto moravam na rua Melo Alves. Um conjunto horizontal, projeto do arquiteto Sergio Bernardes, perto da rua Estados Unidos, composto de quatro casas alinhadas perpendiculares à rua. Do lado direito, o acesso dos carros que estacionavam debaixo dos dormitórios, no centro a sala das casas, e à esquerda um jardim para cada uma das quatro casas. Um projeto belíssimo e sofisticado. Thereza descreveu o projeto com detalhes e fiquei curioso para conhecer. Ela e Otto falaram da praticidade de morar a poucos metros da rua Oscar Freire, onde havia lojas, restaurantes, bancos e cinemas. Normalmente, iam ao Ibirapuera fazer exercícios, o que abriu para entabularmos uma conversa à parte sobre corrida. Ela contou que um clube promovia corridas no parque aos sábados de manhã e combinamos de irmos juntos no próximo. Fiquei excitado com a possibilidade de um encontro a sós. A.B.C. continuava a falar sobre a cidade e fiquei constrangido por travar conversas paralelas. Otto não pareceu se incomodar.

— São Paulo precisa mudar o foco. Se a gente fomentasse o transporte público teríamos mais gente nas ruas aumentando a segurança e com isso incrementaria o comércio de rua, o uso das calçadas e a vida urbana, Jane Jacobs propôs isso para New York há mais de 50 anos atrás e olha o que aconteceu: New York é hoje uma cidade segura, agradabilíssima e tudo mundo quer ir para lá. Enquanto a gente fica copiando as ideias do Robert Moses, que foi "destruído" pela Jane Jacobs.

— Ô A.B.C., explica melhor isso aí, que nem todo mundo aqui é arquiteto. — Disse Otto.

— New York, entre as guerras e um pouco depois, foi administrada pelo prefeito La Guardia que chamou o engenheiro Robert Moses para ser chefe de urbanismo da cidade. Este projetou grandes avenidas, privilegiou os automóveis, construiu um parque em Flushing Meadows e aqueles conjuntos habitacionais horríveis na ilha Roosevelt, que a gente vê logo que está chegando em Manhattan. Lá pelas tantas ele quis prolongar a Quinta avenida até o túnel para New Jersey, destruindo boa parte da Tribeca, do Greenwich Village e principalmente a Washington Square, aquela que tem um arco do triunfo. Pois é, ele queria destruir tudo aquilo para fazer uma avenida. Ele tinha muito prestígio, veio muitas vezes ao Brasil. Chegou a projetar metrô para São Paulo. O Prestes Maia, o Anhaia Melo, o Faria Lima, todo o Instituto de Engenharia era fissurado nas ideias dele. Foi inspirado em suas ideias que se projetou a 23 de maio, o projeto de uma avenida ligando o Ibirapuera à Sumaré através de túneis, sem cruzamentos; a avenida Paulista teria uma via expressa subterrânea junto com trens do metrô, baseada nas ideias do Moses, assim como aqueles viadutos horríveis que destruíram o parque

D. Pedro, pois é, aquela monstruosidade para que? Agora estão pensando em destruir um viaduto. Um monte de dinheiro jogado fora. Igual ao Minhocão. Uma barbaridade! Então judiaram da cidade por anos. E agora? Acha que a gente é mágico? Agora é foda consertar. Mas, voltando para a Jane Jacobs. Ela tinha um filho, ou filha, que levava para passear no carrinho de bebê na Washington Square. Ela era jornalista e já vinha escrevendo sobre a cidade, sempre criticando essa postura que favorece o automóvel em vez das pessoas. Ela organizou as mães de lá e, quando os tratores foram demolir a praça, elas puseram os carrinhos de bebês para barrar as máquinas, aí desistiram do projeto e ela ficou famosa. Depois disso, ela escreveu um livro: "Morte e vida das grandes cidades" com essas ideias sobre a valorização do pedestre, pelo fim dos zoneamentos, favorável aos edifícios multifuncionais, com habitação, comércio e serviços no mesmo prédio, contra os *shopping centers* e hipermercados que afastam as pessoas das ruas. Agora é isso que nós precisamos para salvar São Paulo. Construir habitação no centro, pois as pessoas moram cada vez mais longe e os empregos estão no centro. Milhões de pessoas trafegam pelo centro todos os dias e tem um monte de prédios abandonados, um absurdo! Não é suficiente ter um Teatro Municipal lá, se não há condições de permanência das pessoas no seu entorno. As pessoas saem dos Jardins vão lá no concerto e depois voltam para jantar nos Jardins. Tem que ocupar com habitação social e para classe média também.

Olhando para mim, Tatin perguntou:

— Você sabia disso tudo?

— Eu li o livro na faculdade, numa cópia mimeografada em inglês. Era barra pesada, mas eu conheço as ideias dela sim, não sabia dessa história toda, nem que ela era jornalista, pensava que ela fosse arquiteta. Ela detestava o urbanismo da Carta de Atenas, e o Chefe também.

— Eu li por alto, acho ela muito chata, por sinal a maioria dos livros sobre urbanismo é chata, mas não concordo com ela, não. — Disse Thereza. — Nova Iorque é Nova Iorque, São Paulo é São Paulo. Fizeram os calçadões no centro, diziam que seria um novo *shopping center* a céu aberto e no que deu? Tiraram os carros e os mendigos ocuparam. Não é assim. Em Nova Iorque, a maioria das pessoas tem emprego. Sai às cinco da tarde, pega o metrô e vai para casa no subúrbio, seguro e tranquilo. Aqui em São Paulo, as pessoas não têm emprego, elas se viram. Outro dia, encontrei um cara que tem uma Brasília velha. Ele vai ao centro, enche o carro de alho, fica fedendo até o final dos tempos, leva para casa na Zona Leste, frita, põe em saquinhos e depois vai vender nos restaurantes, onde não querem ficar cheirando alho. Esse cara precisa do carro para trabalhar, não é luxo, ele não tem horário, não pode ir de transporte público com aquele alho todo. Assim como ele, tem um monte de gente. E o transporte público aqui está na mão do crime organizado, não dá para planejar nada desse jeito.

— Isso é em todo lugar do mundo. — Disse Otto. — Eu vou ao México sempre, temos convênio com um observatório de lá. Na Capital Federal, o transporte também está na mão do crime organizado, não só os transportes, o comércio de drogas, os galinheiros que atravessam ilegais, tudo.

— O problema — disse Thereza — é que nos países desenvolvidos o estado tem uma estrutura para se impor ou pelo menos dialogar com o crime organizado de igual para igual. Aqui, a estrutura do estado é tão precária que se submete ao crime. Não tem o que fazer. O crime no Brasil não tem ramais no estado, ele é o estado.

Todos davam sua opinião e achei que, como arquiteto, eu tinha que falar também, não poderia ficar só ouvindo:

— Eu acho que, se querem implantar a Jane Jacobs em São Paulo, tem de implantar direito, não meia boca. Vamos fazer prédios multifuncionais, vamos privilegiar o transporte público, vamos valorizar as calçadas, mas vamos também fechar todos os *shoppings centers*, os hipermercados e tudo o mais, porque pegar uma teoria e tirar só o pedacinho que lhe favorece é má fé. O plano do Robert Moses foi copiado aqui nas coxas, também. Se tivessem feito tudo igual, não seria o que é. Se usassem os grandes galpões da Mooca ou do Belém, que estavam desvalorizados naquela época, para fazer conjuntos como Flushing Meadows, e parques, praças, nichos para classe média alta e média, aí tinha sentido fazer os viadutos no parque D. Pedro. Mas fizeram só os viadutos, que dão muita comissão para as empreiteiras, o resto não. Então fica essa merda.

Eu estava quase sem ar. Queria impressionar e dessa vez não fiquei vermelho. Graças a Deus!

— Não concordo! — Disse A.B.C. — Não dá para fazer tudo, mas se a ideia é boa a gente tem que aproveitar do jeito que dá. Purismo não existe na vida real.

O doce Mateus Rose gelado servido fartamente no meu copo, foi ocupando todos os espaços. Percebi que Agnes e Thereza moraram juntas em Delft, e não era só o companheirismo estudantil que as unia. Quando a Tatin ficou grávida, Thereza lhe deu apoio e se aproximaram. Tatin pretendia ter o filho na Holanda, mas a angústia assolou e voltou ao Brasil. Agnes tinha conhecido Otto na Holanda, quando foi morar com Thereza se afastaram. De volta ao Brasil, Tatin e Otto se reaproximaram e montaram a casa. Eles contrataram Thereza para fazer a reforma. Durante a reforma, Agnes e Thereza retomaram o romance e acabaram morando juntas. Depois da reforma, Thereza foi trabalhar para a prefeitura no projeto do parque do Piqueri, com o Alban Berg. Formaram um quarteto amoroso Agnes, Otto, Thereza e A.B.C. por uns tempos e depois de tanta confusão Tatin achou que o Davidson precisava de uma casa mais normal: ficaram só mãe e filho morando na casa. Thereza se casou com Otto e A.B.C. ficou só.

Durante o jantar Tatin encostou no meu braço diversas vezes, suas pernas me cutucaram sob a mesa, pôs a mão nas minhas coxas e olhava para mim de frente, voltava o corpo inteiro e parecia prestar uma atenção imensa no que eu dizia. Passei a vida inteira tendo que me desdobrar para agradar uma mulher e, agora, uma mulher deslumbrante me assediava acintosamente. Num de seus toques tive ume ereção, ela rapidamente passou o braço sobre meu pênis ereto como se fosse por acaso. Comecei a tremer internamente, perdi o fio da meada das conversas e não consegui falar mais nada. "Uma mulher como essa já conheceu muitos homens, será que vou dar conta do recado? E se eu falhar? Vão me chamar de broxa." Tremia. "É muita mulher para o meu caminhãozinho. Por que fui olhar para essa bunda, agora estou aqui tremendo feito um babaca e não sei o que fazer." Os assuntos sobre São Paulo me interessavam muito, olhei para Thereza, me pareceu que ela sabia tudo que estava ocorrendo, mas não olhou para mim. Levantei-me e fui ao banheiro. Lavei o rosto, sentei-me na privada e respirei fundo até que o batimento cardíaco voltasse ao normal e a respiração perdesse a ofegância. Abri a porta e lá estava Thereza, que olhou para mim, me deu um beijo e falou:

— Vai dar tudo certo. A Tatin vai cuidar bem de você, não precisa ficar nervoso.

— Nossa! Que bandeira que eu dei!

— Não deu bandeira não, eu é que estava prestando atenção em você.

Os meus olhos arregalaram, não veio nenhuma palavra à mente. Ela segurou minha mão e disse:

— Você é muito melhor do que pensa.

— Como você pode saber?

Ela me beijou dessa vez na boca. Voltou o rubor, a ofegância e a taquicardia. "Onde foi que eu me meti?"

Voltei calado e alheio às conversas, não sabia o que pensar nem o que fazer. A noite entrou pela madrugada e os três se levantaram para sair. Tatin segurou meu braço.

— Não quer terminar o vinho?
— Tem só um gole.
— Sim, mas tem outras coisas também. Quer ir lá para cima?

Fui. Meus temores tinham fundamento. O empenho de Agnes não foi suficiente para me animar, o medo junto com o vinho me deixou fora de combate. Dormi, de manhã Tatin insistiu comigo, dessa vez com sucesso.

— Eu achava que não ia conseguir.
— Você mostrou do que é capaz sentado na mesa do jantar, depois disso o problema passou a ser meu.
— Se depender de você, nunca terei problemas.
— Assim espero. Gostei de você.
— Eu então... nem sei o que dizer.
— Não diga nada, você não é muito bom com as palavras.

De manhã, ela levantou, fez café para mim e Davidson.

— Chegou cedo, filho?
— Cheguei sim, até encontrei eles na porta, parei um pouco para conversar, nesse meio tempo vocês já tinham subido.

Dei uma carona no meu Chevette para Davidson, na subida da Angélica perguntei como tinha sido a noite com Lia.

— Ah, sim, foi...
— Você não saiu com a Lia, não é?
— Não.
— Saiu com a Olívia?
— É.
— Então, você inventou esse negócio da sua mãe me convidar para eu não ficar sabendo, não é isso? É claro que ela nem reparou em mim naquele dia lá no escritório. Você que contou para ela, não foi?

— Não, foi a Olívia que contou. Eu não podia ver você lá de trás.
— E por que me enganar? Por que não me falou que ia sair com ela? Afinal, não temos nenhum compromisso.
— Foi ideia dela. Ela notou seu entusiasmo pela minha mãe e achou que você podia ficar magoado pelo fato de sair comigo.
— Bem, eu fiquei um pouco sim. Acho que estou apaixonado por ela.
— Acho que ela também está por você, ficou com medo de se envolver mais e dar outra confusão com o marido.
— Essa ligação entre a Angélica e a Paulista ficou uma merda, não acha?
— Eu não lembro como era antes. Acho que era criança antes da reforma no viário.
— Eu ia para escola por aqui e lembro bem. Parece que o pessoal que projetou não só não sabia nada de trânsito como tinha ódio da cidade.
— Por que?
— O trânsito aqui era melhor antes do que agora. Matou a Angélica, que era uma avenida importante na cidade. Alargou a Consolação, o que matou a rua, nenhum comércio dá certo lá. As calçadas ficaram menores e, com o trânsito, o comércio definhou. Só tem essas casas de abajures no comecinho, e depois nada. Foi um crime.
— Eu não gosto mesmo da Consolação. Apesar de ser mais demorado, prefiro a Angélica. Mas você tem razão, o acesso pela Maceió é um absurdo.
— Gostou dos amigos da mamãe?
— Muito. Você gosta deles?
— É praticamente a minha família. Desde criança estou acostumado a ver todos eles pelados, andando pela casa. São todos meus padrinhos. Mas só o A.B.C. é padrinho de verdade. Por sinal, ele foi muito legal comigo quando eu era criança. Me levou

no Pacaembu, no Play Center, me levava na Água Branca para ver os bichos, no Zoológico e tal.

— A minha mãe é assim, como você conheceu, mas eu não sou igual a ela. Eu não trepo com todo mundo. Para mim, o sexo tem que vir de dentro. Fiquei assim, provavelmente devido à promiscuidade em casa. Por falar nisso, posso te chamar de papai?

— Não enche. Não vai contar para a Olívia que eu transei com ela, vai?

— Claro que não. Eu não tenho nada a ver com isso. Não sei o que aconteceu lá em cima. "Faça alguma coisa pela humanidade: cuide da sua vida". Eu não tenho intimidade com a Olívia, ela só queria conhecer todo mundo, aproveitar a solteirice dela enquanto pode. Fomos num *pub* na Lorena tomei um whisky e ela um suco, e só. Ela contou da vida dela no Uruguai, mas sem entrar em intimidades.

Pensei como é rica a vida do Davidson, deve ser difícil ter essa mãe, mas ao mesmo tempo deve ter lhe dado uma noção de vida que dificilmente outra pessoa teria tão cedo. Talvez a Tatin seja meio pervertida, ou talvez seja uma pessoa dos novos tempos. Há cem anos, a mulher que fumava na rua era taxada de prostituta, quem sabe não estamos agindo do mesmo jeito ainda hoje. De qualquer forma, foi uma noite e tanto e achei essas pessoas incríveis. Essa cidade é incrível, em cada esquina nova surpresa.

Encontro

Segunda-feira nevoenta, as janelas suavam e os olhares voltavam-se para o interior. Raul surgiu no hall e, como um raio, Olívia foi rapidamente recebê-lo. Sem beijos ou apertos de mão, encaminhou-o à parte Sul, até a secretária. Eram cinco horas, alguns já consultavam os relógios. O Chefe não havia chegado e Raul esperou. O casal ficou lá uns vinte minutos. Vendo que o encontro ia demorar, Olívia trouxe o marido até nós. Começou pelas fileiras da direita dos arquitetos, em seguida apresentou os projetistas e desenhistas. Todos se demoraram analisando o possível futuro novo colega. Sua aparência não condizia com o esperado. Um pouco atarracada, alguns centímetros mais que a esposa, uma barriga esférica em torno das pregas da calça estilo anos cinquenta. A cintura alta formava um gomo sob o cinto. Cabelos retraídos mostravam os avanços de calvície, com fios negros revoltos envolvendo as orelhas. Nariz grande e com algumas brotoejas. Olhos ingênuos e sorriso amável.

— Este es Raúl, mi esposo.
— Mucho gusto. — Respondi. — Bienvenido a Brasil. Espero que consigas el nuevo empleo.
— Gracias, muy amable de hablar en español.

Logo me sentei, com o desconforto recorrente. Olhei para Olívia, ela não retribuiu, já apresentava João Paulo ao meu lado. Voltei a enfiar o nariz no papel manteiga. Apresentou Raul a Morena e depois se embrenhou entre as pranchetas de trás. O constrangimento era geral, eu desconfiava que todos sabiam do nosso envolvimento. Se Raul não soube antes, descobriu quando me viu e Olívia permaneceu na sua soberba indiferença. "Que boas artistas as mulheres são." Fiquei na minha prancheta até a hora da missa, o Chefe não chegou. Sete em ponto, eu estava no elevador, cruzei com o Chefe no térreo, ele conversava com outra pessoa e não olhou para mim. Fui para casa tomar banho, jantar e aprender mais sobre Camillo Sitte. Em torno das onze horas da noite, o telefone tocou. Olívia queria me convidar para outra pizza no Camelo. Ela, o marido e eu. Abandonei a leitura e liguei o aparelho de som para ouvir "Noites de Jazz" na Eldorado. Em certo momento, o locutor interrompeu a música e anunciou a morte de Sarah Vaughan. Por uma hora, tocaram só músicas com a voz da cantora. Lágrimas brotaram.

Na manhã seguinte, chamei Olívia na copa. Não era mais necessário disfarçar nossos encontros.

— Não entendi aquela ligação ontem à noite!

— Raúl quería conocerte mejor.

— Você contou para ele sobre nós?

— No fué necesario decirle. Se dio cuenta. — Fiquei pálido, inseguro e trêmulo. — No se preocupe, él no te va desafiar. Él es comunista, está a favor del amor libre y, sobre todo, no tenemos secretos el uno para el otro. Acordamos nunca abandonarnos y nunca mentir. Él quiere conocerte, te vio con admiración. Lo primero que preguntó fue si eras comunista. No supo contestar.

— Eu também não sei responder.

— Bueno, sabes que está afiliado, así que este es un tema muy importante para él, prepárate para ese tipo de tema.

— Ele vai perguntar sobre nós?

— Ciertamente no. Pero si tienes que hablar de algo, no le mientas. Puedes decir todo lo que hicimos y cómo estamos ahora. Hasta tu cena con la madre de Davidson.

As peripécias de Raul para encontrar o Chefe nesse dia não foram menos cruéis; chegou às quatro horas, ficou esperando numa humilhante cadeira de plástico. Olívia foi à missa das seis e voltou às sete. Raul permanecia na cadeira. Decidida, ela entrou na sala do Chefe e interrompeu uma ligação. Deu certo, o Chefe atendeu Raul.

O casal se vestiu com roupas endomingadas, *démodés*, mais que estranhas, eram de enorme mau gosto. Os sapatos de Olívia não fugiram à regra, tamancos com taxas e saltinhos, uma mistura de *hippie* com velhinha dos anos cinquenta. Raul trajava um terno que nem na Ducal tinha algo tão estranho, golas largas, ombreiras e gravatas ainda mais largas, camisa listada e cabelo com Gumex. Raul não era tão chato quanto eu supunha, eram carinhosos entre si. Parecia um casal harmonioso e normal, ele me fez perguntas com interesse verdadeiro, o que eu falava lhe parecia preciosidades inauditas. Conversamos longamente, ele tomou apenas um copo de vinho e ela nem isso. A garrafa acabou no meu copo. Voltamos comigo no volante do Chevette laranja, Raul ficou maravilhado com meu carro, como se não fosse uma carroça velha. Eles estavam instalados na Cesário Mota, consegui fazer o trajeto apesar de tudo: as pernas da Olívia ao meu lado, as do marido prensadas entre os bancos e o álcool circulando entre meus pés e minha cabeça. Quando ela saiu, me deu um beijo, eu não resisti e pus disfarçadamente a mão em suas pernas, antes de dobrar o banco.

As semanas se passaram e a contratação de Raul se postergava. Olívia e eu pouco falávamos no escritório e nada fora dele, ela estava aborrecida comigo por ter posto a mão em suas pernas no carro. O trabalho sugava praticamente todas as minhas energias, sobrando pouco para estudo noturno e umas corridas no Ibirapuera. Num dia comum, Olívia preparou suas coisas, pegou sua bolsa e, alguns minutos antes das seis, estava no hall dos elevadores quando entrou o Chefe, cumprimentou-a e os dois entraram na sala dele. Permaneci trabalhando, aguardando o final do encontro. Por volta das sete e meia saíram os dois. Fiquei intrigado, até que Davidson percebeu e me convidou para ir jantar na sua casa. Aceitei de pronto e saímos em seguida. O ônibus da Angélica estava quase chegando ao ponto, em pouco tempo, chegamos na sua casa, ele entrou gritando, anunciando minha presença. Sentamo-nos, tomamos água e fomos para o apartamento dele. Um pouco depois Tatin desceu, vestindo robe de chambre revelador de seu corpo nu, as formas arredondadas se projetando sob a estampa indiana do algodão fino. Cabelo desgrenhado pelo banho e descalça.

— Que bom ver vocês aqui hoje. Estou exausta e ia dormir sem comer nada. Querem um Dry Martini?

— Para dizer a verdade, já ouvi falar, mas não sei o que é. — Disse eu.

Ela preparou sua receita com os segredos do "verdadeiro" drink. O Martini subiu rápido e o segundo me deixou meio tonto. Davidson só provou do copo da mãe, ela tomou os dois sem mostrar qualquer alteração. Ela falou do hospital Emílio Ribas, onde trabalhava com doenças tropicais. Contou da precariedade do serviço público e dos mosquitos que atravessavam os vários setores, infectando uns aos outros. Estava desanimada e pessimista, muito diferente do vigor do primeiro encontro. Achei que não iria rolar nada, só queria me afastar dos pensamentos sobre o escritório. O jantar foi trivial. Depois do café, eu já me preparava para sair quando Davidson perguntou se eu não queria dormir lá. Disse que não, mas Tatin insistiu.

— Toma banho aqui, o chuveiro é um arraso.

Aceitei e o nosso desânimo se esvaiu durante o banho; no meio da noite me vesti e saí à procura de um táxi. Em casa, o sono me pegou na porta e não pensei na Olívia. A manhã me chamou com luzes, barulhos e ciúmes.

No almoço, Olívia me contou o ocorrido. Fomos num bar agradável e pouco frequentado, na Alameda Santos. Ela pediu que sustentasse a mentira de que teria saído na noite anterior comigo. Achei bastante estranho.

— Lamento involucrarte en esto. No quiero que Raúl sospeche del jefe, él puede quedarse abrumado.

— Eu não poderia me sentir constrangido também?

— Esto es diferente, él necesita el empleo y creo que ahora tendrá éxito. Entiendes? No suelo mentir, pero a veces tenemos que... lo siento.

— E, por acaso, você pediu outra vez para o Davidson me convidar?

— No... — Riu. — Él no sabia nada.

— Você precisava mesmo sair com o Chefe ou estava com vontade?

— Deber de esposa, mi amigo. Deber de esposa.

O ódio subiu, passou pelo meu ouvido soporoso, atravessou as entranhas até se embaralhar nas sinapses cerebrais. Pensei em largar o emprego, em socar o Chefe, respirei fundo, pensei na minha família, nos desenganos que minha mãe passara e resolvi trabalhar. Comecei a detalhar a planta da escola. O programa era extremamente rígido: as salas de aula tinham que estar voltadas todas para o Sul, evitando os ventos quentes e secos; as salas de administração e o pátio central tinham a forma anelada; o bloco dos banheiros estava separado dos corpos dos edifícios. Pouco havia para criatividade. O eixo no sentido Norte-Sul ia da entrada até a linha das classes. Essas eram alinhadas perpendicularmente ao eixo. O corredor principal era apenas coberto e tinha seis metros de largura. Desenhei o corredor das classes com três metros e o conjunto formou a letra **T**. O problema era que depois da penúltima classe não havia mais necessidade de corredor, então ou eu puxava a última classe três metros para frente e ficava um dente ou prolongava o corredor sem necessidade. Desenhei depósitos fechando esse retângulo. O Chefe chegou na minha mesa para ver o desenho.

— O que é esse depósito aí no fim do corredor?
— Depósito é sempre bom, não é? Se não fica um dente, um recorte esquisito no fim.
— Por que o corredor precisa ser tão largo?
— São quatro ou cinco classes de cada lado, então dá umas duzentas crianças andando por aqui.
— São duzentas só até a primeira classe, depois são só cento e cinquenta e assim por diante. Por que o corredor não vai estreitando?
— Fica cheio de dentinhos?
— E qual é o problema?

O Chefe pegou sua indefectível Bic e rabiscou meu papel manteiga, esboçando o resultado. Ficou parecendo um guarda-chuva simétrico desenhado por quadradinhos.

— Você gosta assim da simetria? — Eu disse desafiadoramente.
— Os romanos já defendiam a simetria.
— Mas simetria para Vitrúvio era toda a obra obedecendo a mesma medida, ou seja, a mesma proporção, não a axialidade.
— Não precisa me impressionar com esta frescura, — disse ele — você não está gostando da solução?
— É legal, preciso pensar um pouco. O telhado fica com essa escadinha também?
— A gente faz o telhado numa água só, parecendo as casinhas geminadas da habitação. No centro do pátio da administração, põe um espelho d'água que o ar é muito seco lá e causa desconforto. Nas salas de aula, no fundo tem uma bancada com uma pia. O resíduo dessa pia a gente joga numa canaleta passando depois do pátio descoberto da classe, assim também haverá água para diminuir a secura do ar nas classes.
— Você falou outro dia do Camillo Sitte, pois ele era favorável a não colocarem espelhos d'água no centro, que atrapalhava a circulação. O David de Michelangelo, na *piazza de la Signoria*

em Florença, foi cuidadosamente colocado pelo autor no canto da praça. Não no centro.

— Põe o espelho d'água onde quiser, mas faz os dentinhos como falei. — Retrucou o Chefe nada polidamente e foi para a mesa atrás, onde Morena desenhava o supermercado.

A solução, ou mais que isso, o método de trabalho do Chefe, era incrível. Nunca havia visto isso antes. As formas não surgem de uma ideia ou concepção plástica, mas fruto de um cuidadoso estudo do problema. E o Camillo Sitte? Ele se contrapõe ao que chama de "higienistas" de Otto Wagner; num trecho do livro menciona que colocar os prédios isolados um do outro podia ser bom para a higiene, e se pergunta: e para a arte? O urbanismo tem compromisso com a arte, antes de tudo. O trabalho que engloba todas as demais disciplinas, como higiene, sociologia, logística, economia, e sabe-se lá quantas outras disciplinas, só pode ser totalizado através de uma forma. Certa ou errada, justa ou injusta, não é atribuição do artista fazer justiça ou produzir economia, mas produzir o belo, dar às pessoas essa dimensão em suas vidas. Está lá para que a cidade não seja apenas um agrupamento de prédios, ruas e praças. A cidade precisa ter uma personalidade. Uma identidade formal, espacial, volumétrica, que só a arte é capaz de englobar. A axialidade é uma solução formal primária. "Estou com o saco cheio do Chefe, se ele quiser me mandar embora, que mande. E eu vou perder isso que acabo de aprender com ele? Olívia não me dá tanta importância assim. Na hora do vamos ver, ela fica com o marido. A Tatin é um foguete na cama. Pô! O que tem a ver uma coisa com a outra? Bem, estamos falando de Eros, a dimensão erótica da cidade. Penso que a cidade tem que ser bela, precisa ter essa dimensão tátil, sensorial, visual, senão a cidade se torna apenas passagem entre dois lugares, sem vida, sem identidade, sem atrativos, para as pessoas morarem e se orgulharem de morar, para fazer os cidadãos terem tesão pelo local onde moram. Sem tesão, não há cidadão...". Me lembrei de Emily Dickinson[2]:

Beleza — não tem causa — É —
Cace-a e ela cessa —
Não a cace e ela cresce —
Tente alcançar na Messe
As Ondas — quando o Vento
Passa os dedos por ela -
Deus do alto vela
Para negar o intento —

O desenho da escola foi feito conforme a orientação do Chefe, mas no lugar da axialidade fiz a chegada nas classes num ponto intermediário do alinhamento delas, e não no centro. Ficou assimétrico, como diria o ignorante do Chefe, mas de resto conforme ele havia me dito. Fui mostrar minha proposta. Márcio estava lá quando os interrompi, o Chefe mostrou para o Márcio que gostou muito, principalmente da quebra descentrada. Ele pediu para deixar o desenho lá e me mandou pegar o viveiro de plantas, pois era urgente. Voltei com uma sensação estranha. Fui pegar instruções com Madalena, a paisagista, sobre as necessidades e diretrizes do viveiro.

Fiquei um bom tempo conversando com ela e na volta à minha prancheta flagrei Morena tentando encobrir seu desenho. Morena tinha posto um calço na frente, deixando sua mesa levemente inclinada. Raramente eu podia ver no que ela estava trabalhando, mas sua dissimulação despertou minha atenção. Desenhava o projeto da escola. O Chefe havia me tirado o projeto e

---

2 Emily Dickinson. *Não sou ninguém — Poemas*. Tradução: Augusto de Campos. Campinas: Editora Unicamp, 2011.

agora eu estava na periferia da cidade. "A gente colhe o que planta, diria minha avó. Fui enfrentar o Chefe, ficar com ciúmes e deu nisso. Só saí perdendo, mas ao menos ainda não fui despedido. Seria um desastre, felizmente não descobriu que eu era uma fraude, um ambicioso querendo me comparar a ele". Estávamos sofrendo as consequências de planos econômicos desmiolados. Onde eu iria arrumar emprego? Minhas economias se tornaram cinquenta cruzeiros. Dava para um bom jantar no La Casserole, sem vinho. Se não me saísse bem no viveiro, babau... "Esquece o Camillo Sitte, a cidade e suas teorias, esquece seus ciúmes e trata de pagar o seu aluguel". Passei horas conversando com Madalena sobre o paisagismo, viveiro e as condições climáticas. Ela havia visitado o local, sabia muito do local de paisagismo. Aprenderia muito com ela. Fiquei o sábado inteiro no escritório, desenhando o que podia. Segunda-feira de manhã, estava com o trabalho bem avançado para encaminhar aos desenhistas, mas a segunda-feira reservava duas grandes novidades.

Raul assumiu a coordenação de projetos prediais, Tony ficou com a coordenação geral do escritório e um computador foi instalado na parte Sul, ao lado da biblioteca, para iniciar alguns desenhos. Se já não bastasse minha arrogância e impertinência com o Chefe, agora tinha um novo coordenador, que parecia amigável, mas eu não confiava muito era num concorrente mortal: o computador para desenhar em minutos o que fazíamos em horas. Sem papel manteiga, sem lapiseira, sem pó de grafite sujando nossos punhos.

Vertigo

As luzes fluorescentes percorriam o andar com frieza militar. Os arquitetos-soldados se perfilavam no sentido Sul-Norte, em colunas de quatro, obedecendo aos rigores cartesianos, hierárquicos, fui tomado pelo medo de ser alijado daquele exército. O novo arquiteto era aguardado entre sobressaltos e tremores, quando finalmente o sinal inconstante e perturbador do elevador ativou as portas de onde saiu o novo membro do pelotão de voluntários da missão urbana.

Márcio o recepcionou, detalhou os serviços em andamento e os responsáveis por cada um. Raul Quiroga anotava numa folha de manteiga, com breves rabiscos caricaturais. Trinta e tantos nomes eram dispostos na folha, como cartas de baralho num tabuleiro. Durante as explicações, o sol abriu fendas na manhã brumosa e a cidade se revelou às janelas do escritório. Márcio contou brevemente a história da ocupação da cidade. No fundo do andar, mostrou o centro dividido em velho e novo, as três bacias que originaram a vila de Anchieta e as ocupações posteriores. Mostrou o Anhangabaú recém reformado, a beleza do viaduto do Chá do arquiteto Elisiário Bahiana; a ocupação da Bela Vista, o bairro de boêmios que se pulverizava pelo território urbano; o parque do Ibirapuera e o projeto de Niemeyer, qualificando um parque urbano com formas inusitadas. Mostrou o aeroporto de Congonhas, cujo xadrez laranja e branco da cabeceira da pista era visível do prédio; contou brevemente a história esdrúxula da ocupação do Pinheiros e da estação elevatória da Traição, que altera o curso normal do rio, despejando água doce pela serra do Mar para alimentar uma usina hidroelétrica. Contou da precariedade dos rios urbanos, dos crimes cometidos contra a natureza na construção das marginais, dos tamponamentos e retificações que acabam por causar grandes problemas de enchentes na cidade. Falou do nosso trânsito caótico, da falta de infraestrutura urbana, da precariedade da captação das águas pluviais, da rede de esgoto, da falta de fiscalização na proteção dos mananciais, da favelização, dos enormes desníveis sociais que se representavam em mansões ao lado de favelas. Mencionou a violência, a corrupção dos serviços públicos e sua ineficiência deliberada para que tudo permanecesse como está, sem perda de privilégios. O *tour* histórico e urbanístico se estendeu por toda a manhã e terminou em almoço no Máximo com o acréscimo de Anthony.

O que o Chefe pretendia? E o que ia acontecer com o Tony? Continuei com meus projetos periféricos passando um bom tempo sem falar com o Chefe. Quando ele chegava ao escritório, no fim da tarde, pouco saía da sua sala. Recebia os coordenadores e a secretária. Percebemos que estávamos atrasados podendo causar para nós alguns problemas financeiros. O dia do pagamento chegava e meu aluguel não podia atrasar. Concluí as estufas de plantas, queria adiantar o trabalho e voltar aos projetos importantes. Quando faltavam uns poucos dias para a entrega, o Chefe chegou na minha prancheta onde se acumulavam folhas de papel vegetal carregada de cotas vermelhas, especificações, áreas engraxadas em verde claro pelo lado do avesso, carimbos normografados com esmero. Sua Bic passeou pelos vegetais, inutilizando-os um a um, até que todas as pranchas estivessem comprometidas por sulcos fundos da sua esferográfica impiedosa. Não gostou da inclinação do telhado. Por sinal, orientação de Quiroga. No Uruguai, usam um método de travamento metálico das tesouras dos telhados com engenhosidade e economia. A secura do ar na região favorecia a conservação do metal cujo uso diminuía o tamanho das madeiras, reduzindo os custos. Mal me ouviu. Toda a cidade obedecia a um determinado sistema e não caberia introduzir um novo. As três noites seguintes foram perdidas nas novas pranchas, com os mesmos esmeros, até que os clientes, depois de horas discutindo outros assuntos, vissem nossos desenhos transformados em cópias heliográficas tiradas por Davidson depois dobradas por mim e meus desenhistas. Eram duzentos e quatro pranchas ao todo, em cinco cópias heliográficas cada, preenchendo o andar com o insuportável cheiro de amoníaco.

Depois da entrega, vieram os feriados de abril. Ficamos numa casa cujo projeto era meu e de que me orgulhava muito, mesmo com todos os problemas. O Guarujá mudava muito rapidamente, de ilha sofisticada para ricos, dividida em Guarujálém e Guarujáfé, vinha sendo tomada por uma classe média ascendente, entupindo pequenos prédios de boias, crianças, sogras barrigudas. As praias estavam repletas de frescobol, coxas brancas e celulite. Com isso, também vieram os serviços domésticos, as favelas nas áreas insalubres, pantanosas, quentes e criminosos. A casa fora projetada para aquela praia paradisíaca de então, com acesso por balsa, ruas arenosas, poucas casas e alimentação a preços proibitivos. Agora, havia a Piaçaguera-Guarujá, asfalto em toda a orla, barzinhos baratos, pensões horríveis tornando a cidade perigosa. Nos feriados de abril, não estava tão cheia, a brisa fria do Sul afugentava os turistas para a serra da Mantiqueira e o interior. Davidson e a mãe iriam só passar o feriado. Eu ficaria mais dois dias sozinho, lendo, tomando banhos de mar, passeando de bicicleta até o Dalmo e dormindo. À noite, chegaram os convidados, instalei Davidson num dos quartos externos. Permaneci no meu, o único no andar superior com Tatin. Preparei um café da manhã digno de hotel cinco estrelas depois fomos tomar sol na praia. O mar estava frio e, por isso, não entramos logo na água. Agnes expunha suas lindas formas sob um biquíni grande, largo e muito sensual. A magreza de Davidson projetava suas costelas para além da superfície torácica, contrastando com os meus pneus laterais pulando sobre a bermuda.

Conversamos, tomamos caipirinhas e o assunto voltou para o escritório.

— Acho que o Chefe aprontou uma para o Cucaracho.

— Você está falando do Quiroga? — Perguntei.

— Sim, acho que ele colocou o Raul numa posição acima para queimar ele.

— De propósito? — Perguntou Tatin.

— Sim. Ele é bem capaz de fazer uma coisa dessas. Comeu a mulher, arrumou um bom emprego para ele por um mês, depois vê que ele não dá conta do recado e manda embora, ou ele vai por conta própria. — Disse Davidson.

— Por que você acha que ele não vai dar conta do recado? — Perguntei.

— Acho ele bem fraco. Não tem competência para entender o trabalho. Não tem experiência num trabalho assim.

— E quem tem? — Disse eu.

— Acho que ninguém, mas ele não tem jogo de cintura. É muito restrito. Só sabe fazer uma arquitetura. Ensinaram para ele uma formulinha e não sai disso. É modernismos pra cá, um concretinho aparente para lá um piso cimentado, o modelo da casa de Le Corbusier no Chile e é só. Esse projeto tem que levar tais conhecimentos modernistas ao sertão. Não dá para aplicar fórmulas consagradas aqui. Acho que ele só sabe fazer as cópias mais pastosas do modernismo.

— Espero que você não esteja com a razão. Mas a gente deveria conversar com ele sobre isso, não acha? — Perguntei.

— O complexo de culpa move montanhas. — Disse a holandesa zombando de mim.

— Não, não é só culpa, não, — disse Davidson — o cara é bem-intencionado. Ele está meio metido ultimamente. Passou um baita sufoco, com o Chefe esnobando ele. E gosto da Olívia, ela vai acabar pagando por isso.

— Chegando em São Paulo — disse eu — vou falar com a Olívia, se não der certo a gente fala com ele. Acho melhor você falar com ele.

— Eu? Ele nem sabe que eu existo.

— Sabe sim, a Olívia conta tudo para ele. Você fala com ele e eu com a Olívia, certo?

— Ok.

— Vou dar um mergulho.

O médico me proibia mergulhar, principalmente em praias sujas, com esgoto jogado *in natura* ao lado. Mas a idade nem sempre vem acompanhada de juízo. Passei toda a infância usando borrachinhas, toucas e evitando molhar, nem por isso meu ouvido mostrava qualquer alteração. Numas férias em Ilha Bela, fiz tudo que não devia, quando fui ao médico no outono, ele me falou que meu ouvido nunca estivera tão bom. Comecei a abusar mais. O meu corpo exausto deixou-se letargicamente boiar até além do quebra-mar, sentindo o balanço comandar meu destino. Voltamos famintos e fomos comer uns mexilhões lambe-lambe. Parecia que a caipirinha tinha me deixado meio tonto, o Davidson foi dirigindo, lá comemos, tomamos muita cerveja e me esqueci da tontura. Quando entrei no carro de volta, o mundo começou a girar no sentido anti-horário. Pus a cara para fora e vomitei. Paramos no acostamento, expeli tudo que tinha no estômago, achei que era algo estragado. Em casa, deitei-me e caí da cama. Agnes Tatlin assumiu a condição de médica e rapidamente diagnosticou labirintite, mesmo sem conhecer bem meu problema. Me colocaram deitado no banco de trás do carro para subirmos a serra. Senti cada curva da Anchieta como um terremoto, cujo epicentro estava dentro de mim. Subia novamente a serra em meio a um turbilhão, da outra vez o país estava convulsionado, assim como o motorista, agora a convulsão saía das minhas entranhas. Imóvel no banco estreito do Chevette, com as pernas recolhidas como um feto, íamos eu, minha musa sobressalente e seu filho brilhante, em direção à Angélica. A água do mar furara minha cóclea e perfurara o labirinto. Numa maca hospitalar, agarrava-me às grades até que os analgésicos me puseram a nocaute. Quando acordei na noite seguinte e me percebi melhor. O mundo não girava mais, apenas parou no local errado. Meu lado direito estava elevado, enquanto o esquerdo tombava para covas dantescas. Nessa cova estava meu quarto apertado, tinha uma pequena janela com vista para uma parede a poucos centímetros dela. "Onde estou? Não é um lugar sujo, mas há um cheiro de mofo nesse buraco. Onde estão todos?" Me informaram que Tatin tinha vindo de manhã e voltara na hora do almoço. Ela não sabia o nome do meu avô. Entrei em contato com ele, em poucos minutos, toda a família estava na cabeceira, pronta para me levar para casa. Da ambulância para minha antiga cama de solteiro, que agora não se ladeava com a do meu irmão. O radinho que me deu pela primeira vez a "Garota de Ipanema" e "Like a rolling stone" permanecia à minha espera. As ondas AM só serviriam para ouvir o futebol e me divertir com o "Show de Rádio" do Oswaldo Sangirardi. Os cuidados dos ancestrais comigo era de emocionar. Acostumado à precariedade da vida solitária, voltar ao calor excessivo, às guloseimas prediletas da infância, ao constante olhar sorrateiro pela fresta acompanhando meus movimentos, ao cheiro familiar daquele quarto, às lembranças dos sonhos juvenis, das travessuras com a prima, das inúmeras homenagens a tantas mulheres, do calor da casa onde cresci. A cada pudim de leite, cada ravióli com *bracciola*, o mundo se endireitava como bolha de nível. Andei até a janela o Ibirapuera, o aeroporto de Congonhas, mesmo o hospital da Brigadeiro não estavam mais lá. Apenas janelas expondo cortinas balançando, televisores piscando e faxineiras penduradas nos parapeitos, desafiando a gravidade. O pátio traseiro onde jogávamos futebol virara um telheiro, para proteger os diversos carros amontoados no cimentado liso de então. As paredes laterais de massa raspada escureceram com a fuligem da cidade moderna. Das ruas, vinham agora sons constantes e incômodos. A Jaú cheia de carros estacionados de ambos os lados, que tornavam o leito estreito, a pequena floresta da esquina com a Fernão Cardim fora substituída por um bloco branco com janelas pretas, sobrando apenas uns fícus descomunais junto ao muro que o separava da Eugênio de Lima. O céu de abril ainda era de um azul profundo e nostálgico. O vento sul balançava tenuamente as roupas dependuradas. Voltara para ver como o mundo havia mudado, quão pouco restou daquele garoto sonhador. Quão pouco sobrara da cidade onde vivi. Os nomes das ruas, fisionomias familiares, o céu de outono, sinais que permaneceram apenas como referências longínquas, mas apesar de todas as mudanças havia a certeza de que eu continuava a mesma pessoa, assim como a cidade era ainda a mesma cidade.

Liguei para Tatin à noite e lhe dei minhas coordenadas. Na tarde seguinte, uma pequena comitiva do escritório veio me visitar com um lindo livro da Gustavo Gilli, presente do Chefe. Docinhos, flores e cadernos de desenhos. Lápis 6B, revista *Architecture d'aujourd'hui* e *Domus*, a alegria de ser lembrado pelos colegas. Meus avós ficavam tentando descobrir com quem eu me ligara afetivamente. Apostaram que era com Morena. Eu nada disse. Quando eles já estavam de saída, chegou a doutora Tatlin para espanto deles. Morena parecia uma adolescente, aquela era uma mulher feita. Aos seus olhos, eu ainda continuava um menino tal como Morena, não estaria pronto para uma mulher formosa e volumosa, que tanto agradou ao meu avô e menos à minha avó.

— Essa mulher pode ser perigosa, meu filho! Já pensou como pode ser difícil sustentar mulher assim? — Argumentou minha avó.

— Não preciso sustentar, ela é médica e não é minha namorada, é só uma amiga como as outras.

— Você não me engana. Eu vi como vocês se olharam — Retrucou.

— Somos amigos especiais, só isso.

— Eu não entendo mais esses modernismos de vocês. Não falei em sustentar apenas com dinheiro. Uma mulher dessas deve ser muito cobiçada, não é?

— Certamente, Vó. Certamente.

— Até seu avô virou os olhos para ela.

— Eu não...

— Não vamos começar uma discussão agora por causa da minha amiga, ela que me acudiu corretamente.

— Mas aquela clínica em que ela te levou era um lixo. — Disse minha mãe.

— Acho que era de algum colega dela. Mas tudo bem, estava tudo girando mesmo.

Fomos ao meu médico, que concordou com todas as providências e me recomendou repouso por uma semana. "Será que isso vai custar meu emprego?" A dedicatória do livro me desconcertou: "De tanto querer virar o mundo de ponta cabeça, foi você que acabou em vertigem". O ócio é um veneno. Nos dias seguintes, nas tardes modorrentas naquela paz estranha da casa materna, imaginei que esse presente escondia alguma mensagem. Naquela noite, Davidson me contou que o Chefe o tinha mandado mudar para a minha prancheta recebendo como arquiteto. Certamente foi o Tony quem recomendou, mas na minha prancheta? Será que fui demitido? O livro era prêmio de consolação? Examinei cada projeto. Consegui ler uma ou outra legenda. Aquela seria minha atividade profissional no recesso. À noite, Davidson veio me visitar.

— E como vai o Raul no escritório?

— Continua o mesmo. Não mudou nada. Está ainda mais saidinho. É uma pena, ele não é má pessoa, mas esse negócio de ser comunista atrapalha bastante. Fica sempre batendo nuns refrãos, mesmo que, às vezes, não caibam. Esses caras não pensam, repetem palavras de ordem. Não dá para discutir com eles, não ouvem você. Eu já desisti. Quero mais que eles se fodam.

— Pô, meu, não fala assim! Esse negócio de ser comunista é como seita. Você sabia que o Chefe foi do Partido? Vai ver ele não quer queimar o cara, talvez seja uma certa identidade ideológica. Nas cidades medievais, os burgueses ricos não iam atrás dos mendigos, tentando com a caridade pavimentar sua entrada no céu? Vai ver que o Chefe quer garantir seu lugar na terra prometida do comunismo proletário. A segurança que a igreja dá aos fiéis é parecida com a do Partido: um futuro harmonioso, sem desigualdades, sem lutas de classe, sem conflitos. Isso não é assim tão diferente do Paraíso.

— O mundo já deu mostras de que o caminho comunista leva a uma ditadura sanguinária, pobreza generalizada com privilégios para o *politburo*. O Gorbachev está reformando o estado, mas não vai conseguir, ou acaba de vez o comunismo ou ele é que cai e a KGB toma o poder. Os paraísos socialistas na Alemanha, Hungria, Tchecoslováquia, e tantos outros já mostraram as mazelas da vida lá. Ainda tem a Coréia do Norte, a Albânia e Cuba. Cuba vive com seis bilhões de dólares de subsídios soviéticos. Eles têm um bom sistema de saúde e boa educação. No

Brasil, seria como receber uma ajudinha de sessenta bilhões de dólares. Daria para construir duas Angras dos Reis por ano.

— Assim até eu... — Disse eu.

— O modelo implantado no começo do século pode não ter dado certo, mas isso não compromete totalmente o pensamento. O que eu acho furado é ver a história como um desencadeamento lógico de causa e efeito, como se uma força transcendente que regulasse o mundo o levasse para um fim pré-determinado, — completou Davidson — para mim, a história é um conjunto de acasos, sem lógica. Nada faz sentido e viver nesse mundo sem sentido é algo, talvez, insuportável, daí as crenças esotéricas, as religiões, as ideologias salvacionistas. O mundo não é justo, é profundamente desigual, o ser humano é violento e só existe porque soube derrotar ou até extinguir outras espécies, senão ele estaria extinto. Viver na incerteza é que é difícil. "Às vezes, é preciso um pouco de caos para se encontrar uma estrela brilhante".

— O assunto era o Raul, vamos falar com ele ou não? — disse eu.

— Eu acho que é inútil falar com ele ou com a Olívia.

— Será? Talvez, com jeito, dê certo.

— Pode tentar, eu não vejo abertura nele, nem para ouvir coisas do próprio interesse.

— Talvez vocês estejam errados, ele pode estar lá pelas qualidades que o Chefe viu e vocês ainda não. A Olívia viu... Eu fui muito duro com ele numa discussão de projeto, ele me pôs para fazer uma coisa chata, mecânica. Agora vou para o fundão. Eu já me achava uma fraude, um anzol sem linha, um chumbo de isca. Agora que fiquei com raiva dele, ele percebeu.

— Talvez seja exatamente o oposto. — Disse Davidson.

Minha primeira ida ao escritório foi de carona com minha mãe. Seu Voyage tinha um porta-malas pequeno e a cadeira de rodas foi no banco de trás. Ela parou na garagem, não foi difícil chegar ao andar. O mundo parou num ângulo de uns quinze graus em relação ao azimute. A todo momento achava que ia cair. A nova secretária era bonitinha, com sotaque bem carregado de Itur, Baurur e Jaur, me deu boas vindas e não um bilhete azul. "Ufa!". Raul passou por mim, me cumprimentou muito afetuosamente e anunciou altissonante meu retorno. Vieram alguns, Olívia e Davidson não vieram. Tony me levou para uma mesa lá pela região anteriormente ocupada pelo Davidson. Consegui ficar uma meia hora. Olhar para aquelas pranchas grandes me deixou tonto, reforçado pelo esforço dos meus deslocamentos. Ia telefonar para minha mãe mas João Paulo se ofereceu para me levar a pé. Não era longe, na minha juventude fiz inúmeras vezes o trajeto entre a casa dos meus avós e o Paes Leme, que era poucas quadras mais distante, mas de cadeira de roda era uma aventura. O mosaico português tinha sofrido os ataques das concessionárias, da falta de manutenção e das consequências da má construção. Não havia rebaixo nas esquinas, muitas obras na Eugênio de Lima deixavam as calçadas intrafegáveis. Ver o mundo novamente compensava os solavancos e buraqueiras. Fomos muito lentamente, vi o céu a luz e as pessoas, o que era ótimo. O prédio da minha avó agora tinha portaria, grades e portão automático. Voltamos pelo elevador de serviço, que dava direto ao acesso lateral. João Paulo não queria subir, mas insisti para ele comer o doce de banana que minha avó fazia como ninguém. Minha avó foi muito atenciosa, mas pensou que ele era o Davidson e saiu com uma conversa estranha, João Paulo não entendeu muito bem, mas disfarçou, eu não quis prolongar o assunto. Ficou assim mesmo. Na manhã seguinte, o porteiro avisou da chegada do Davidson, minha avó falou para ele subir para comer mais um pouquinho de bananada e levar um pratinho para a mãe dele. Foi a vez do Davidson não entender nada, mas levou comportadamente o prato, atribuindo as confusões à idade dela, que não era tão avançada assim.

Naquela semana fui três dias ao escritório, sempre levado de cadeira de rodas por Davidson ou João Paulo. Minha melhora era galopante. Fiquei o fim de semana na cama, agora já podia ler um pouco e ver alguns vídeos de filmes bons. Visconti, Antonioni, Kubrick, Tarkovski e uns clássicos de Hollywood. Na semana seguinte, estava praticamente bom. O médico me deu alta, resolvi voltar para casa. Minha mãe tinha ido lá com a faxineira e arrumou tudo, tive que ouvir os protestos dos avós e mãe contra minha volta precipitada. Saí na segunda-feira com as malas para o trabalho, no fim da tarde, tomei um táxi. A regressão juvenil até que teve seus prazeres, mas a vida adulta nos agarra com unhas e dentes depois que a conhecemos. Uma das mãos na fechadura, a outra já se precipitava para atender o telefonema de Tatin. Ela viria me visitar imediatamente. Voltei ao meu chuveiro fantástico, com água farta e quente, olhei no espelho, me senti mais velho, mais careca e mais gordo. Agnes chegou com todo o seu entusiasmo e varreu minhas ideias negativas.

— Por que você não foi me visitar?

— Do jeito que sua avó me olhou? Nem pensar...

— Ela se assustou no início, mas ela é legal, até mandou um pote de bananada para você. Italianos são assim com todo mundo. No começo estranham depois são só gentilezas. Eu senti sua falta. — Tatin, desde nossa primeira noite, insistia em mordiscar minhas orelhas e lambê-las internamente. Isso me dava muita aflição, num movimento automático, rejeitava o afeto, aquela noite ainda mais, meu ouvido não era condizente com o erotismo. Tanto ela insistiu que acabei cedendo, os tremores a que me acostumara, quando ali colocava o cotonete para limpeza, ganharam uma conotação erótica. Nunca iria permitir a qualquer outra mulher tomar essa liberdade, ela seria a única. Estaríamos ligados para sempre.

Passamos a noite entre cochilos e abraços. "Será que eu amo essa mulher?". Tomamos café, acompanhado de todas as guloseimas com que minha mãe e avó tinham enchido a geladeira. Agnes me deixou no escritório. Estava convencido que ela era a mulher da minha vida. Até que cheguei ao vigésimo andar e vi Olívia.

Antigamente

Lentamente, o barulho da rua foi tomado pelos sons internos encharcando o escritório de rings, placs e plins. Olívia, na primeira fila, movia-se em absoluta discrição. Sua cadeira não rangia, a boca não abria e os instrumentos eram revestidos de veludo. Eu olhava para aquela esfinge com admiração e inveja, gostaria de ter a mesma discrição, que meu vasto corpo encontrasse um lugar confortável nesse mundo. Minha cadeira nunca interagiu com o óleo Singer, meus esquadros eram inexoravelmente vítimas da lei da gravidade e as minas 0,3 insistiam em perder a integridade. Meu cabelo coçava vítima de testosterona transbordante, meu nariz secava e meu ouvido escorria. Atrás de mim, Morena era um acontecimento na grande sala, entretanto o barulho, estardalhaço gestual e os constantes acidentes eram mitigados quando seu olhar ingênuo, suas mordidas nos lábios inferiores e seu sorriso maroto ornamentavam seu rosto meigo de menina travessa e sua franja cobria parte de seu olhar envergonhado. A indiscreta preferência de Anthony corroborava para transformarmos qualquer incômodo em charme e seus movimentos em uma dança sedutora. Quando o coordenador não estava debruçado sobre sua prancheta, Morena gesticulava, soltava criativos palavrões a cada erro e dispersava pela sala o conteúdo de seus pensamentos. Na dúvida entre me apaixonar pelo objeto de desejo do coordenador ou me irritar, desenvolvi a capacidade de substituir os sons próximos e intensos do interior pelos sons amortecidos e quase imperceptíveis das ruas. Há limites na progressão das práticas sensíveis, os ruídos mortos distantes sucumbem a qualquer campainha telefônica, mas logo me tornei capaz de diferenciar ambulâncias de bombeiros, motos de uma baratinha, e os alaridos da Morena submergiam ao agito urbano. Minha prática me transformou de um urbanista em um ser urbano.

Mesmo com os ouvidos moucos, ouvi Morena falar de uma festa na Mooca. Para quem vinha dos Jardins, a Mooca representava o sotaque italianado com plurais sem esses, classe média baixa sem requintes, nada que Morena transportava em seu sorriso encantador. Morava numa pequena casa no Largo São Rafael, onde haveria a festa da paróquia. Quermesse com barraquinhas de jogos, fogos, balões, comida, principalmente italiana, distribuída a preços módicos em benefício da paróquia. Falou que nasceu e sempre morou naquela praça, assim como sua família: duas tias, avó, tios, primos para quem aquela era a maior festa do ano a acontecer num domingo de inverno. A conversa contagiou todos. No almoço, a programação foi detalhada, as moças falaram sobre as roupas que iriam vestir e sobre o bairro tradicional da cidade. Os homens logo lembraram do Juventus, clube tradicional do bairro, cujo estádio de futebol estava a poucos metros de lá. Haveria um jogo contra o Corinthians no estádio da rua Javari. O time do Juventus tinha a camisa grená como o Torino e o nome do outro time de Turim, origem da família Crespi. O "moleque travesso" costumava aprontar contra os times grandes e o Corinthians era sua principal vítima. O craque do time se chamava Ataliba e ficou famoso com seu jeito desengonçado e alegre de jogar. Perto de lá havia a cantina Di Cunto com massas não tão "ao dente" e fartos molhos de tomates.

Domingo cedo nos encontramos no vão do Museu de Arte de São Paulo. A feirinha de antiguidades era o ponto de encontro. Éramos um grupo grande, quase a metade do escritório presente com alguns agregados. A maioria iria pegar pela primeira vez a nova linha da Paulista. Tudo limpo, organizado, o piso de plurigoma impecável, as cancelas iguais às do metrô de Paris, os carros novos, prateados e brilhantes. A luz interna mais intensa que as da linha Norte-Sul. Sentimo-nos com se já estivéssemos no ano 2000, com a sensação de atualidade, progresso e orgulho da nossa cidade. Baldeamos na estação Paraíso, limpíssima, com gente bonita andando apressada. Seguranças, escadas rolantes funcionando, tudo brilhava. A estação fora projetada por arquitetos competentes como o Marcello Fragelli, comunicação visual do Cauduro/Martino, o que havia de melhor moldado em concreto liso, trilhos precisos e carros modernos. "A arquitetura é arte ou medicina?" O arquiteto veio curar a cidade das feridas causadas pelo Metrô ou organizar as formas de acomodar os homens no espaço? As estações do Metrô criaram ocorrências interessantes, despertaram nos cidadãos a percepção de uma cidade organizada fluida, bela e acolhedora. "São Paulo não é uma cidade acolhedora", levantou alguém. "Como não? A cidade que mais acolhe gente no hemisfério Sul? Se isso não é ser acolhedor, o que é?" Em poucos segundos, estávamos na estação Bresser, saltamos e penetramos nas ruas calmas e pacatas de uma outra cidade. Fomos pela rua do Hipódromo e já discutíamos sobre que hipódromo era esse. Falaram da pista de trote, mas alguém sabia que essa era na Vila Guilherme. Na verdade, sabíamos pouco sobre a região. Na rua dos Trilhos, nos maravilhávamos com os nomes de sentido histórico: Radial Leste não poderia se chamar Alcântara Machado, rua do Hipódromo era elegante e romântico. Chegamos ao estádio da rua Javari. Por fora, um muro grená com os patrocinadores grafados nos *outdoors*. Falamos dessas muralhas protetoras que se instalavam na cidade, destruindo a urbanidade e a articulação entre o morar e o circular, trabalhar e se divertir. Agora, os parques eram cercados, os escritórios também. As ruas nos Jardins eram uma linha de asfalto, ladeadas por calçadas bem arborizadas e muros deixando opacas a arquitetura, as pessoas e o entorno ficava inóspito. Será que é mais importante a proteção individual que a coletiva? No entorno do estádio, as casas davam diretamente na calçada ou pequenos jardins, delimitados por muros baixos. Cadeiras nos alpendres e o sotaque italianado enriquecendo as fachadas e o convívio. A Igreja e a pracinha da casa da Morena eram um achado parado no tempo. Suas tias se misturavam com outros vizinhos e pareciam todos irmãos. Os bancos de concreto da praça ostentavam anúncios de um outro mundo. Bombril ainda havia, mas farmácias do Sr. Mosart, costureira dona Florinha, oficina do Antoninho, marcas da cidade de outros tempos, encobertos por musgos e corações de cupidos. Signos de tempos insistindo em se imiscuir no fim do século. A quermesse envolvia barraquinhas de comida, pamonha, paçoca, panos de prato pintados, brinquedos artesanais, doces mil, barraca do beijo, onde se pagava para ganhar um beijinho no rosto de uma bela moça. O realejo marcando o ritmo da cidade até que começou a música, prioritariamente napolitana, tarantelas, "*O sole mio*" e, quando tocava "*Mamma*", todos cantavam a plenos pulmões. Cheiro de massa de tomate a se confundir com as massas assadas das inigualáveis pizzas.

Anthony foi de carro com a esposa e uma das filhas adolescentes. Foram recebidos pela família de Morena como se já fossem membros. Morena estava feliz e excitada em mostrar sua vida, a casa e os amigos. Ficamos sem entender se Morena tinha namorado ou não. Suas relações eram tão amistosas com todos que, a todo momento, alguém lançava uma hipótese de namoro, logo evidenciada como falsa, e a doçura e encanto da moça contagiaram até mesmo a esposa do coordenador e todos nós na festa.

Olívia conversava com Ada, mulher de Tony, e Aline sua filha, quando Morena se aproximou do grupo. Eu fiquei intrigado se Ada não sentia ciúmes da Morena, ou se Tony não iria ficar constrangido com sua mulher e filhas, falando com seu objeto de desejo. Nada aconteceu. Ada parecia ter um olhar doce para a linda menina, enquanto Aline a olhava com admiração. "Minha mente é doentia" pensei, fui chegando ao grupo enquanto conversava distraidamente sobre amenidades. O copo de cerveja já havia recebido o calor das minhas mãos e a espuma refluía. Pouco consegui ouvir, mas quem tem essa limitação desenvolve outras percepções e pude captar a harmonia que envolvia as moças, desfrutei da cena em sua vigência. Vizinhas, tias e parentes não deixavam Morena um minuto a sós, a motivação aparentava amorosa e um pouco controladora. Os italianos de São Paulo costumavam ter esse comportamento miscigenado de amor, controle, curiosidade e "mala língua". Fascinava-me o contraste temporal. Quantos anos atravessávamos pela cidade, da avenida Paulista até aqui na Mooca. Em que tempo estávamos? Ou estamos? A cidade é um local em movimento, abrigando pessoas se alternando todo o tempo. Tempos sobrepostos sobre o que aparenta ser o mesmo território, mas que também são, na verdade, territórios sobrepostos. Em Roma, na cidade do México, em Lima e em tantas outras cidades, civilizações se sobrepuseram no mesmo território, criando diferentes ambientes para diferentes pessoas, que tomam posse desse território de diversas formas. A complexidade temporal é correlata à complexidade espacial. Afinal, é uma região tomada, criada e modificada por pessoas, que são por natureza mutantes, migrantes e controversas. A cidade tem essas mesmas características, nossa presença é momentânea e fugaz. Aquilo que projetamos logo será tomado de outra forma e será adaptado para outros fins. A arquitetura, que se acreditava eterna, na verdade não o é. Nas escavações de Pestum, na Itália, os templos não são mais sagrados, são apenas registros históricos, monumentos para serem fotografados por turistas que talvez jamais saibam quem foi Hera ou Perséfone.

Seria tudo bem simples se eu visse Ada se desentendendo com Morena, se Olívia e Quiroga se rebelassem comigo, mas as coisas são mais complicadas do que se supõe. Seria simples se pudéssemos reduzir tudo a uma totalidade. Como diria Raul, se tudo fosse economia, mas não. O operário da BMW tem casa própria, carrão, e em nada se parece com os filmes neorrealistas italianos. O mundo não é feito de opressores e oprimidos. O treinador que obriga o atleta a fazer exercícios penosos não pode ser classificado como opressor; o monge que se submete às regras rígidas do mosteiro também não é vítima. O jovem sem emprego que abre uma pequena empresa de tecnologia é um empresário capitalista? Um subempregado? Talvez daqui a pouco tempo será um dos maiores milionários do planeta. As respostas simples morreram em 1914, que Hobsbawm registrou como o início do século curto. Ou em 17 que, para os comunistas, começou o século. Ou na folhinha que começou em 1901. Nem a data do início do século é certa. Vivemos sobre uma placa tectônica em movimento, "Tudo que é sólido se desmancha no ar", disse Marx e repetiu o escritor de sucesso Marshall Berman, mas a frase é anacrônica. Não há nada sólido, tudo é movimento, são átomos se chocando com outros, elétrons em velocidade incrível, rotacionando em torno do núcleo. A cidade, a arquitetura, os amores e as paixões são, sempre foram, mutantes e o tempo que para Einstein ficou relativo, na cidade sempre foi. As paixões sempre foram, não são só as mulheres que são volúveis — *la donna è mobile* — todos somos móveis.

Enquanto a festa se desenrolava, alguns de nós fomos ao campo ver o jogo. No estádio pequeno, sobre um banco de cimento, víamos os jogadores próximos e eles nos ouviam perfeitamente, torcedores assíduos acompanhados de mulheres e filhos faziam uma grande festa. Todos riam e reclamavam, como uma Mona Lisa que está séria e sorri ao mesmo tempo. O "moleque travesso" aprontou, uma vitória que parecia fácil foi maculada no final com um gol do Ataliba. Todos saíram satisfeitos e fomos ao Di Cunto encontrar o restante do grupo. Suados e roucos, nos dividimos entre torcedores dos dois times, e as discussões eram tão acaloradas quanto hipócritas, ninguém se levava a sério. Olívia e o marido foram embora, Morena ficou na festa até acabar. Anthony voltou para casa com a família. Márcio e o Chefe nem foram à festa. Lia levou o Marcelo, seu marido, que tinha se encantado com Morena, sem saber do risco que corria, João Paulo levou a mulher e o filho.

Acho que foi o Oscar Wilde que disse ser a vida muito importante para ser levada a sério.

— Não dá para levar ninguém a sério. Essa é a brincadeira maior. — Disse eu. — Você acha que eu falo alguma coisa séria?

Voltamos a rir, pegamos o metro até a Sé. No caminho, a turma se dissipou, no Paraíso só uns dois ou três pegaram a conexão da Paulista e eu fui o único a descer do trem na estação Vila Madalena. Pensei em ir até a Tatin, dar um melhor proveito a todas as proteínas absorvidas, mas o álcool me convenceu do contrário. Não sei bem como cheguei em casa, mas na manhã seguinte eu estava lá.

Sob as águas

As águas na Bahia correm por liames arenosos, andam em rios intermitentes e evaporam em açudes lodosos. Chuvas levam matas, bois e vidas para o grande São Francisco. Na pequena cidade que projetamos a terra não retém água, planura perdida no horizonte e montanhas isoladas no céu. A água vinda do São Francisco atravessa a caatinga sem entusiasmo e as da chuva arrastam com determinação o que podem para cisternas pacientes. A tinta viva sobre o papel vegetal acompanha os caminhos das águas pelas ruas do sertão. Seguindo as águas, as habitações ondulavam pelas linhas das calçadas, tornando a cidadela dançante e os telhados serrilhados. Virando as ruas, abriam-se praças com sucupiras, suinãs, ubás e paus-d'alho espetados e retorcidos, para que o céu não as derretam nem as chuvas as carreguem. Grama, nem no campo de futebol, onde o pó tornava virtuais as demarcações das grandes áreas. Águas faltantes, mar de poeira a ferver nas ruas encobrindo cães famintos, escorpiões e a inarredável inércia.

— As águas desenharam muitas cidades, — disse Xenakis — o que seriam as metrópoles sem seus rios: Lisboa sem o Tejo, Florença sem o Arno, Roma sem o Tibre, Nova Iorque-Hudson, Paris-Sena, Viena e Budapeste-Danúbio. Quantas cidades se casaram com seus rios!

— São Paulo e o Tietê. — Disse eu.

— Casamento de inconveniências. Destruímos nossas riquezas para importar lixo. O que estamos fazendo com a nossa cidade? — Acrescentou Tony. — A cidade italiana do renascimento foi desenhada pelos cursos das águas. São Geminiano, em torno da praça da Cisterna. Siena, sobre a *Piazza del Campo*.

— Você acha que a cidade renascentista italiana é modelo para nós, terceiro mundo, pobre e, principalmente, ignorante?

— Não! Mas as experiências são fontes de aprendizado. Ao longo da história, várias decisões equivocadas criaram a São Paulo em que vivemos, principalmente em relação às águas. O plano de avenidas do Prestes Maia, lá pelos anos 30, é um retumbante erro. Uma ideia centrada no automóvel, que ocupou os leitos dos inúmeros rios, tampados com avenidas, e o eco sistema babau. O resultado são as enchentes, alterações violentas no clima, poluição, bolha de calor, e a cidade que não funciona como sistema de circulação. Estragamos o que tínhamos de melhor, as águas, para colocar o automóvel. E o automóvel não anda. — Prosseguiu.

— Essa divisão em setores foi natural em todas as cidades. Paris tinha o centro do poder eclesiástico e real na *Île de la Cité*, o centro universitário na margem esquerda e o porto comercial na margem direita, onde é hoje a prefeitura. Ninguém determinou isso. Surgiu naturalmente. Assim como a Florêncio de Abreu é a rua das ferramentas, a Consolação da iluminação, a Santa Ifigênia da eletroeletrônica, a Paula Souza das cozinhas. Por outro lado, tem a Major Sertório dos prostíbulos da Boca do Luxo e a Rua Aurora da Boca do Lixo, onde também ficam as produtoras de filmes de segunda. Isso é natural, a lei de zoneamento só legisla sobre os fatos consumados.

— O problema é que ninguém sabe se o amanhã será parecido com o ontem.

— Nas escolas, as coisas também são compartimentadas. A história das cidades é uma matéria, da arquitetura outras, o projeto de urbanismo foca nas condições atuais da cidade enquanto a disciplina de projeto arquitetônico debruça-se sobre os grandes mestres da atualidade. É difícil alinhavar todas essas coisas. Os meios que os arquitetos têm para interferir na cidade são muito pequenos, comparados com o poder econômico, os especuladores, o crime organizado. Não aprendemos a olhar a cidade como um instante de uma história cheia de meandros, como se fosse um corpo vivo, dinâmico e mutante.

Anthony Xenakis era saxofonista da banda do Nelson Ayres e tocava numa casa "Consolação 2000", nas segundas-feiras à noite. Combinamos de ir todos juntos assisti-lo, mas nunca deu certo. "Ele conseguia dirigir aquele escritório, ter mulher, filhos, estudar arquitetura e ainda treinar saxofone".

— Não se sinta desprestigiado por ter sido deslocado para esta tarefa. Ela é muito importante. — Disse Xenakis.

— Eu fui muito rude com o Chefe.

— Ele também é bem estúpido, às vezes, por isso não liga a mínima. Ele gosta mais de quem o desafia do que dos cordeirinhos, — disse Tony — ele é muito justo, sabe das suas broncas e fui eu quem pediu para você vir trabalhar comigo. A maioria dos seus colegas está querendo fazer história aqui. Você está somente fazendo seu dever e fazendo bem feito.

— Pelo menos, eu tento.

— É, por isso eu te chamei. A beleza da cidade não está só em seus prédios, mas principalmente no seu traçado. A vida corre pelas ruas e não estaciona nos palácios de cristal.

Anotei os nomes todos autores que ele citou e programei na manhã seguinte passar na livraria Francesa, ver uns livros. Agnes não me ligou, achei que era tarde ou estava cansada. Telefonei, não atendeu. Liguei para Davidson, ouvi barulho de pratos.

— Está sozinho?

— Minha mãe está lá em cima.

— O Tony veio falar comigo hoje sobre meu trabalho. Você não roubou meu lugar não, foi ele quem me requisitou.

— Ele é um cara legal, sempre encontra uma forma de acomodar as coisas.
— Ele me falou sobre Veneza, sobre as águas, coisas assim.
— Deve ser da escola de Veneza, não é? Da turma do Tafuri?
— Não sei, você sabe de tudo! Sua mãe está dormindo? Será que ela pode me atender?
— Espera um pouco. Vou ver.

Barulhos chamando a mãe. Outros sons. Tatin chega ao telefone. Fala cortesmente, mas distante. Ouço outra voz. É Thereza. "Será um *revival*?" Só de pensar fiquei excitado.

— Quem está aí?
— Thereza.
— Sei. Estavam tomando banho?
— Também.
— Eu ligo amanhã.
— Não quer vir aqui hoje?
— Vocês não estão cansadas? — Eu estou.
— Você quem sabe.

"Viver com essa mulher é viver assim, sempre surpreendente como uma tempestade tropical. Pode ser um furacão ou só garoa fina. O que faço? Vou lá e encaro as duas ou me afino? Será que dou conta? Será que estou com medo? Hoje não. Melhor me preparar melhor. Depois, tem a Olívia..."

No dia seguinte, saio do escritório para a casa de Tatin.

— Você ficou bem assanhadinho quando soube da Thereza, não foi? — Falou Agnes.
— Fiquei sim. Vocês transaram, não foi?
— Mais ou menos. Você queria participar?
— A Thereza tinha dito que não traía mais o Otto, o que aconteceu?
— Na verdade, não acontece muito mesmo, mas de vez em quando a carne é fraca. Sabe como é?

— Eu quero, então.
— Vou falar com ela, foi ela quem sugeriu. Mas esteja preparado, hein! São duas mulheres fortes.
— "Enquanto houver língua, enquanto houver dedo, nenhuma mulher me mete medo".
— Vinícius falou de uma, não de duas.

A conversa nos deixou ainda mais excitados, e a noite foi longa e quente.

— Ela havia prometido ao Otto que não ia mais rolar, mas rolou. Você fica triste?
— Triste não, mas eu acho que viver com você é sempre muito perigoso.
— E tem algum lugar onde não é perigoso? Está contrariado, só por causa disso?
— Não só, mas também.
— Desculpe, eu achava que você ia compreender. Não reatamos, foi só um *revival*, meio sem querer, mas sabe, a gente tem um hábito, com muito esforço a gente consegue se livrar dele, se bobear, a gente volta. É como parar de fumar, se der bobeira a gente fuma um cigarrinho. Mas isso foi só uma coisa de um dia, prometo. Não vai perdurar. Se você vier morar aqui, eu prometo ser fiel, se é isso que você quer.
— O problema não é isso. Morar aqui, a casa é sua, você está habituada com ela, tem seu jeito de arrumar as coisas e tal. Eu vou ser sempre um intruso. Apesar da minha casa ser meio bagunçada, é importante para mim. Sou de Áries, preciso ter meu local onde me sinto seguro, acho legal voltar para minha casa, onde vou colocar tudo aquilo? Aqui não cabe e não quero me desfazer, tem as poltronas da minha avó, as baixelas de prata da minha mãe, que nunca vou usar, mas não quero me desfazer, enfim tem algumas coisas que fazem parte da minha história e eu acho que preciso preservar para lembrar quem eu sou, de onde

vim, quais as minhas raízes. Acho você demais, e mais aprendo com você que a censuro. Gostaria de ser como você, mas não sou. Melhor dizendo, não tenho pais europeus, não morei lá, não estou acostumado com isso. Me disseram que, na Holanda, tomam banho juntos, com outras famílias. Não é isso?

— É, tem alguns que têm esse hábito, as famílias se encontrarem no sábado para tomar banhos juntos em termas do bairro, mas isso está cada vez mais raro.

— Eu só tomei banho na vida com você, depois que cresci.

— Não tomou banho com a Olívia?

— Não. — Fiquei sério. Me deu uma profunda melancolia. Ainda não havia me acostumado com a perda de Olívia para aquele gordo careca. Boa pessoa, mas um escroto.

— Você não gosta que eu fale da Olívia, não é mesmo? Ela é a princesinha com quem você vai casar e eu a puta.

— Mais ou menos.

— Eu não me importo de ser a puta, prefiro a ser a princesinha, juro! Não estou mais na idade de vender minha virgindade. Já sou grandinha.

— Pô, eu só estou falando que não quero voltar para sua casa e a conversa vai tomando um rumo pesado. Sem essa, vai. Amanhã estou aqui novamente. Não vou perder essa gostosa, mesmo que a história dela seja diferente da minha.

— História igual ninguém tem.

— Convida a Thereza para depois de amanhã à noite.

— Safado.

Corri até a Angélica pegar o ônibus, sob a neblina fina. Mal podia abrir os olhos. Prédios se erguiam, alternando arquitetura comercial sem graça com os belos prédios que os anos 40 e 50 viram subir. Primeiro veio a moda do mediterrâneo, depois uma confusão que eles dizem se tratar do pós-moderno, a mistura de neoclássico com modernista, impessoal, sem caráter mesmo. O ônibus subiu lentamente a avenida, aguardando as aberturas e fechamentos dos guarda-chuvas, e as lembranças de Olívia voltaram. Não falava com ela desde aquela baboseira que ela inventou, de me usar como disfarce. Nem no escritório ela se dignava a levantar os olhos. Tentaria almoçar com ela ou ir à missa.

O almoço foi no próprio escritório, para mim e quase todo mundo. A próxima entrega se aproximava e a caneta Bic do chefe havia passeado por diversos vegetais. Agora que eu me mudara para a periferia, chamávamos aquele pedaço do fundo de ZN, Zona Norte, e o Chefe nem chegava perto. Xenakis tinha total autonomia sobre seu filhote. Com isso, nosso trabalho ia muito bem, mesmo assim sempre tinha muita coisa para corrigir numa véspera de entrega. Às seis, disse que ia comer um lanche e fui à igreja de Olívia. A garoa virou chuva forte e o vento atravessou a Paulista de Leste para Oeste, levantando saias e dobrando guarda chuvas. Cheguei na igreja com as barras da calça molhadas e o sapato frio e úmido. Ela aguardava a missa ajoelhada, e me coloquei no genuflexório ao seu lado. Quando ela levantou os olhos, depois das penitências, me viu e cochichou:

— Não seja hipócrita, você é um ateu, não fique fazendo palhaçada. Quer me ofender?

— Não estou fazendo palhaçada, estou na mesma posição que você para podermos conversar.

— Depois da missa.

Tem padres que prolongam a missa com sermões e rezas outras, mas esse não era assim. Na hora do Pai-Nosso quando todos deram as mãos, Olívia evitou a minha.

— Nem aqui?

Ela não respondeu. *"Nunc et in hora mortis nostrae. Amen."*

Ficamos no pequeno hall da entrada da igreja, evitando a chuva e sem saber para onde ir, o que fazer e o que dizer.

— Sinto sua falta.

— Isso é motivo para vir me importunar? É seu sentimento, eu não tenho nada a ver com isso. Se você não consegue se conter, procure um psicanalista, que é o padre dos infiéis.

— Você não fica bem sendo sarcástica.

— O único momento em que eu me encontro. Quando eu fico em paz e feliz, você vem me aporrinhar? O que você quer comigo? Vai devolver nosso filho? Vai me encher de joias e me levar para morar em Barcelona? Então, não me venha me encher o saco. Amor? Você lá sabe o que isso significa? Você só sabe pensar em você, quer me comer e só. Não confunda as coisas, *pibe*, a vida é um pouco mais difícil do que te ensinaram as histórias de carochinha.

— Estou impressionado com seu português, "aporrinhar", "encher o saco", você aprende rápido hein?

— Vá, vai trabalhar que eu sei me virar sozinha.

— Isso é o fim?

— Fim do que? Não teve nem começo. O que aconteceu conosco não foi nada. Nadie! Entendeu? Eu estava sozinha, triste, preocupada e você me comeu. Foi bom, ótimo e pronto. Não tivemos uma história para contar. Troca de fluidos é coisa animal, não especificamente humana. Então, não faz parte da história, é desejo animal, instinto. Agora vá comer sua holandesa e me deixe em paz. Vou esperar meu marido que está na reunião do partido e estão pensando em coisa séria, que é a libertação do meu país para podermos voltar, recomeçar nossas vidas. Brasil? São Paulo? É só uma passagem entre uma parte na nossa vida e a outra, que eu ainda não sei qual é.

— Claro que sabe, é o juízo final, o encontro com o divino e para seu marido é o paraíso comunista, onde todos serão iguais e haverá a felicidade total, como é na Albânia, na Coreia do Norte, na Nicarágua, sei lá mais onde. É isso que vocês querem.

— Você é um reacionário, alienado, não sei como fui me ligar a um cara como você.

— E ateu. Não tomo o "ópio do povo", agora que a religião deixou de ser uma droga, graças à teologia da libertação.

— Você só fala besteira. Não viu o papel que a igreja desempenhou nas ditaduras latino-americanas? Isso é papo furado? Eles fizeram algo, não como você que só fica se lamentando o vazio da vida.

— O mundo não é feito apenas de Heidegger ou Marx, tem muita coisa entre isso.

— Não estou a fim de ficar discutindo com você. Somos colegas de trabalho e só.

— Se você vai ficar esperando seu marido resolver a crise do seu país, eu te convido para jantar.

— Não, obrigada, eu janto sozinha, fico muito bem sozinha.

— Eu sei, mas eu não fico.

— Então procure sua namorada.

— Ela não é minha namorada. E por sinal foi você que inventou esse encontro. Mas eu me ligo em você e apesar de você ter me jogado nos braços dela, eu ainda me amarro em você. Mesmo sendo casada, cristã, braba e chata como agora, cada vez me ligo mais em você. Por sinal, estou aqui molhado e de pau duro.

A palavra mágica alterou o estado de espírito de Olívia. Seu rosto se abriu e todas as mágoas, os sofrimentos cristãos, se perderam como a garoa se esvai no chão quente. Fomos para casa e revivemos os melhores momentos de meses atrás. O amor foi tão intenso que a labirintite se manifestou. Fiquei deitado, um pouco atordoado. Era fome. Chamamos um táxi e fomos até o Gigetto, na rua Avanhandava. Lá o silêncio escuro da noite deu lugar às luzes intensas, ao burburinho entre mesas cobertas por toalhas brancas e o vinho Forestier extinguindo os sinais melancólicos que atraíam nossas conversas. Em meio a gente da noite voltamos ao mundo das notícias, das ideias revolucionarias que percorriam bares e restaurantes tanto em São Paulo quanto em Montevidéu, Lima, Buenos Aires ou Santiago. Saímos do ambiente quente, alegre e molhado de álcool para as águas escorridas das sarjetas, descendo a rua Augusta, carregadas de todo o lixo que conseguiram juntar.

Voltamos tarde para o escritório. Raul nos viu chegando e fingiu não perceber. Tony me chamou logo para minha prancheta, consertar vários detalhes, Olívia foi para a sala de reuniões, onde discutiam estratégias de produção. Davidson voltou ao seu ponto na copiadora, pois seu trabalho havia terminado. Parecia a redação do jornal às vésperas de um golpe. Aquilo que fazíamos tinha saído do campo da especulação para o da ação. Se algo estivesse mal formulado, era tarde, não cabia mais discussão. O arquiteto é um cara que decide, arrisca, faz. Se estiver errado, assume as consequências, mas alguém tem que decidir, não podemos ficar só confabulando, isso é coisa para filósofos, cientistas sociais e outras artes, não a nossa. Tudo que pensamos tem que virar forma, volumes, espaço. Criamos formas de vida para um espaço inerte, na expectativa que os homens contaminem a área e a deixem empolgante, vibrante e estimulantes e atraia mais gente, abrindo possibilidades de vida.

Terra

"Voo Rio Sul com destino a Petrolina, embarque autorizado". Subimos no Fokker 50, na cansativa viagem ao sertão da Bahia, onde um carro da empresa iria nos conduzir ao local das obras. O Chefe foi de jatinho com sua namorada. Nós fomos verificar problemas no local: algumas pedras encontradas na terraplanagem exigiram novos perfis e greides das ruas projetadas. Por outro lado, uma praga destruiu quase todas as mudas cultivadas no viveiro, para posterior arborização da cidade. Madalena se juntou à comitiva VIP, iria pesquisar espécies nativas mais adaptáveis ou descobrir novos híbridos possíveis.

Tony armou nosso isolamento no Nordeste, não sei se soube das minhas dificuldades com Tatin e Olívia, ou teve motivos domésticos. Os problemas da obra vieram aos meus ouvidos na segunda-feira, quando todo o escritório foi ver sua apresentação com a banda de jazz. A noite era um tributo a Duke Ellington seu compositor predileto. Um pouco antes da saída do grupo, houve uma acalorada discussão na Zona Sul, entre o Chefe e alguns dos arquitetos qualificados. Soubemos que a impossibilidade de uso da locação desenhada tornou nula a última entrega, com o consequente atraso nos pagamentos. Raul encabeçou a revolta. As secretárias e Márcio apoiaram Raul num tom mais ameno, Tony ficou quieto e tomou providências para resolver o problema. Raul saiu da reunião bastante alterado e comunicou, de forma incendiária, aos colegas que não iríamos receber nosso salário até o término das correções. Alegava não sermos culpados pelos problemas e não poderíamos ficar à mercê do ânimo dos clientes. Se o Chefe quisesse ter lucro, teria que assumir os riscos, mas não nos cabia a partilha dos prejuízos, se não partilhávamos dos ganhos. O clima esquentou, o Chefe chamou Raul na sua sala e o ameaçou. Raul ficou perturbado e desceu pela escada sem esperar o elevador. Constrangidos, saímos silenciosos para a noite, que deveria ser de comemoração e entusiasmo. No entanto, o álcool rolou na mesa e o clima foi dominado pelos sons suaves de *"Take the A train"*. Raul não apareceu e aproveitei para tornar públicas minhas relações com Olívia. Davidson e Lia também formaram um casal, desenhistas com secretárias, engenheiros com arquitetas, enfim houve uma intensa inter-relação de parcerias.

Soubemos que Márcio estava se despedindo para ir trabalhar em outro escritório, com isso ficaram na parte frontal apenas o Chefe e Raul. Aquele tentou explicar ao uruguaio que, na hierarquia do escritório, não lhe cabia assumir o protagonismo das reivindicações, mas o espírito do Partido falou mais alto. Tony, percebendo que isso não acabaria bem, designou Olívia, afastando-a do imbróglio. Apesar de ele mesmo ter sido designado, preferiu nos mandar, enquanto tentava acalmar as coisas em São Paulo, deveríamos ligar diariamente informando os acontecimentos locais.

Olívia tinha medo de avião, e do pequeno Fokker ainda mais. Havia um voo direto no avião Brasília 120, mas ela se negou a viajar no avião da Embraer.

— Você voa nos *Bombardiers* da Pluna e tem medo do Brasília?

— Eu não confio nesse avião. Já caíram dois. Não quero morrer em cima de um cacto.

— Ora, o que pode fazer um avião senão cair? É sua natureza cair, assim como a fumaça sobe, o avião cai.

— Engraçadinho!...

— Meu pai era aviador. Viajei em aviões muito piores que esse. Uma vez fizemos uma viagem ao Norte num *Beechcraft* de cinco lugares, mais piloto e copiloto, na volta, descemos, meu pai e eu no Santos Dumont, quando o avião decolou para a base de Santa Cruz, o manche não funcionou e ele se espatifou no morro do Pão de Açúcar. Do aeroporto, vimos o acidente dos nossos companheiros de viagem. O avião não tinha autonomia nem para um voo Rio-São Paulo, não era pressurizado, parecia uma lata de sardinha voadora. Perto dele, esse *Fokker* é um *Boeing*.

— Eu tenho medo.
— Entendo, segure minha mão.
— Não.
— Não é um pedido romântico que eu falo, é para te dar mais confiança.

O barulho era forte, mas o avião estável e seguro. Demoramos quatro horas e meia até Petrolina, fora a escala em Brasília. O aeroporto de Brasília era horrível e desconfortável. O calor no interior do avião estacionado na pista era senegalês. Quando cruzamos o São Francisco, me veio uma emoção, lembrei da música que o Caetano cantava e me arrepiei. Tentei explicar o significado do São Francisco, mas isso não a impressionou. Para quem nasceu ao lado do rio da Prata, qualquer rio é córrego. O carro da companhia, uma Veraneio, não chegou, mandariam outro na manhã seguinte. Fomos para um hotel simples, sujo, atendentes simpáticos nos mostraram a beira do rio. A piscina era ridícula e, como a maioria dos hóspedes eram caixeiros viajantes, pudemos aproveitar a noite sem ninguém nos incomodar. Namoramos bastante. Acordamos cedo, atravessamos a ponte, que é um monumento à incompetência da engenharia nacional. Ela é um horror de estrutura. Retirar a arte da engenharia é o mesmo que tirar a humanidade dos homens. *Techne* não é uma burrice, é uma forma de trabalho onde a necessidade está aliada ao desejo, ao prazer. Não se concebe uma estrutura que só tem a mostrar sua solidez. Vitrúvio, há dois mil anos, viu o trabalho construtivo sob três pilares, a conveniência, a estrutura e a beleza. Parece que, para o Brasil, a beleza vem do céu, não é necessário cultivá-la, implementá-la. Acham bonito o poder destruidor dos homens, sobrepondo-se à natureza. Certamente, destruirão a beleza da natureza, para depois abandoná-la aos mendigos. Tristes trópicos. O lindo rio, visto de cima, é terra arrasada ao nível do chão. Margens abandonadas, prédios horrorosos, lixo por toda a parte. Descuido de todos. Que belo isso tudo foi um dia. No que se tornará?

Que raízes são essas que se arraigam, que ramos se esgalham
Nessa imundície pedregosa? Filho do homem,
Não podes dizer, ou sequer estimas, porque apenas conheces
Um feixe de imagens fraturadas, batidas pelo sol,
E as árvores mortas já não mais te abrigam,
nem te consola o canto dos grilos,
E nenhum rumor de água a latejar na pedra seca. Apenas
Uma sombra medra sob esta rocha escarlate.
(Chega-te à sombra desta rocha escarlate),
E vou mostrar-te algo distinto

Ou de tua sombra vespertina se elevando ao teu encontro;
Vou revelar-te o que é o medo num punhado de pó.

T.S. ELIOT, *Terra desolada*[3]

Rodamos aos solavancos pela trilha, ladeada de mutações na vegetação. Próximo ao rio, um verde pujante, depois plantações de frutas e gado, em seguida o domínio da caatinga. Quando acabou o asfalto, os galhos retorcidos abriam-se para uma fenda de areia, por onde passava a F-100, com dois bancos de madeira na

---

[3] T.S. Eliot. *Poesia*. Tradução: Ivan Junqueira. Rio de Janeiro: Editora Nova Fronteira, 2015.

boleia, ocupada por nós e mais quatro locais silenciosos. Tentávamos algumas conversas com os companheiros de viagem, quando encontramos outra caminhonete atolada no areal. Ou ajudávamos a retirá-la ou não passaríamos. Descemos todos para empurrar o carro. O sol a pino parecia querer fritar nossos miolos. Logo Olívia começou a passar mal, foi tomar uma água morna e sentar-se à sombra de nosso carro. Nada conseguimos, até que chegou um caminhão carregado de madeira. Com uma corda ele puxou o caminhão para a margem, dando passagem. Os ocupantes silenciosos pularam sobre as madeiras, com destino a "sabe Deus para onde" e nós, agora sós, prosseguimos viagem. Chegamos a Jaguarari depois das três da tarde. Fomos primeiro para o escritório da empresa, onde ao menos tinha ar condicionado. Bebemos toda a água gelada disponível e conhecemos os engenheiros com os quais iríamos trabalhar. Deixamos nossas coisas no escritório e fomos a um restaurante que eles chamavam de churrascaria gaúcha. Será que tem tantos gaúchos no mundo? O "churrasco" constituído de um bife duro e torrado, cheio de nervos, com uma batata frita gordurosa e o que chamaram de farofa. Tinha uma salada com folhas murchas e tomates, para se tornar a refeição de Olívia. Arrisquei-me nos "nervos de aço" e me dei mal. Mas o feijão, cheio de banha de porco, era realmente muito saboroso e, misturado com a deliciosa farinha de mandioca local, formou meu prato de resistência por toda a temporada baiana. Nossa viagem, que me parecia idílica, começou a deixar de ser, quando os engenheiros expuseram os problemas. Suas vozes atravessavam meu desconectado tímpano com o cérebro. Nada! Eu olhava para aqueles desenhos e não tinha a menor ideia do que falavam. "Eu sou um cretino, brigo com o Chefe por causa de um ciúme sem sentido e devia agradecer de pés juntos por ter este emprego e aprender um pouco. Em vez disso, fico brincando de conquistador, agora estou aqui nessa fria. Não estou entendendo porra nenhuma, nem pensei que isso poderia acontecer, só pensei na minha 'lua de mel' e mais nada. O que eu faço agora? Não tem ninguém para perguntar". Olhei para Olívia, achei que ela estava entendendo alguma coisa e coloquei minha alma em suas mãos. Ela pegou todo o material e ficamos de ir ao canteiro de obras na manhã seguinte, disse que estávamos muito cansados pela viagem, precisávamos descansar e tomar um banho. Olívia estava menos desesperada que eu. Passamos horas sobre as plantas, fazendo conjecturas, e depois de muita conversa resolvemos ver o local, talvez fosse mais fácil entender. Nos recolhemos aos nossos quartos e, na manhã seguinte, enfrentaríamos a obra. A noite estava magnífica. A pouca luz da cidade desvendava as estrelas e a lua cheia. Saí e caminhei sem rumo entre árvores retorcidas, casebres repletos de anexos, os sons longínquos de cães e crianças, de pássaros exóticos e paisagem iluminada por uma grande lua azul, com São Jorge que ampliava o vazio daquela noite. De repente ouço uma música distante:

Ooh, what a little
Moonlight can do...

You're in love
Your heart's fluttering
All day long
You only stutter
'Cause your poor tongue
Just will not utter
The words, I love you...

É verdade, *I'm in love... I can't resist her.* E, entre sonhos românticos, não me dei conta que estava ali a trabalho e não para desenvolver minhas fantasias amorosas. Levantei-me cedo e fui ao quarto de Olívia acordá-la, a porta estava aberta, mas ela não estava. Certamente foi à missa. Sobre a mesa, vários desenhos mostravam que havia passado boas horas noturnas arqueada sobre os greides e as curvas de nível. Comecei a fuçar as coisas, suas calcinhas de velha, seus sutiãs de tias, seus sapatos absurdos e encontrei um pequeno caderno de capa dura marmorizada. Abri, encontrei de tudo: diários, anotações aleatórias, lembranças e, folhas adiante, um poema:

Aylan se foi
Nada pelos mares que heróis e deuses singraram.
Leva consigo os sonhos dos aqueus e troianos,
As sagas do Minotauro e os encantos de Circe.
Sacrifica-se pelos que ficaram
Pelos que não sabem dos encantos dos anos
Dos que não querem um dia ir-se
Sem deixar sua marca nos arcanos.
Deita-se no colo de Afrodite, que ela o embala,
Netuno não o alcançou, mas Apolo o encara.
Singra sua alma além das colunas de Hércules,
Cala as flautas dos faunos,
Choram Musas e Helenas
Que já não tem para onde olhar
Sem que sua imagem imprima nas serenas
notas das canções de ninar.
Anda Aylan pelas águas que outros não fizeram com tanto
                                                         [esmero
Carrega consigo as sereias que mesmo com cera irão escutar
Navega pequeno Aylan, navega, que nas terras governa o
                                                         [destempero
Que nas costas carregas o mar.

Não sabia que ela escrevia poemas. Não quis dividir sua intimidade? Eu viera à Bahia resolver um problema que nem entendi, enquanto minha amante holandesa me traía com a amiga, minha amada uruguaia me traía com o marido e com o Chefe. Não havia pontes nem água para eu me afogar, morrer como lagarto seco não parecia honrável. Afinal, eu traía todos com minhas mentiras de amor, competência e decência. Sem Deus para me ajudar, sem o partido para me direcionar, sem um violão para me acalmar, sem drogas para viajar, sem álcool para me embriagar, sem resposta para festejar.

Virei a página do caderno e encontrei outro poema que não era seu:

"Neste janeiro, o que fazer de mim mesmo?
A cidade louca e aberta se agarra a nós,
Estarei eu embriagado com tantas portas se fechando?
Eu tenho vontade de gritar frente a todos os ferrolhos
E as queixas dessas ruelas barulhentas
E os sótãos de ruas tortuosas sem fim
E os moleques, movendo as asas
Escondendo-se e reaparecendo em cantos e recantos
Eu escorrego no buraco, na sombra de cem verrugas
Para ir até a bomba congelada.
E tropeço enquanto mastigo o ar
Morto, repleto de vermes infectos
Enquanto se espalham as gralhas febras
E depois deles eu exclamei e gritei de repente
Nesta glacial caixa de madeira
Um leitor! Conselhos! Um médico!
Nas escadas encaracoladas, fale, fale comigo"

OSIP MANDELSTAM, 1933 [4]

---

[4] Osip Mandelstam. Tradução: Henri Abril. São Paulo: Estado de São Paulo, edição de 10/06/2018.

Nada sobre sua vida, nenhum fato, folhas preenchidas por metáforas? Signos? Alusões? Confissões? O que se escondia estava encerrado num coração que flutuava abaixo da mente. Mente, mente.

Olívia, docemente, feria o chão com seus sapatos pesados, cortava os ares com gestos discretos e ruía o ar com seu silêncio ruidoso. Onde estava, que eu não conseguia encontrar? Os mistérios são suas personas. Os entes não lhe importavam. Vivia cada dia como se fosse o último, em sua escatologia não havia juízo final. Nem mesmo um fim possível. O juízo final já ocorreu, sobraram marcas? Os poemas são seu legado?

Fomos tomar meu café da manhã. Pão borrachudo, margarina, café fraco, frio e fedido, leite aguado e uma banana preta, Olívia só comeu a banana. Mole, passada, mas saudável. Sua insônia ajudou a movimentar seus neurônios, fomos para a obra. Fiz cara de entendido como se, por delicadeza, deixasse a moça ganhar os méritos, mas na verdade não sabia do que estavam falando. Olívia entendeu o problema e como resolvê-lo. Voltamos à cidade para almoçar e passamos a tarde no barracão da obra, desenhando a lápis sobre as cópias as alterações necessárias, telefonei para Tony, falei genericamente que havíamos descoberto o problema e estávamos tentando encontrar a solução. Enquanto me dedicava a alimentar meu ego, ela, sob um calor absurdo onde nem mosca voava, borrava as cópias heliográficas com grafite e suor. Quando o sol já se punha, fizemos uma reunião com os engenheiros e corrigimos alguns pontos. Estávamos prontos para terminar o trabalho. Levamos as cópias com nossas anotações e material de desenho para o hotel. Lá, ao menos o teto não era de amianto e havia janelas, ventilador.

— Eu vi uma poesia sua.
— Sim...
— Por que você não me disse que escrevia?

— Você nunca me perguntou.
— Ah! Não seja cínica.
— Eu preciso lhe pedir permissão para escrever?
— Eu gostei, achei bonito aquele negócio da água que te ocupa. Tales de Mileto, não é?
— Não tem nada a ver com Tales. É sentimento de que eu falo, não de pensamento.
— Eu sei, mas o Tales...
— Eu sei quem é o Tales. Não sou burra. Deixe minhas poesias em paz. São minhas e você não tem o direito de ficar fuçando a minha vida. São coisas que não lhe dizem respeito. Por favor encerre isso.
— Eu acho legal sua poesia, queria ler mais.
— Olha, eu leio e escrevo poesia, pode não ser boa, mas é melhor do que fazer da vida um poema. O pior é que você faz poemas de J. G. de Araújo Jorge e não de Fagundes Varela. Se queres ser parnasiano, ao menos tenhas qualidade.
— Eu nem sei quem são esses caras.
— Poetas brasileiros. Você nem isso sabe? Vocês não têm escolas aqui? O que você fez na infância?
— Joguei futebol.
— E perdem do Uruguai?
— Raramente, mas ao menos não saímos dando porrada.
— Não quero discutir futebol. Você faz da sua vida um poema barato. Rima amor com flor e acha sua vida linda. Porque come duas ou três garotas, se acha macho. Você é uma poesia de terceira, cheia de amor de melodrama. Espera que a vida te carregue. Ela só te leva para a lama. Quem leva alguém é o rio. Na lama você afunda. Ou você toma as rédeas da vida ou vai ficar lamentando tudo que perdeu. Enquanto você ficou se culpando que não sabia nada, que ia ser mandado embora, eu fiquei à noite estudando o problema e quebrei seu galho. Você tem ciúmes

do Raul, mas ele jamais ficaria se lamentando. De tudo que ele passou, nunca vi ele se queixar. Está certo que acha tudo uma questão de luta de classes, mas é o jeito que ele arrumou para enfrentar os problemas. Você queria o quê? Ele me apoiou em todas as cagadas que eu fiz, entendeu tudo e trabalhou suas dificuldades. Não aguento mais essa sua postura de menininho indefeso frente à vida. Vai lutar por ela. A vida não é um poema, é possível fazer um poema com coisas da vida, mas ela em si é carne bruta. É sangue, sofrimento, dor. Infindável dor da solidão. Você não está comigo, assim como eu não estou com você, nem com o Raul, nem no meu trabalho. Estou aqui porque preciso levar a vida. Ela não me leva. Tenho que seguir em frente, mesmo que não saiba para onde vou. Não espero mais nada da vida, apenas que ela chegue ao fim o mais rápido possível pois não sei se cabe mais sofrimento dentro de mim.

Aída

Das áridas terras sertanejas ao irrespirável planalto da metrópole, o pequeno avião sacolejou entre estratos e nimbos, e o som grave e constante do motor silenciou nossas energias, inibindo conversas entre orelhas adornadas, uma por brincos indígenas, outra por abjeta secreção eivada. Ficaram para trás árvores retorcidas pela seca, que mostravam a força da vida nas veredas repletas de atalhos, onde os atletas da sobrevivência apostavam suas fichas na existência e dispensavam comiserações. Não há sombras ou oásis, apenas miragens que nos levam a comer areia. No avião, as nuvens avançavam e os sacolejos das bolhas de ar foram substituídos pelas turbulências das frentes polares. A visão enevoou. As cortinas se fecharam, o jantar pobre e apertado ocupou nosso colo. A cidade furou as nuvens e a mão de Olívia veio até a minha, novamente à procura da virtual segurança.

— Como a gente pode chamar essas coisas todas pelo mesmo nome? São Paulo, Petrolina, Nova Iorque, Paris, Montevidéu. Tudo a gente chama de cidade. Quantas coisas diferentes não recebem o mesmo nome? É como se fosse Maria. Há tantas Marias quantas cidades no mundo.

— Ainda bem que Olívia Quiroga só há uma. Você é única e são muitas.

— Para os gregos, a cidade é *pólis*, que significa a sede, a residência, a raiz de determinada estirpe, é o lugar que serve de sede (*ethos*) de uma gente. A *civitas* latina é muito diferente, é o conjunto de pessoas sob as mesmas leis. A *civitas* agrega diferentes gêneros de pessoas submetidas sob a mesma ordem. Lá no sertão da Bahia vimos diversas *pólis*, aqui estamos chegando numa *civitas* por excelência. Poucas cidades no mundo recebem tantos tipos de gente e as acolhem.

— Mas São Paulo é praticamente uma cidade sem lei. Um velho Oeste americano.

— Sempre há o xerife. Pode não ser o homem que detém a estrela no peito, talvez seja uma *gang* que está no comando, como Laredo ou Apaloosa. Há regras de ocupação da periferia, estabelecidas por *gangs*, mancomunadas com vereadores e outros tais. E vai transgredir essas regras? São muito mais rígidas que as do poder estabelecido. Há regras da máfia que controla as linhas de ônibus. Tira os ônibus de uma dessas empresas! Tira os pontos de táxi de uma rua, para você ver o que acontece! Há regras regionais, outras mais gerais, que talvez possam ser contraditórias, mas tem muitas regras as quais você precisa seguir inexoravelmente.

— Você aprendeu rápido o que é São Paulo.

— Não é muito diferente de todas as outras cidades do mundo. Quando se fala de leis, não precisa ser necessariamente leis formais. Mas São Paulo está virando outra coisa. Uma metrópole, algo que é diferente do modelo normal de grandes cidades. Não há mais a dicotomia centro-periferia. Agora é indistinto. Você viu aquela foto daquele prédio horrível no Morumbi, ao lado da favela do Buraco-quente?

— Aquela não é o Buraco-Quente, é a favela do Jardim Colombo, ou até pode chamar de Paraisópolis, pois cresce tanto que estão até se conurbando.

— Não importa. Aquilo fica a alguns quilômetros do centro e tem prédio com uma piscina por andar, ao lado de barracos sem água ou esgoto. A periferia pode ser ocupada por favelas ou condomínios de luxo. O centro, por grandes corporações ou sem-teto.

— Com o computador, os lugares ficarão indistintos. Aquele negócio da carta de Atenas ficou sem sentido. Morar, trabalhar, lazer e circulação, são coisas que se fazem hoje, ou daqui a poucos anos, no mesmo lugar. Você vai poder trabalhar em casa e passar os projetos por computador. A circulação será virtual, os desenhos também, não precisaremos de papel, mostraremos numa tela aos construtores e não haverá mais pranchetas nem nanquim.

Com a conversa genérica, os trens de aterrisagem desceram sem afetar os nervos de Olívia e sua mão espontaneamente soltou a minha. Pegamos nossas malas e nos despedimos na fila do táxi. Mal sabia que estava me despedindo de um dos grandes amores da minha vida. Mal sabia que cada palavra, cada sinal de sua mão pousada sobre a minha, cada momento daquele voo ficariam tão marcados em mim. Seu jeito calmo e doce de entrar no carro, suas pernas grossas e seu sapato feio ficariam por muito tempo na minha retina. Seu sotaque iria ficar marcado e, toda vez que ouvisse, traria imediatamente lembranças desses momentos entre a metrópole e o Sertão.

Cheguei em casa, pus um disco de ópera e a civilização me recuperou dos dias áridos, acentuando o clima trágico, a "Celeste Aída" incorporou Olívia e Aída se conurbando, como favelas do Morumbi.

O telefone tocou. "Tatin, Olívia ou Raul?" Não. Meu avô estava mal. Saí a jato de casa. A bateria do Chevette estava arriada. Fui até a Heitor Penteado e esperei um táxi. Uns bons vinte minutos depois, consegui. Reparei que não tinha pego dinheiro. O motorista aceitou meu cheque e me deixou na Eugênio de Lima. O porteiro da noite dormia. Não sabia quem eu era. Ligou, ninguém atendeu. Fui ao orelhão da frente e liguei, 31-4394, atenderam. Minha mãe. Voltei ao prédio, o porteiro abriu, subi os degraus do térreo de dois em dois. Peguei o elevador lerdo que deu um tranco. Minha mãe estava no hall.

— Está nas últimas. Vai ver ele, está no quarto.

Corri e peguei-o ainda com os olhos abertos. Me viu, sorriu. Fechou os olhos e a respiração ofegante pela boca torta procurava vida nos contornos do seu rosto. Acho que me esperou para morrer. Ofegou por algum tempo, enquanto eu segurava sua mão. Pegava sem muita firmeza até que relaxou, a respiração cessou e os lindos olhos azuis, que tanto olharam para mim, foram fechados com a minha mão. Avô, amigo e meio pai. Com a sabedoria dos antigos, a paciência bíblica e um amor imenso, repousou no mesmo travesseiro onde repousara suas preocupações com o neto de quinze anos, nas ruas até as duas da madrugada. Deitado nos lençóis que sustentavam as inúmeras noites, aguardando os efeitos dos remédios do ouvido. Aquela mão que tanto me sustentou relaxava da firmeza com que empunhava uma raquete de tênis, o martelo ou o serrote. Mãos que contavam dinheiro com o cuidado de um relojoeiro; que me seguravam para eu não me afogar nas piscinas do Pinheiros; mãos não dadas a carinhos, que foram fontes de sustentação para a criança perdida com um pai maluco, a mãe fraca e o irmão canalha. Saí para que outros viessem beijá-lo. Fui para a varanda e desabei em lágrimas que não cessavam. A morte era sabida, esperada, mas só quando se consumou surgiu a síntese de sua vida e da nossa relação, veio à consciência que ali me constituí. Foram anos de poucas palavras, algumas brigas, reclamações pertinentes sobre a água do chuveiro, o excesso de bebida e as constantes desobediências, a grande referência masculina para mim. "Adeus avô, que eu tenha aprendido para um dia ser um avô como você." Meu irmão não teve coragem de vir para o enterro. Dias antes havia dado um golpe financeiro nas últimas economias que restavam ao nosso avô e, talvez, a percepção do golpe tenha precipitado a morte. Quem sabe? Ninguém comentou isso em voz corrente, mas todos pensaram. Alegou futilidades, não há remédio para canalhice. Meu tio havia consertado o velho Studebaker, que nos transportou logo atrás do rabecão e à frente de uma fila de carros silenciosos, com os faróis acesos, no trajeto pela Paulista até a Consolação. Lançamos flores na cova, o padre rezou e nos cumprimentamos. Saí de lá para casa e fiquei só por um longo tempo.

Em casa

A ansiedade me levou ao escritório nas primeiras horas, enquanto a preguiça tropeçava nos passos matinal dos colegas. A chegada compassada engrossava o novelo de curiosidades em torno de mim em nós cada vez mais atados. Meu relato entrecortado desenhava *flashes* instáveis como fotografias de Polaroides. Se os levantamentos anteriores não foram suficientes para evitarmos todas as surpresas, meu relato arquitetônico era ainda mais precário, irregular e fragmentado. Eu queria falar sobre as faces dos homens, sobre o cheiro da caatinga, o gosto da areia. Queria relatar sobre o céu azul luminoso, sobre as noites frias estreladas, contar do vazio que preencheu minha alma naquele pedaço de lugar nenhum. Quantos não tentaram: Graciliano, Euclides, Joãos e Marias. Não seria eu a alcançar alturas com minhas botas de ignorâncias. As horas carregaram de enfado os ouvidos irritados e os novelos foram se dissolvendo na trama regular que as pranchetas desenhavam no andar. A inveja pode ter ajudado a descrença da necessidade de nossa ida ao sertão.

— Goethe ou John Ruskin precisavam ir a Veneza, para descrever as pedras de lá. — Disse Pedro. — Agora, o homem moderno tem livros, tem informações à mão e pode compreender perfeitamente Veneza sem nunca ter sentido o cheiro dos canais fétidos. A experiência está à mão, não é preciso vivenciá-la. Trabalho aqui, pelo prazer de trabalhar. Por saber que estou participando de algo que é importante, tanto para meu *curriculum* como para minha vida, para ficar satisfeito comigo mesmo. A arte não se basta mais pelos órgãos dos sentidos, agora é preciso viver uma vida de arte. Viver arte é mergulhar até o pescoço em algo que nos dê sentido e nos complete.

— Bem, acho que nem eu entendi muito bem, é interessante essa coisa que o mundo está à disposição das pessoas com mapas, coordenadas. Tudo pode ser facilmente localizado. Os navegantes portugueses saíam de peito aberto, rumo ao desconhecido. Agora tudo se sabe, até o céu, o local onde o homem pisou na Lua tinha nome, desenhos, eles sabiam exatamente o que iam encontrar, bem diferente do Vasco da Gama. — Disse eu.

— Não estou desmerecendo sua viagem, é claro que eu gostaria de ter ido, mas quero dizer que há tantas referências hoje sobre todas as partes do mundo e do local que visitou, até posso descrever em detalhes o lugar, mesmo nunca tendo ido lá.

— Se eu não posso descrever melhor é por deficiência minha de comunicação.

— Não é verdade. — Disse Pedro. — Você nos passou um monte de informações. Eu estava lembrando do Frank Lloyd Wright que desenhou a Casa da Cascata e talvez ele nunca tenha ido ao local. Mandou seus estagiários visitar o local, desenhar, fazer topografia, fotografar e ele nem precisou ouvir a cascata para desenhar uma das mais importantes casas do mundo, estou constatando que vivemos estes últimos meses tão envolvidos com esse projeto, que já consigo sentir o cheiro de lá.

— Eu senti o cheiro da morte. São Paulo fede excesso. Lá há o suave odor do nada. Nas nossas cidades do Sul, o centro é disputado pelo palácio, pela igreja ou pelo mercado. Lá o centro da cidade deveria ser o cemitério, é lá onde se situa o poder. Não sabemos nada daquele tipo de cidade, menos ainda do que sabemos das nossas. Projetamos o cemitério onde a pá não penetra dez centímetros. A terra dura empedrada só permite covas rasas. Projetamos piscinas do clube num lugar onde cada gota de água custa uma gota de suor para ser transportada, é um ultraje, uma ofensa a quem tem tão pouco. Sim, as crianças nadam nos açudes, quando as cheias permitem, para celebrar as águas mansas tão raras por lá, mas deixar águas mansas ao léu, evaporando gotas que o vento vai levar para longe é blasfêmia. Projetar quadras de basquete é uma injúria. Ninguém consegue ou quer olhar para um céu tão cheio de luz. Os gramados não se sustentam. Depois da seca inclemente, as águas varrem todas as sobras, corpos e grãos, para formar grandes centros de lama. Talvez eles possam virar um fruto de umbuzeiro e secar a garganta de alguma rês desgarrada, querendo prolongar sua agonia. Os homens lá não têm esperanças ou futuro. O que podem almejar na vida é uma lápide com seus nomes marcando sua passagem na Terra. Não sabemos projetar lápides, sabemos projetar excessos, projetamos imensas colinas de lixo, entulho e trabalho inútil pelos rios e mares. Lá não são nem estoicos nem epicuristas, não há morte digna na fome, na privação. Por outro lado, não há como bem viver, não há esperança nem na Terra nem no céu. Não há vida coletiva porque a vida é tão pequena que mal preenche os corpos secos feito de pele solta sobre ossos envergonhados. Aqui a morte é um cortejo de Cadillacs e lírios brancos. A morte lá está em toda parte, rondando à espreita de um deslize, tropeço ou vacilo. Sentimos o cheiro do esgoto e pensamos que o rio está morto, mal sabemos que essa é uma morte adiada *ad infinitum*. É morte virtual que nos conforta por ficar distante. Não há como afastar a morte na penúria, não há recursos, desculpas ou artifícios. A sondagem não poderia registrar uma imensa rocha no meio de um terreno pobre de arenito. Era preciso ver o que já estava pronto, o quanto estava pronto e qual seria o menor desperdício mudando os perfis das vias, a captação das águas. O que sabemos de captação? São Paulo com tubos de 300 mm não dá conta de uma garoa, 300 mm para as tempestades que destroem campos, vilas, açudes é como projetar canudos para esvaziar a piscina do Pinheiros. Projetamos para dizer que fazemos algo, como se soubéssemos a que serve. Nada ou muito pouco ficará do que estamos fazendo agora. Fazemos porque é o que sabemos fazer. Na viagem, vi a vida na forma de Olívia e a morte nas formas vãs.

— E a Olívia? Como foi?

Fiquei vermelho. Disfarcei e não falei nada.

— Saiu o salário?

— Não! — Disse Davidson desanimado. — E o Quiroga foi mandado embora.

— Porra! O que houve?

Oficialmente arrumou um emprego no Bamerindus. Eles iam restaurar a rua da Cidadania em Curitiba. Estava animado, diziam que um de seus amigos do partidão que lhe arrumou. Talvez tenha sido até o Chefe, que não o queria mais no escritório. Além de limitado e extremamente cartesiano, não tinha liderança, e sua tentativa de greve foi catastrófica para sua função. Todos tinham queixas do regime de trabalho, dos atrasos, da carga horária desumana, mas também sabíamos que era uma chance única na vida e que a experiência era inestimável.

Fiquei catatônico. "Nunca mais vou ver Olívia?" Atordoado, pedi para sair um pouco. Fui até a livraria Horizonte, na rua Pamplona, ver uns livros. "Montanha Mágica" do Thomas Mann eu tinha lido com muito esforço em quase dois anos. Quando acabei, percebi que precisava ler novamente e quase decorei o livro, fui para Campos do Jordão terminar o livro como se fosse Davos. "Felix Krull" terminei em Santos, o lugar próximo mais parecido com Lisboa. Será que precisamos respirar a morte todo o tempo? Será que terei que inventar simulacros para entender as coisas? O mundo sempre será muito mais complexo que qualquer sentido que a gente lhe dê. O mundo não é uma concatenação de causas e efeitos que levam a um futuro previsível, nem um amontoado de acasos sem qualquer lógica ou critério. Nem isso sabemos, é possível que haja uma lógica interna responsável pelo desenrolar dos acontecimentos, mas mesmo que houver, nós nunca a conheceremos suficientemente para nos garantir o futuro. Só mesmo o Otto e suas cartas.

Anthony chamou todos de volta ao trabalho e me pediu para ir até a biblioteca.

— Parabéns pelo trabalho lá no canteiro.

— Obrigado, mas os méritos são da Olívia. Ela que é uma puta cu de ferro e passou a noite toda para decifrar o que estava havendo, nem sei se entendi direito.

— Acontece que os Quirogas foram embora.

— Mesmo?

— Você não soube do atrito do Raul com o Chefe?

— Não, me falaram só que o Raul encontrou um novo emprego.

— Houve uma discussão séria entre eles, o Chefe não quis ferrar muito com o Raul. Afinal ele sabe o que o outro passou, ele arrumou emprego para o Raul sair e a Olívia vai com ele. Para de valorizar ela, como você conseguiu resolver o problema não vem ao caso, o que importa é que lhe foi passada uma tarefa dura e você deu conta. Usa isso para sua carreira, para você.

— Não é honesto de minha parte.

— Você lá sabe o que é ser honesto? — Retrucou Tony um pouco irritado. — Você boicotar sua própria carreira não é ser desonesto? Vocês dois conseguiram resolver a questão, Olívia se foi, então quem ficou para receber as medalhas foi você. Você está proibido de falar o nome dela. Entendeu? Cutucando meu ombro.

— OK.

— Você vai assumir a coordenação desse trabalho de locação de todos os projetos.

— E isso traz mais grana?

— Você vai ganhar o título de "Vice-presidente de assuntos sanitários".

— Sem grana, então?
— Vai trabalhar...
Pela segunda vez na vida, virei herói. A primeira em Santos, quando era menino, foi de forma trágica, agora, adulto, foi uma farsa, Marx tinha razão, a história se repete. Pelo que percebi, tomei o lugar do Raul, não no coração de Olívia, tampouco na cama, mas no escritório, ela se foi, queria ter dito adeus, seu endereço, pelo menos. Queria continuar aquele triângulo amoroso consentido ou tolerado. A transgressão é sempre estimulante, mas a vida não pode correr apenas na transgressão, não se chega longe andando na contramão. Às vezes, é necessário parar no sinal vermelho, e ele acendeu para mim. Virei coordenador. Agora é o Chefe, o Tony e eu, logo eu que me achava um incompetente, que seria demitido e condenado a fazer reformas nos apartamentos das tias o resto da vida, graças à competência de uma bela mulher. O acaso me condenou ao sucesso e à culpa.

Qualquer cargo nos leva à arrogância. Algum autopoliciamento pode disfarçar, mas o orgulho pela promoção é inevitável, ainda que sem aumento, ainda que fosse um cargo irrelevante, fiquei orgulhoso. Os colegas olhando com uma ponta de inveja, o Davidson foi imediatamente falar para sua mãe e fiquei ainda mais vaidoso. Todos vieram me cumprimentar, tentei ser o mais espontâneo possível e o resultado foi mais afetação. As mazelas da nossa humanidade é o que mais nos constrange, mas acabam sempre se revelando.

Tatin preparou um jantar com a presença de Otto, A.B.C. e Thereza. Além de Davidson, Lia e o marido, que eu só conhecia de vista, trabalhava num grande escritório de arquitetura de São Paulo, fazendo prédios corporativos que, segundo ele, o patrão copiava das regulares viagens aos Estados Unidos. Nem sempre é possível trabalhar com os projetos de que gostamos, a cidade que projetávamos tinha muitos pontos com que eu não concordava. O emprego do Marcelo não revelava muito dele: conversador e beberrão, tomou vários whiskies com gelo, e um copo de água ao lado. À medida em que ia bebendo, ia se engraçando com Tatin. Ela era uma mulher extremamente sensual e estava vestida como da primeira vez que fui visitá-la. Eu acompanhava, cismado, o desenvolvimento dos acontecimentos, com uma certa dose de ciúmes e outra de curiosidade. Tudo podia acontecer com Agnes. Marcelo olhava para aquelas coxas, enquanto Lia desenvolvia uma conversa íntima com Davidson. Me sentia um estranho naquele ambiente, lembrei que saía com uma mulher casada, depois com a mãe de um colega ex-companheira de outra, e assim por diante, e vejo as conversas que se desenrolavam como algo estranho ou perverso. "Pois sim..."

O A.B.C. estava falante como nunca, me elogiou ao ponto de me deixar constrangido. Falamos sobre a viagem ao Nordeste e ele discorria sobre as chapadas Diamantinas, dos Veadeiros e sobre os lençóis maranhenses. Marcelo conhecia tudo. Para todos os lugares tinha histórias interessantíssimas. Agnes Tatlin ficava cada vez mais quieta e a toda hora ia até a cozinha ver algo trivial dos afazeres domésticos, como abrir um vinho ou pegar um copo. O casal Thereza e Otto saiu cedo. Davidson e Lia sorrateiramente foram ver um livro no apartamento dos fundos, enquanto Marcelo e Tatin se entendiam por olhares. A.B.C. e eu resolvemos sair, fomos até o Maksoud Plaza, no bar Trianon. Lá tocava Araken Peixoto, trompetista, irmão do Moacir Peixoto e do cantor Cauby. Dizia que tinha parado de beber, só dava umas bicadas nos nossos copos, mas eram muitas as bicadas. Sentamo-nos no balcão do bar e A.B.C. me perguntou se eu estava com ciúmes do Marcelo.

— Estou sim. Você sabe, a gente sempre acha que tem mais direitos que o outro parceiro. Não é difícil encontrar uma razão que justifique isso, quando acontece o contrário a gente fica bem sem graça. Não gostei nada, mas o que eu posso falar?

— Eu acho que, comigo, aconteceu o que você disse. Ninguém me envolvia feito um tufão, então, racionalmente, achei que a Tatin seria a mulher ideal. Foi por isso que não deu certo. E porque o Otto é um gato.

— Ele é bonitão, mas acho um pouco fechado. Não consigo me relacionar com ele. Não sei muito bem por quê.

— Otto é um cientista, um homem moderno. Ele fica a noite toda trancado numa sala escura, olhando uma estrelinha lá longe, você queria o quê? E depois, com uma mulher daquelas, não tem que falar nada. Só agradecer aos céus. As conexões tradicionais não funcionam mais hoje em dia, uma família, há cinquenta anos, era composta de um pai que ia trabalhar, era o provedor, respeitado e temido. Ele podia ter uma amante, transava com a mulher para ter filhos e depois nunca mais, ou muito pouco. A mulher tinha que educar os filhos e cuidar da casa. Hoje, a mulher trabalha, tem amantes, os filhos são criados numa creche ou por uma empregada que não respeita ninguém e ninguém se reúne à mesa, nas horas das refeições. Fica cada um em seu quarto, vendo televisão, ou no *Atari*, da mesma forma, a cidade não tem mais uma unidade, antigamente, dizia-se que o carioca era isso e o paulista aquilo ou o gaúcho, baiano. Hoje o que é ser paulista? O mano da Zona Leste tem um sotaque estranho, é o mesmo sotaque paulista do sócio do clube Harmonia? O que tem em comum a classe média do Itaim e a da Mooca? Eu acho que não dá para usar a palavra "cidade" para São Paulo. Megametrópole talvez.

— Esses urbanistas têm mania de inventar palavras novas que nada acrescentam. Megametrópole? O que é isso? — Disse eu.

— Você precisa de palavras novas quando tem um novo pensamento. Você tem razão, muita gente usa essas palavras como mote para se mostrar entendido, mas isso não invalida a palavra. Ela tem sentido neste caso, a cidade antiga dividida entre centro e periferia está perdendo importância. No futuro, a gente vai trabalhar em casa e estar conectado com o mundo todo. Hoje, já há o telefone no carro, nos Estados Unidos os barcos, em vez de rádio, têm um telefone que se comunica por satélite com todos os lugares do mundo, isso logo vai se propagar para todo o cidadão. O cara vai ter um telefone desses, um carro e um computador e poderá estar em qualquer lugar para trabalhar ou sei lá, até para ver futebol. Nesse modelo de cidade, talvez haja menos circulação de pessoas e mais de informações, de dados, não sei se terá a mesma rotina, talvez até outra postura. Será uma cidade diferente das antigas cidades europeias, onde as pessoas se encontravam ao acaso, desfrutavam a cidade, sua possibilidade de encontro casual. Nessa nova cidade, as pessoas só se encontrão quando e com quem quiserem, será uma outra relação entre os homens e o território.

— Então todo o nosso conhecimento atual vai se perder? — Perguntei.

— Alguns vão se perder, mas há sempre uma base sobre a qual repousa o pensamento. O pensamento não é imanente, é algo construído pela sensibilidade, história e, principalmente, pelas práticas escolhidas.

Impressionante, o A.B.C., com roupinhas esquisitas e afetado não era apenas um funcionário público batendo ponto numa secretaria, estudava, se preocupava e estava envolvido com o mundo. A cada encontro nesta vida, vou descobrindo novas formas de o ver, vou percebendo quão limitada é a minha visão, quanto tenho a aprender, antes de ficar cagando regras por aí. Percebi como as ideias são mutantes. Se eu construo minha vida, também construo o mundo em que vivo e sou responsável por ele. Ser radicalmente antagônico ao mundo é ser antagônico a você mesmo.

— Eu acho que a nossa sociedade chegou num ponto de relações tão complexas, que é muito difícil decifrar. Uns dizem que é uma realidade líquida, outros que é uma sociedade fragmentada, mas eu acho que a sociedade, assim como a cidade, tem tantas contingências, tantas conexões, que é como um cristal. Você se lembra da estrutura química de um cristal? Um emaranhado tão complexo que torna a matéria impenetrável. Acho que a cidade também é assim. Como um cristal, um diamante que não podemos penetrar, apenas polir uma aresta ou outra. Fazer urbanismo hoje é isso. Você não consegue romper uma estrutura como essa. Não há força capaz dessa façanha. Você pode polir uma aresta com um projeto, talvez algum desses provoque mudanças no seu entorno, que acabe influenciando toda a cidade.

— Então não é mais possível fazer um desenho urbano para São Paulo? — Perguntei.

— Claro que pode. Não dá para fazer mudanças estruturais, radicais, não vivemos mais os tempos das revoluções, agora, muita coisa pode ser feita e, quem sabe, uma pequena coisa tenha efeitos vastos.

— Veja sua relação com a Tatin. Parece que você não vai se casar com ela. Ela não vai mudar sua vida por completo. Mas convenhamos que seu caso com ela foi, ou é um fato marcante. Um fenômeno que marcou sua vida para sempre. Você não vai continuar a ser quem você é, não vai largar a arquitetura, seu emprego e sua rotina, mas algo ficará marcado em você para sempre, não é?

— Certamente. Acho que ela é uma mulher que altera todo seu modo de se relacionar com outras pessoas. Pela Olívia eu me apaixonei, queria até que ela se separasse do marido para ficar comigo. A Agnes, não. Mas acho que ela foi a mulher que mais me balançou na vida.

— Se você conseguir um dia fazer algo na cidade dessa natureza será um grande urbanista. Para isso, precisa antes de tudo amar a cidade. Ter com ela uma relação afetiva. Nem as artes, nem as ciências, nem mesmo as técnicas têm sentido, se não forem acompanhadas por uma grande dose de afeto.

Araken se retirara. As músicas, agora, vinham de um toca-fitas. Algumas senhoras se acompanhavam de respeitáveis senhores, e os outros solitários do balcão se preparavam para sair. Despedimo-nos e subi para o hall. Alban Berg foi rápido pegar um táxi, que deixava um hóspede. Eu fui ao café ganhar energia para chegar em casa.

Pensava em Tatin, Olívia, Lia e Marcelo, considerando ultrapassados meus modelos de relações pessoais. Agnes me pediu diversas vezes para ir morar com ela. Prometeu fidelidade. "Dá para acreditar?" Bem, ela, por outro lado, não iria querer que eu fosse. "É tudo isso muita areia para o meu caminhãozinho". Inesperadamente uma mulher belíssima, certamente *escort-girl*, veio me pedir fogo.

— Desculpe, eu não fumo.

— Eu acho que conheço você. Meu nome é Jane.

— Eu não me lembro. Não costumo vir aqui. — Disse, sorrindo, aquilo me parecia uma cantada.

— Vocês não são amigos da Doutora Agnes Tatlin?

— Somos. Você conhece ela?

— Ela é minha médica. Um dia fui lá à noite pegar uma receita e vi vocês jantando. Lembrava mais do outro, mas agora lembrei que você estava lá também.

— Pode ser. Quer um café?

— Eu não posso tomar café à noite, não durmo.

— Um chá, água?

— Obrigada, só a companhia mesmo.

Ela contou que teve uma doença venérea e ficou com medo da epidemia que tem atacado os gays ultimamente. No hospital, levaram-na para Agnes, que entendia um pouco disso. A doença não era séria e rapidamente sarou, mas continuaram se vendo.

Não escondeu que era garota de programa e vinha de um encontro no hotel. Nossa conversa se prolongou e acabamos indo para minha casa. Ela não aceitou nada, nem o táxi paguei.

— Amigo da Tatin, para mim, é como irmão.

— Eu não tinha em mente cometer um incesto.

— Em outro sentido, seu bobo.

Janus

Correr a São Silvestre! Sempre cogitada, mas nunca efetivada até que João Paulo sugeriu formarmos uma equipe. Vários se animaram e marcamos os treinos para sábado de manhã, no Ibirapuera, na praça do porquinho, que um amigo dele, Marcão, ia dar planilhas para nosso treino. Tínhamos poucas semanas de treino. No dia apareceram só três: João Paulo, eu e o desenhista baixinho que tinha entrado há pouco no escritório, vindo da região da obra. Era muito quieto, mas quando soube que teríamos que passar a noite trabalhando, não se conformou e não parou de reclamar.

— Não é possível! Nunca ouvi falar disso! Trabalhar nove horas e depois varar a noite?! — Ele balançava a cabeça, desesperado. Depois de certa hora, não tinha mais ônibus e não havia para onde ir, reclamava, ia ao banheiro, tomava café, comia, perambulava pelo corredor injuriado. Achava tudo muito estranho. Quando tomou mais liberdade comigo e com João Paulo, começou a perguntar se aquele era baitola, se essa era baitola, para ele todo mundo era baitola.

— Na sua terra, quem mora no quadrado é da cidade, quem mora a uns metros dali mora na roça. Aqui é bem diferente, tem gente que demora mais de duas horas para chegar em casa, mora em São Miguel, a mais de quarenta quilômetros daqui, e ele mora em São Paulo. Na sua terra, a pessoa é macho ou baitola, aqui não é assim, ter cabelo comprido não significa nada, mulher usar calça, também não. Na cidade tudo é mais complexo, acho que não tem nenhum baitola aqui no escritório, mas se for isso não tem a menor importância, é uma escolha dele e, para viver um montão de gente junta, é preciso saber o que é da sua conta e não ligar para o resto.

Minhas explicações não ajudaram muito, ele continuava perguntando, na medida em que foi conhecendo os outros, perguntava direto: "Você é baitola?" Obtendo quase sempre um sorriso como resposta. Tanto falou, que seu apelido passou a ser Baitola e, como seu verdadeiro nome era muito esquisito, a conjunção do nome do pai com o da mãe, ficou conhecido como tal.

Na manhã de sábado, ele apareceu de tênis Conga, furado, precaríssimo, sem amortecedor e com uma roupa verde fosforescente de fibra sintética furadinha. Durante a semana, fizemos uma vaquinha e compramos para ele um tênis com amortecedor, e as proteções modernas para corrida no asfalto. Certamente, ele estava acostumado a correr na areia do raso da Catarina. Aqui seria muito diferente. Ele adorou o tênis, mostrou para todo mundo no escritório, no prédio, padaria, e passou a usá-lo todos os dias. Na semana seguinte, fomos nós três do escritório pegar as planilhas. Quando estivéssemos preparados, iríamos à Cidade Universitária correr a subida da Biologia três vezes, se conseguíssemos, subiríamos com facilidade a Brigadeiro Luís Antônio. No fim, só o Osvaldinho se juntou a nós, jovem, alto e forte, mas sem prática nenhuma. Os iniciantes costumam correr longas distâncias, na média de dez quilômetros por hora, ou seja, seis minutos por quilômetro. Meu plano era completar a prova em uma hora e meia. A competição tem a largada às onze horas da noite, na frente do Masp, pertinho do escritório. Eu chegaria só no ano que vem de volta à Paulista, na frente da Gazeta, João Paulo corria a quatro, quatro e meio o quilômetro e deveria completar o percurso em torno de uma hora. Baitola corria forte, mas nem ele sabia exato seu tempo, provavelmente seria o único a completar a corrida no mesmo ano. Osvaldinho, meu único verdadeiro concorrente, me acompanharia na passagem do ano suando sobre o asfalto.

— Você vai morrer. — Disse Agnes. — Você é um tremendo *bon vivant*, pau d'água, vai correr de noite, vai se perder entre aquelas putas do Minhocão. — Eu ria e mostrava meus músculos. — Você corre do quê? Do que está fugindo?

— Acho que, quando corro, vivo os únicos momentos em que me esqueço de mim, de quem sou, dos problemas, da imagem que produzo. A endorfina ou a falta de oxigenação no cérebro nos deixa meio idiotas e somos pura sensibilidade. Olhamos o céu e vemos apenas o azul, as árvores, se são verdes ou amarelas. Pouco importando se são eucaliptos ou sibipirunas, se são velhas ou novas, as coisas viram apenas fenômenos, luz. Correr à noite na cidade é um jeito de retomar o centro para mim. O centro, que foi cenário de sonhos encantados na infância, onde levei minhas primeiras namoradas para passear, agora não é mais igual, mas naquele momento será todo meu. Meu e de milhares de outros corredores, não importa, importa apenas o relógio e o cansaço. Quando se pode ter esta sensação? Correndo e, às vezes, trepando.

— Você é um safado. Até a Jane você foi comer! — Rebateu Tatin.

— E você ficou dando para o marido enquanto seu filho comia a esposa, e eu que sou depravado? Isso é incesto por convecção.

— Não fala isso! Eu jurei para minha terapeuta que nunca iria trepar com meu filho.

— Precisa jurar? Tá louca? Você quer trepar com seu filho? Vai deixá-lo tão louco quanto você.

— Sério, até que eu tinha vontade, conversei com meu terapeuta sobre isso diversas vezes, então eu prometi a ele nunca fazer incesto, mas eu ainda acho natural.

— Você não existe. Por favor, é um tabu que vem lá da origem do homem. Isso pira um cara.

— Ainda bem que ele tomou os genes do pai, que é careta. Senão eu já teria trepado.

— Nem fala uma coisa dessas.
— Ao menos foi só por convecção, não quebrei minha promessa.
— E você também trepou com a Jane? — Perguntei.
— Não, quer dizer, sabe, às vezes, ela arruma uns clientes que queriam duas ao mesmo tempo e eu ajudo, mas não fico com o dinheiro, dou tudo para ela.
— Sei, sei, você só queria ajudar. Não se divertiu nem um pouco?
— Bem, você também faz sexo no trabalho.
— Quer comparar? Por favor...

Nosso escritório diminuía a olhos vistos. Os engenheiros saíram do fundo, da Zona Norte, e voltaram para a sede, numa casa na Ministro Rocha Azevedo. Os computadores tomaram quase todas as áreas da parte da frente e as secretárias se uniram a nós no salão. Na medida em que o trabalho terminava, as pessoas começaram a procurar outro emprego e seus postos não eram preenchidos. Havia arquiteto sem desenhistas e um de nós ia ajudá-lo, outros continuavam com desenhistas ou projetistas, sem necessidade. Tivemos que aprontar uma maquete às pressas para uma cerimônia na obra e todos colaboraram, secretária pintava árvores, arquiteto recortava papel e, numa manhã de pouco trabalho, aportou no vigésimo andar a arquiteta Betta, veio nos dar aula de Autocad. Eram dois ou três em cada computador, a professora mostrou-nos o funcionamento básico e, brincando, aprendemos os rudimentos daquele programa. Nunca tinha visto um 386 em cores, com monitor de quinze polegadas, um luxo. Os computadores eram interligados e a professora, do seu posto, mexia no nosso desenho. Ela nos deu uma apostila e tínhamos que treinar ao menos duas horas por dia. Em uma semana, gente como o João Paulo já ensinava os outros. Baitola teve uma enorme dificuldade e se negava e aprender. João Paulo, pacientemente o convenceu que aquilo iria transformá-lo num especialista, que lhe daria muitos frutos e, relutante, ele acabou aprendendo.

Alguns ficavam apenas para aprender Autocad, que seria útil no futuro, e, enquanto os normógrafos, as réguas T e os esquadros se juntavam às cadeiras quebradas, as pranchetas, que forramos com plástico branco, decaíram à condição de sucata. O escritório se restringiu à parte Sul. A mesa de reunião ou biblioteca passou a contar com seis computadores, três de cada lado de uma longa mesa, sobrando quatro pranchetas dos arquitetos seniores e correções nas relíquias de desenho a nanquim. A copiadora foi devolvida e o grupo de atendentes, copeiras, e *office-boys* se reduziu a uma senhora. Cada mesa tinha seu próprio número de ramal e a telefonista foi embora.

A festa de fim de ano foi comemorado em uma festa enfadonha, com presentes inúteis e bebida de má qualidade, os bêbados atrás das garotas bonitas e as garotas feias atrás dos que sobravam. Saí de lá o mais rápido que pude, cheirando a sidra, afinal estávamos em algumas semanas da nossa façanha esportiva. Alimentação balanceada, exercícios leves e concentração. As visitas a Tatin se tornaram diárias. Fomos jantar na casa de Thereza, havia um casal de amigos do casal, astrônomos, Davidson foi viajar com amigos holandeses pelo Brasil. Me vesti o melhor que pude e Agnes estava deslumbrante, Jane era a própria madame, Thereza parecia que ia casar com vestido branco, justo o suficiente para perceber que não tinha roupa de baixo. Otto, de terno branco, a acompanhava. Era estranho, pois não costumavam se vestir assim e me senti cafona na minha simplicidade. A casa era um achado. Nas paredes, vários Wesley Duke Lee, Nelson Leirner, Dudi Maia Rosa Boi e Carmela. O prédio era do Sérgio Bernardes e foi construído nos anos sessenta, tinha todos os signos do modernismo carioca, aplicados nos acessos comuns, a uniformidade e telhado borboleta, duas águas voltadas para dentro. Os jardins internos eram exuberantes e coloridos. Os carros ocupavam um espaço restrito do pátio lateral, em meio a jardins, bancos, postes de luz, alguns brinquedos e nem parecia São Paulo. A casa tinha uns duzentos metros quadrados, a porta para o jardim de trás com madeira e vidro e, no fundo da sala, o escritório de Thereza era todo em concreto aparente. Otto cozinhava bem, mas Thereza era uma chefe. Os pratos foram feitos lá e o cheiro delicado de ervas se misturava ao da ave dourando no forno. Vinhos fantásticos e, na música, prevalecia Billy Holiday. A luz era tênue e dimerizada, vinda de focos de dicroica, o clima era sofisticado e aconchegante. Uma enorme mesa central reunia variadas entradas e um bar, sob a escada, ampla seleção de bebidas. Me restringi ao vinho tinto saboroso e frutado. *Beaujolais nouveau* daquele ano era fantástico, segundo disseram. Mas havia um tom cerimonioso estranho. Antes da meia noite, Thereza, como que por acaso, informou que Otto iria no começo do ano para o México, fazer uma pesquisa num observatório astronômico *Las Ánimas* em Chapa de Mota, perto da cidade do México, um dos mais importantes do mundo. Lugar lindo, isolado e praticamente sem vegetação, Otto disse que o mais estranho era a falta de animais. Qualquer tipo, besouros, lhamas ou pássaros, nada, e *en passant* disse que Thereza não iria. Não podia abandonar o escritório, que ia bem. Nos pareceu o fim do casamento, eles insistiam que não. Ela iria nas férias e ele viria ao Brasil pelo menos uma vez por ano, passar umas semanas aqui para ajustar sua pesquisa junto à FAPESP.

— O Otto pediu para que eu vá, mas é impossível. Não posso abandonar minha profissão, depois o que eu vou ficar fazendo lá, à sombra de um vulcão inativo? — Disse Thereza.

— O casamento então vai acabar?

— Não, de jeito nenhum, — assentiram os dois — vamos passar ao menos dois meses juntos e amor assim é para a vida inteira.

— Mesmo longe dos olhos?
— Não estaremos longe dos olhos. Temos lá na USP um tipo de telefone com imagem. Quando ela puder, vai lá e conversa, com a gente se vendo ao mesmo tempo.
— E sexo vão fazer assim também? — Perguntei.
— Você está muito interessado em sexo, não é meu amigo? — Disse Otto.
— Na verdade, é um assunto sobre o qual tenho algum interesse.
— Eu fiz uma proposta para a Thereza, gostaria mesmo de conversar com vocês a respeito disso. É claro que não vai dar para ficar cinco meses sem sexo, então eu sugeri o seu nome para ser nosso parceiro nesse período. O que você acha?
— Como assim? Parceiro de vocês? Não entendi.
— Enquanto eu estiver fora, ou mesmo no breve período em que eu estiver aqui, você fica morando com a Thereza, como se fossem casados.
— Um *ménage à trois*? — Perguntei espantado.
— Diria um quarteto, pois eu também sugeri a Jane. Quer dizer, a Jane, quando Thereza estiver meio entediada e quiser variar um pouco.

Fiquei mudo por longos minutos. Achei que ninguém iria estranhar meu espanto, mesmo naquele ambiente tão liberal. Jane deu um pulo e abraçou primeiro Otto e depois Thereza. Todos ficaram constrangidos. Olhei para Tatin, cujos olhos nos fuzilavam. Uma coisa que jamais esperaria era ver uma cena de ciúmes ali. Mas foi mais que uma cena, foi uma longa discussão entre as duas amigas.

— Você que propôs isso? — Perguntou Agnes.
— Não, foi o Otto.
— Pois você, Otto, é um filho da puta. Sacana. Por que ele e a Jane?

— Porque eu gosto deles. Acho que são os mais interessantes dentre os casos que ela já teve. Afinal foi você que os trouxe para a turma, por que está reclamando? — Argumentou Otto.

— Eu que descobri os dois, não pode fazer isso sem me consultar.

— Pois eu estou consultando agora. Não tínhamos falado com ninguém, a não ser entre nós.

— Vocês estão malucos! — disse Agnes.

— Nós malucos? Olha quem fala? — Rebateu Thereza.

— Malucos! Diga uma coisa. — Tatin se dirigiu a mim. — Você topa uma loucura dessas?

— Será que não é melhor a gente discutir isso em particular, outra hora? — Falei.

— Não... em algumas semanas Otto embarca e queremos uma solução logo ou vamos dar outro jeito. — Disse Thereza.

— Já que estão todos aqui, não vejo momento melhor. Tatin, você que é tão liberal, por acaso você alguma vez foi fiel a alguém?

— Não, mas já tinha dito a ele que se ele quisesse ficar comigo eu seria fiel.

— Pô, Tatin! Passei uns dias aqui, quando dei uma folga, você estava tomando banho com a Thereza.

— Eu não sabia disso. — Disse Otto contrariado.

— Foi só uma brincadeira nostálgica, não foi nada. Achei melhor não dizer para você.

— Ah! Você pode achar sozinha as coisas? Foi essa a combinação?

— Não, desculpe, você tem razão, mas não aconteceu nada mesmo.

— Bem, você me prometeu que não voltaria a fazer sexo com a Tatin, por isso escolhemos a Jane, para o caso de uma recaída sua.

— Recaída é forte, hein? — Replicou Jane.

— Desculpe. Caso você sinta falta de uma mulher.

Agnes pegou sua bolsa e saiu bufando. Thereza correu até a porta, mas já era tarde. O portão da vila já fazia um sonoro arranhar metálico e Thereza voltou à sala.

— Por mim, tudo bem, — disse Jane — eu adoro vocês.

— Nós também te adoramos. — Retrucou Thereza, e olhou para mim.

— Eu não entendi ainda muito bem. Seremos casados esse tempo? E nas férias? E quando você voltar? Como eu fico?

— Nem sabemos se vai dar certo, — disse Otto — uma coisa de cada vez. Eu não quero que a Thereza fique aí a perigo, pegando qualquer um, ainda mais com essa doença agora, é muito arriscado. Vocês se dão bem, têm a mesma profissão, podem compartilhar a prancheta e a cama aqui.

— Estou pasmo! Nunca fui pedido em casamento e agora sou pedido por um homem? Vamos beber um pouco mais de vinho.

A festa

— É da imobiliária?

— Eu não recebi a cobrança do aluguel esse mês e quero avisar que vou deixar o apartamento.

— Como? Como assim? Como foi isso? Sei... sei... Nossa! Não acredito! Quer dizer, então, que ele é meu? E como pode? Eu não assinei nada... Sei, sei. Está bem, muito obrigado. Ligo depois.

— Alô! Mãe? Que história é essa do apartamento?

Pouco antes de morrer, meu avô comprou o apartamento onde eu morava e me doou, com usufruto dele. Queria fazer justiça, me dando o mesmo valor do golpe do meu irmão. Fiquei pasmo. Agora que eu ia mudar e não precisava mais do apartamento, meu avô gastou seus últimos trocados para fazer justiça. Que cara! Fiquei muito emocionado. Chorei só, não tinha com quem dividir isso. Thereza seria minha esposa dali a alguns dias. Tatin estava brava comigo, Olívia estava longe. Há tempos não via o Wallace. Se conversasse com meu primo, só iríamos falar mal do meu irmão. A analista já era. "Que rumos a vida toma! Uma surpresa a cada esquina, a cada minuto." Agora, eu tinha casa, mulher, amante, escritório e ainda receberia o aluguel do apartamento, sem despesas de IPTU ou condomínio. "Meu Deus, não sei se você existe, mas que tem anjo da guarda, isso tem!" Respirei e fui até o Bar Supremo. Talvez tivesse algum daqueles bêbados decadentes, para jogar conversa fora. Não tinha. Tomei um whisky. Não quis ir à casa da minha avó, já estava cansado de chorar. Voltei meio cedo para casa e logo peguei um recado na secretária eletrônica.

— Aqui é a Jane, por favor se você pegar a mensagem ainda hoje, me telefone. Obrigada, um beijo, Jane... Você tem o meu número, não tem? Se não, é...
— Oi, recebi sua mensagem. Diga lá.
— Amor, eu preciso de um favorzinho seu. Favorzinho, não, favorzão.
— Se eu puder ajudar...
— Bem, eu estou meio sem jeito. Acredite não é nada demais não, afinal nos conhecemos há pouco tempo, mas eu não tenho outra pessoa para pedir. A Agnes não quer falar comigo. É meio constrangedor, sabe.
— Desembucha menina.
— Sabe, eu recebo pedidos muito estranhos, de vez em quando me dou mal. Sabe, esses tarados que batem na gente, essas coisas. Então, se eu estivesse com alguém, o cara não faria isso com uma testemunha ali ao lado, sabe? Hoje recebi um desses pedidos bem estranhos, perguntei se eu podia levar meu namorado e ele falou que sim. Você tem uma cara distinta, será que pode se fingir de meu namorado para ir a uma festa?
— Peraí! O que eu tenho que fazer? Programa eu não faço! Hein? Explica direitinho.
— Não, não. Você fala que é meu namorado, mas fica de fora, não precisa fazer nada. É um milionário dos Jardins. Você entra, toma um café e fica lendo um livro. Você adora ler. Leva um livro e fica lá, quando acabar você sai comigo e pronto.
— Só isso? E quanto tempo? Uma hora?
— Não, são três horas.
— Pô! Vou levar "Guerra e paz". Dá para ler até a prisão do Napoleão.
— Por favor! Eu juro que te recompenso. O que você quer? Eu faço em troca.

— Querida Jane. Ficar com cara de cafetão durante três horas, numa sala de espera, é dose.
— Hoje não tem jogo de futebol?
— Tem. Além de tudo, perder meu jogo.
— Eu arranjo para você ficar vendo o jogo na TV.
— Onde é?
— Não tenho o endereço, é nos Jardins, o motorista dele vem me buscar às dez aqui em casa.
— Motorista? Chique a coisa, hein!
— Pois é, por isso estou lhe pedindo. Esses caras muito chiques são os mais perversos. A gente nunca sabe no que vai dar. Por favor, vai. Eu juro que não te meto em encrenca. Só deles saberem que estou com alguém, a coisa fica melhor e eu me sinto mais segura.
— Tá bom... — Algumas belezas são irresistíveis, a Jane era uma delas. Tivemos uns bons momentos marcantes e é difícil dizer não para alguém com quem queremos ter outras festas particulares, não me pareceu difícil, o que poderia acontecer de mais grave?

Chegou o Mercedes classe A com motorista que parecia ator de cinema e uma Veraneio seguindo. Jane me pediu para que não trocássemos nenhuma palavra durante o trajeto. Nada.
— Srta. Dubois. — Que nome! Jane, Dubois, podia ser Dupond e Dupont, dos quadrinhos do Tin-tin. Hilário!
— Sim.
— Senhor, senhorita, queiram entrar. Querem uma bebida? Algo?

Nas costas do banco do motorista descia uma prateleira com garrafas, copos e gelo. Eu devia pedir um Dubon e Dubonnet, mas não tinha. Tomei água, para alívio de minha boca seca e nervosa.
— Diga uma coisa. — falei. — Caso surja algum problema, qual é o seu nome verdadeiro?

— É Jane mesmo.
— Não acredito. Seu nome real é Jane do quê?
— Para eles, Jane Dubois, mas na verdade minha mãe era fã da Jane Joplin e meu pai era pescador, então ficou Jane Joplin de Jesus. — Não consegui deixar de rir. — Desculpe, mas é engraçado. Agora entendi por que você é amiga da Agnes. São todas santas...
— Deixa de ser idiota e não me enche o saco! Desculpa, desculpa meu bem, você não enche o saco nunca, eu que estou lhe pedindo um favor. Pode rir do meu nome o quanto quiser.

O carro rodou pelas ruas esburacadas, sem solavancos. O motorista fechou o vidro entre os bancos, mesmo assim Jane não quis falar, desconfiada de algum microfone secreto. Descemos a Peixoto Gomide e o motorista falou qualquer coisa pelo telefone do carro, no meio da descida, a porta da garagem se abriu no instante que chegamos. Fomos direto para o elevador de serviço, sem olhar para trás. No elevador o mesmo silêncio. Achei que levar Tolstoi para um lugar desses seria uma deselegância, levei Bukowsky. Tinha acabado de ver "Crônica do amor louco" com a Ornella Muti, achei mais apropriado. De um lado, tinha os serviçais engravatados, paletós ou *librés*, moças de *tailleur* ou uniformizadas com toquinhas. Do outro nós, eu com a minha tradicional calça Lewis, camisa fora da calça e mocassim do Guido, sem meia. Jane, de bermuda bem curtinha de couro, uma plataforma meio botinha de salto altíssimo e camisa de seda branca, tipo social, abotoada até o pescoço. Estava sem maquiagem, sem joias, cabelos presos. No penúltimo andar, fomos levados a um quarto enorme todo rosa, a cama tipo *King of Kings*, cortinas com três camadas, móveis antigos, pareciam de antiquário. Penteadeira tipo *Chippendale* em madeira de lei.

— Pô! Dá medo mesmo entrar aqui.
— Não te disse?
— Aqui podemos conversar?

— Acho que sim, mas vamos ser discretos, por via das dúvidas.
— Não tem televisão aqui.
— Vou ver com os caras, espere um pouco. Eles virão me vestir.
— Como assim? Tem fantasia?
— Eles me mandaram vir desse jeito, porque eles vêm me maquiar, pentear e vestir.
— E o que você vai fazer?
— Eles vão me filmar aqui no quarto, enquanto tem uma festa lá em cima, e vão passar direto a imagem num telão onde corre a festa.
— Filmar o quê? Eu não vou participar disso, viu!
— Não, não, só eu mesmo. Vou tirar a roupa e ficar me masturbando, depois tomar banho e tal. Só isso. Leva uma hora para me preparar, outra me filmando, ou melhor, televisionando e depois vou tomar banho, podemos jantar aqui ou não, e tchau.
— Porra! Que esquisito.
— Não disse?
— Esses caras grã-finos são mesmos esquisitos.

Entrou no quarto uma mulher, em torno de quarenta e poucos anos. Nem bonita nem feia. Tudo mais ou menos, de *tailleur* azul marinho salto médio formal e atenciosa. Se apresentou com nome e sobrenome, perguntou meu nome e passou a me chamar pessoalmente, como se fossemos velhos amigos. Levou Jane para outro quarto e perguntou se eu queria acompanhar as filmagens, ou queria ficar na saleta ao lado, onde havia uma televisão. O quarto da madame tinha dois imensos banheiros, ligados por uma banheira em mármore travertino; sala de leitura, de televisão, o quarto de vestir rodeado de *closets* e o quarto de vestir do marido, mais ou menos a metade do dela, cheio de armários, com gravatas em *dégradés* de todas as tonalidades. Camisas brancas com monogramas cobriam cerca de quatro ou cinco prateleiras. Me perguntei se eles não tinham máquina de lavar, afinal o cara precisa de cinco prateleiras de camisas brancas iguais? Vai entender os ricos. As portas que separavam esses ambientes eram em madeira clara, com vidros *bisotês* de correr, de modo que eu podia ver televisão e as filmagens ao mesmo tempo. Entrou o dono da casa. Malha de *cachemira* Pilgrim, sapato de crocodilo e calça de tropical inglês, cabelo com brilhantina, fixo como cimento e ar de superior. Conversou com Jane como se fossem velhos conhecidos, ela havia me garantido que não o conhecia, mas acho que é assim que os ricos fazem. Falou muito, deu para ela algumas caixas de joias e um bolinho de dinheiro. Ele saiu sem me olhar, como se não houvesse ninguém lá e Jane veio logo falar comigo.

— Esse é o cara!
— E o que ele faz? Fica batendo punheta na sala de cima?
— Hoje é o aniversário da mulher dele e ele quer que eu me vista e me maquie como ela. Vou seu um simulacro da esposa.
— E tem uma festa lá em cima? Vai ficar todo mundo vendo ou batendo punheta para a esposa dele? Que louco!
— Eu disse! Não sei muito bem como vai rolar lá em cima. Daqui a pouco vem a mulher me orientar e vão me por uma peruca igual à dela. Menino, você precisa ver as joias que eu vou botar, olha para ela que vou estar igualzinha. Um colar da Cartier que me matou, eu fiquei louca. E você não sabe! Ele me pagou uma fortuna. Racho com você. No seu empreguinho de merda, você não recebe isso em um ano.
— Como se eu fosse puto também? Com quem você viria aqui hoje?
— Não, eu sei, mas veja, é uma grana. Eu racho com você.
— Você já falou, eu não quero seu dinheiro. Vim aqui ver o Coringão e ler meu livro de sacanagem.
— Você prefere ler que ver sacanagem ao vivo?
— Prefiro ler quando não sou o protagonista.

A esposa entrou, com ar de Marilyn Monroe cantando para o Kennedy. Seu vestido era meio transparente, cheio de pedrinhas brilhantes, um cabelo avermelhado da Rita Hayworth em "Gilda", um sapato chiquérrimo, mas a cara dela já estava meio passadinha. Seis décadas encobertas por camadas de blush, flush, rush e lush e tudo o mais que acabe com ush. Plásticas por todo o corpo, e a do enxerto de mamas foi realizada por um cirurgião de Itu. Tal qual Jane, o peitão que não combinava com o resto, devem ter ido ao mesmo plástico. A madame veio me cumprimentar, me parabenizou pela linda namorada e disse que em seguida o mordomo viria me atender.

Ligaram a televisão, me serviram champanhe Dom Perignon, em seguida veio o carrinho com entrada, prato, água, lavanda. Passaram-se cerca de quarenta minutos e Jane veio se mostrar para mim. Estava deslumbrante mesmo. Com a mesma roupa, com as joias que a Maison Cartier emprestou para a ocasião, uma peruca idêntica à da anfitriã e as mesmas camadas de blush, flush e rush. Achar que era a mesma pessoa só com muita licença poética, mas o simulacro era evidente. Vieram dois operadores, ainda mais malvestidos que eu, um com uma câmera que de portátil só tinha a alça, e outro com o microfone com uma haste, no começo do segundo tempo da partida.

A final do campeonato paulista entre Palmeiras e Corinthians era o acontecimento da cidade, os bares estavam cheios, as salas apinhadas, as ruas nervosas. Assistir aqui? Sem companhia? Neste ambiente? Com Dom Perignon? Não tinha muita graça, um garçom veio me oferecer outro champanhe, queria saber como ia o jogo.

— Esse juiz, o José Aparecido, é um canalha. Mal começou o jogo e ele já mostrou a que veio. Está descaradamente favorecendo os porcos. Isso vai dar merda, ele é um grande filho da puta.

— O Dr. Lallo é são-paulino, mas acho que está torcendo contra o Corinthians. Eu sou corintiano também, mas não falo sobre isso com ninguém aqui.
— O que faz da vida o Dr. Lallo?
— É juiz. Não de futebol, é claro, é juiz de coisas complicadas.
— E ele é boa gente?
— Não sei, ele nunca olhou para a minha cara, nem sabe que eu existo. Só a dona Amélia fala com os empregados, mesmo assim, mais com o mordomo e a governanta que cuida de tudo aqui do apartamento dela. O mordomo cuida do apartamento dele.
— Eles não dormem no mesmo quarto?
— Não sei, mas têm apartamentos diferentes. O Dr. Lallo é meio estranho, às vezes, traz umas moças para virem dormir com ele. A mulher não fala nada, — (baixinho) — acho que ela dá pro motorista.
— Aquele que trouxe a gente?
— Ele mesmo.
— Qual o seu nome?
— Vanderley.
— Muito prazer Vanderley. Sente-se aqui ao lado pra gente ver o jogo.
— Se a governanta me vir aqui, ela come meu rabo. Não vai dar, não.
— O que acontece lá em cima?
— Não sei. Tem uns amigos deles, uns trinta ou quarenta, e é aniversário da dona Amélia.
— Vocês não entram lá para servir?
— Não, vem tudo de fora: *buffet*, doces, garçons, até a faxina é contratada. Ninguém da casa pode entrar, mas eu acho que rola o maior bacanal.
— Como você sabe?

— Eu não sei, é só palpite. Ninguém sabe, mas todo mundo comenta. O doutor traz umas garotas de programa, gays e outros tipos exóticos. Toda as sextas-feiras eles saem e voltam de manhã, cada um fala uma coisa.

— Porra, que filho da puta! O Edmundo entrou com as duas patas no Romeu e o juiz não deu cartão, aí o Romeu revidou com um toquinho, e cartão para ele. É um sacana esse cara. E a Jane, você já a viu aqui?

— Olha, sinceramente não sei. Eu nunca entro aqui, me mandaram hoje porque tem a festa e era para servir você. Eu que pedi, para poder saber do jogo.

— Eles não têm filhos?

— Tem, mas são casados.

— E eles não vêm para as festas?

— Desse tipo, não. Só vêm quando tem aqui aqueles caras bacanas, tipo governador e tal, por isso é que a gente acha que hoje rola sacanagem lá em cima.

— Lá em cima e no campo. É inacreditável! Esse Zé Aparecido é um canalha!

Jane começava suas peripécias na cama, tirou o vestido, usava roupas de baixo chiques e exóticas, devem ser da Victoria Secret, o som vindo da cobertura era cada vez mais intenso, Jane estava agradando, levantou-se e passeou pelo quarto, foi à penteadeira, cheirou uma carreira, e o pessoal de cima hurrando. Deviam estar todos chapados. Jane tirou o sutiã, os lindos e grandes seios se mostraram abaixo de um magnífico colar Cartier em seu pescoço, os brincos eram lindos e tinha correntinha no tornozelo, anéis em todos os dedos da mão e alguns dos pés, braceletes, uma joalheria ambulante. Seus olhos estavam com uma imensa mancha azul em volta e usava lentes de contato azul. A Amélia tinha olhos azuis, mas hoje usava lentes para ficarem ainda mais azuis. Tudo era falso ali.

— Porra! Não é possível! Empataram o jogo. Vai para a prorrogação. Puta que te pariu! Vão foder com o campeonato. Esse juiz tem que ser fuzilado. Canalha.

Jane tirou a calcinha e vestia apenas as joias. A turma de cima começou a urrar, com a música do Caetano "*Soy loco por ti, Amélia, soy loco por ti amore*" e isso animou Jane ainda mais, que voltou para a cama e bateu uma siririca com gosto.

— Puta merda. Gol deles logo no primeiro minuto. E estava vergonhosamente impedido. Não tem jeito. Não! Expulsaram o Romeu. Isso é sacanagem demais. Nunca vi isso antes no futebol.

— O pessoal dos prédios em volta está gritando de raiva por aí.

— Traz mais um champanhe, assim não vai dar.

Jane olhou para mim. A governanta imediatamente foi lá dar bronca. O cara do som, que segurava sobre a cabeça uma vara onde na ponta estava pendurado o microfone, exibia uma protuberância sob a calça, paralela à vara do som. Comecei a rir, Jane queria chamar minha atenção para isso e ria também. O *cameraman* virou a câmera, pegou a cena de surpresa e a gargalhada no andar de cima ressoou lá embaixo. "*Soy loco por ti, Amélia, soy loco por ti amore*". As peripécias de Jane se estenderam pela cama até que o jogo terminou. Eu já estava bêbado e não prestava mais atenção nem em Jane nem no jogo. Percebi logo que não haveria maiores problemas na *penthouse* dos Jardins e não haveria solução para os problemas do Pacaembu. Levantei-me quando vi a equipe sair e a governanta ficou na porta, fiscalizando Jane. Impressionante o profissionalismo da mulher, nada a abalava. Toda a cenografia para um espetáculo sexual requintado e inspirador não a afetaram em nada. Era o Zé Aparecido no campo, insensível à multidão enfurecida, e ela insensível aos apelos sensuais de Jane. Fui à cozinha e pedi um doce. Todos trabalhavam, olhando seus afazeres, sem movimentar as cabeças, quase tive que gritar. Exibiram os doces da festa, que eram sofisticados como os de um casamento, mas preferi um pudim de leite, tradicional, com furinhos, como os da minha avó. "Pensar na minha avó naquela situação era demais". Tentei trocar palavras com alguns dos homens que estavam na cozinha, mas nada, só movimentos de cabeça. A governanta entrou na cozinha e todos imediatamente se aprumaram, atrás dela vieram os dois da filmagem, que se sentaram numa saleta ao lado da cozinha para jantar, sem champanhe e sem garçom. Me avisaram que haviam terminado as filmagens, não parecia, pois a turba de cima gritava coisas ininteligíveis e continuava animada. Parecia que estavam nos melhores momentos. Voltei para o meu posto. Tentei folhear o livro que trouxera, sem sucesso. O álcool, o jogo indecente do Pacaembu, o ambiente estranho daquele apartamento, nada combinava com literatura, nem mesmo a de Bukowsky. Dr. Lallo desceu para falar com Jane, parecia contente e bem chapado, disse que adorou e conversaram um pouco, ele deu uns amassos na Jane e ficou passando a mão nela, deu-lhe um longo beijo de língua e subiu, eu entrei no quarto com Jane, logo a seguir veio a "madre superiora".

— O senhor não pode entrar aqui! — Olhei incrédulo.
Antes de responder, Jane interveio:
— Por favor, eu queria ficar um pouco sozinha agora.
— Desculpe, senhora Jane, mas o doutor Lallo deu ordens explícitas para que não deixasse ninguém sozinho neste quarto.
— Porra, mulher! Fico aqui três horas rebolando para seu patrão e não posso descansar um minuto? O que acha que eu vou fazer? Pôr fogo na casa?

A governanta trancou o quarto de vestir e saiu. Deixou Jane sozinha, mas continuou olhando pelo vidro com a porta entreaberta. Jane tirou as joias e deixou na gaveta da cabeceira, conforme haviam combinado. Tentou tirar o colar e não conseguiu, olhou para mim pedindo ajuda, eu dei de ombros. Tirou todos os anéis, pulseiras, tornozeleiras, brincos e os colocou nas respectivas caixas vermelhas de couro, com o nome do joalheiro em dourado. Empilhou as caixas e colocou no criado mudo. Vestiu sua camisa e bermuda, seu sapato, pegou a bolsa e foi ao banheiro dar a última retocada no cabelo. Passou por mim e me puxou pela mão sem olhar.

— Vamos.

Tinha tirado toda a maquiagem e parecia agora outra pessoa, deu boa noite à governanta e foi, muda e decidida para o elevador. Eu não falei nada. Descemos na garagem e fomos para o carro, onde o motorista conversava com os seguranças fora do carro. Entramos atrás, sem cumprimentar ninguém. Fui falar, ela pôs o indicador sobre os lábios. Sentamo-nos, o motorista trocou uma palavra pelo telefone do carro e saímos. Enquanto o carro atravessava as infindáveis valetas das esquinas do bairro, Jane entreabriu a bolsa e me mostrou vários papelotes que havia roubado do juiz, ao tocar no colo indicando que havia roubado, reparou que ainda estava com o colar.

— Puta que o pariu! Esqueci de tirar o colar.

— Avisa o cara e vamos devolver!

— Não! Me deixa ficar com ele, pelo menos mais um dia.

— Eles vão saber que foi você! Vai dar merda!

— Eu trouxe sem querer, não queria roubar nada, se eles me ligarem digo a verdade e eles vêm pegar. Se eu der para o motorista, o filho da puta rouba, não fala nada e eu fico com a culpa. Nem fodendo. Deixa aqui e não fala nada para ninguém.

— O motorista é amante da D. Amélia, não vai fazer uma coisa dessas.

— Como você é ingênuo! Não se aprende nada útil com esses livros que você lê?

Descemos do carro, sem cumprimentos nem olhares. Entramos em casa, ela olhou pela janela para ver o cortejo saindo.

— Olha! Eles me deram uma carreirinha antes de filmar. Eu vi de onde tiraram, fui lá e peguei um monte de papelotes, nem sei quantos, da melhor cocaína que já usei na vida. Você não imagina!

— Além de roubar o colar, roubou cocaína do cara? Você me fez ser seu cúmplice dessa maluquice. Você quer foder comigo?

— Quero sim, mas não nesse sentido.

— Porra! Que sacanagem, você me envolver num crime. Se o cara vier atrás de nós, o que vai acontecer?

— O colar eles vão saber, mas a coca? Você acha que eles têm noção do quanto eles usaram hoje? Ninguém vai desconfiar de nada e, se acharem, não vão falar nada. Vão dar queixa? O cara é juiz, porra. Não vai se expor. Fica frio.

Jane ligou para Agnes e contou suas peripécias, estava excitadíssima. Eu não sei se estava mais puto com o juiz do jogo ou com o Lallo. "Essa mulher acabou me botando numa fria!". Chamei um táxi. Jane queria me dar uma grana, não aceitei. Fui dormir com o Dom Perignon borbulhando na minha cabeça e, às oito, já estava a caminho do escritório.

O dia no escritório foi normal, a estrutura se esfacelando e as tarefas a desempenhar eram cada vez mais burras: raspar o nanquim, colocar uma cota, normografar uma nota, nada muito exigente ao nosso sistema cerebral. Gastei minhas energias para calar minha boca. Estava morto de vontade de falar tudo o que aconteceu na véspera, mas todos só falavam do futebol e isso também me irritava como um chute no saco. Sai às sete em ponto e fui para casa. Passei na Mercearia São Pedro, peguei umas coisas para comer, e fui bancar o bom dono de casa. A cozinha começava a ficar com cara de estabelecimento humano, quando o telefone tocou.

— Você viu?

— Viu o quê, Jane?

— O assalto?
— Que assalto? Estava no trabalho até agora, acabei de chegar em casa. O que aconteceu?
— Sabe o apartamento que fomos ontem?
— Claro!
— Então, de manhã, chegou lá uma empresa de limpeza e, no meio deles, tinha uma *gang* de ladrões, que limparam o apartamento. Disseram que levaram quinhentos mil dólares em dinheiro, que estava escondido no forro do quarto. Em cima da nossa cabeça tinha meio milhão!
— E a gente preocupado com uma champanhe a mais.
— Peraí que não acabou. Falaram que roubaram quase um milhão de dólares em joias, que eram emprestadas da Maison Cartier. Você acredita? Quanto deve valer aquele colar?
— Porra, agora não é só o juiz que sabe que você roubou, agora são uns bandidos também!
— A polícia foi chamada pelos vizinhos de baixo, com o barulho da serra cortando o forro. Os seguranças do prédio foram todos rendidos, chegou um monte de carros da Rota. Primeiro, acharam resíduos de cocaína no salão da cobertura, em todos os lugares. Os bandidos deveriam saber que tinha aquele dinheiro todo lá, por isso cortaram o forro exatamente embaixo de um pacote. A Rota arrebentou todo o forro e achou muito mais que isso, e estão contando. Uma fortuna. E tem mais. Acharam no banheiro da Amélia, um pacote com quase um quilo de cocaína, e eu roubei uma meia dúzia de papelotes. Quase um quilo! Foram presos, a Amélia e o Lallo, como traficantes. E ninguém vai dar pela falta do meu colar.
— Do seu colar, não, do colar que você roubou.
— Que nós roubamos.
— Agora, os bandidos vão abrir as caixas, ver que falta o colar e vão descobrir, muito mais depressa, que foi você quem roubou.

Tire ele daí imediatamente e invente uma história sobre esse colar. Fala que você deu para o motorista, para ele devolver. Se não, você vai se foder.

— Um quilo de cocaína em estoque. O safado tinha mais de um milhão de dólares no quarto e me deu aquela merreca, para eu ficar me exibindo para ele. Tomara que morra na cadeia.

— O cara é juiz, para ter toda essa grana e essa cocaína deve ser ligado ao crime organizado. Ele sai ainda hoje. Vai por mim. Mas saia já daí. Eles têm o seu endereço, tire a cocaína também.

— Está bem, ligo depois.

Voltei para meu papel de bom dono de casa, limpei o banheiro e o quarto. Troquei o lençol e as toalhas, e pus tudo na máquina de lavar. Agora, aquele apartamento era meu.

O tema do assalto movimentou toda a imprensa, mas pouco saiu publicado. Aquilo envolvia gente da grossa no crime e no judiciário. Saíram notas breves aqui e ali. Eu imaginava o dia em que viriam me ouvir. Certamente, o nome do juiz não iria aparecer em nenhum jornal, mas o meu sim, como o rufião da garota de programa. Um bom início para meu caminho rumo à celebridade! Me levaram para o Departamento de investigações da polícia na Luz, ao lado da avenida Tiradentes. Fui com um capuz de chuva para não ser reconhecido pelos fotógrafos, e óculos escuros apesar do dia chuvoso. Só tirei na sala do investigador encarregado. A cortesia com que fui recebido não foi diferente dos inúmeros outros casos. Não adiantava falar que eu era arquiteto urbanista. Achavam que urbanista era alguma técnica sadomasoquista. Queriam saber como conhecia Jane. Eu disse, sem mencionar Agnes e outros encontros. Queria saber o que eu fazia no Maksoud Plaza, se eu era uma bosta de arquiteto, que ganha uma merreca por mês. Se dissesse que estava lá com um colega, iria envolver mais gente desnecessariamente. Estava caçando uma puta por ali, disse que gostava de mulheres mais velhas. A Jane era bem mais nova, mas não tem tu, vai tu mesmo. O arquiteto que se tornou rufião, saiu incólume. Ninguém me chamou mais, a não ser no dia seguinte, para assinar minhas declarações. Ou o datilógrafo era um imbecil ou trocaram de pessoa, estava tudo diferente, mas me garantiram que não haveria problema e eu assinei assim mesmo, para sair o mais rápido possível dali. Jane também se saiu bem, mas teve que fazer uns programas com uns delegados, para que tudo ficasse encoberto. No escritório, todos olhavam para mim, rindo. Souberam da minha presença naquela festinha e das atribuições dadas às minhas atividades pela polícia. Durou pouco. Minha família não soube de nada e o assunto morreu. O medo de Jane era dos bandidos que viriam pegar o colar. Resolveram que Otto iria levar para o México, dentro da bagagem técnica, com instrumentos de precisão, que seriam lacrados.

Chegava o natal e soube que meu irmão não viria para a ceia. Bem no ano em que meu avô morreu, ele resolveu passar o natal com a família da putinha, que arrumou no interior. Resolvi levar Thereza como minha noiva. Afinal, dali a uns dias, estaria morando na casa dela e minha mãe e avó estavam loucas para que eu arrumasse uma namorada firme. Thereza topou de imediato. Tentou por todos os meios se fazer de mais baixa e mais nova, mas as duas primeiras observações que minha avó fez foi: "mas ela é muito mais velha que você!". Rimos e precisamos as datas. De fato, era um pouco mais velha, mas nem tanto que a curto prazo pudesse nos incomodar, depois, a calvície adiantada me fazia parecer mais velho. Quanto à altura, era apenas um centímetro. Minha mãe achou-a bonita já na primeira olhada, coisa que fui incapaz de perceber. Thereza mostrou-se uma *lady* educada, atenciosa, carinhosa com as duas e saí de lá com nota dez. A presença de Thereza fez nós todos esquecermos a ausência do meu avô, e toda a família que morava no prédio veio conhecer a minha futura esposa. Uns primos tentaram passar-lhe uma cantada. Primas enciumadas tentaram provocá-la, tios a olharam de cima abaixo, aprovando as formas, mas desaprovando a imprudência de me casar com uma mulher como aquela, e ainda por cima mais velha que eu. Aquele dia passou a ser nossa data de troca de guarda. Fui para a casa de Thereza e dormi na sua cama. Quando Otto chegou, percebeu que havia sido desalojado e ocupou o quarto de hóspedes.

No dia seguinte, Jane mudou-se para o quarto de hóspedes da casa dos Weisz, temendo os criminosos. Começou então minha lua de mel com a presença do verdadeiro marido no quarto ao lado. Não era propriamente uma lua de mel, mas passar a ocupar a mesma cama todas as noites com uma mulher era uma encantadora novidade. Acordar e olhar aquela deusa ao seu lado, te fazendo carícias, sucos e café na cama, as longas conversas depois do coito, as trocas de intimidades, vê-la fazendo cocô, pelo vidro da porta do banheiro, tudo me deixava cada vez mais animado e apaixonado. Lembrei que minha tia avó tinha se casado por encomenda, que conheceu o noivo na cerimônia de casamento e ficou alguns meses sem falar com ele, mas aprendeu a gostar do marido e viveram felizes por mais de cinquenta anos. Morar com Thereza, que não foi uma escolha minha, não estava nos meus planos e acabou reproduzindo a situação da época de meus avós. Em dois dias, já sentia ciúmes de Otto, e não o contrário. Otto se gabava da escolha que fizera e se divertia bastante com Jane no quarto ao lado, porém, como hábito, beijava a esposa na boca com naturalidade, em todos os encontros. Seriam mais alguns poucos dias. Eu lutava para me controlar, mas se saísse uma conversa no jantar, sob qualquer pretexto, eu me tornava indelicado ou agressivo. Otto sorria.

— Sou eu que deveria ficar com ciúmes, não você! Eu sou o marido, você é o Ricardão. — A racionalidade não ajuda muito quando as emoções nos tomam de assalto. Na véspera de ano novo, fui dormir no meu apartamento, pegar o equipamento de corrida e o *Carbofit*, dar uma geral no apartamento e avisar o porteiro que iria alugá-lo, passei o telefone da casa de Thereza caso houvesse algum problema, mas não dei o endereço, temendo nova visita policial.

A carta

Na saída, o porteiro me passou a correspondência. "Há quanto tempo não recebo cartas?" Que pena termos perdido esse hábito tão saudável. Para quem escreve, é um prazer, criar argumentações, puxar assunto e escavar meandros até que brote a lógica interna. Brincar com as letras, as palavras e descobrir metáforas nas articulações da própria escrita. Para quem recebe, um prazer ainda maior, abrir o envelope, tentar descobrir de onde vem, olhar o selo, ver a data da postagem, sentir o perfume da pessoa distante, descobrir aos poucos o assunto, apreciar os contornos que o tema dá, até chegar ao seu cerne, desvelar os sentimentos por trás das palavras e, finalmente, intuir a lógica da motivação. Curitiba, 24 de outubro, OQ assina, que saudades! A carta continha muitas páginas de papel pautado, coberto com a tinta *Quink* azul real lavável, deveria ser a sua caneta Parker 180 de prata quadriculada, com a pena em forma de **v**, que ela carregava com orgulho, desde sua formatura. A letra redonda, levemente inclinada para a direita, de aluna de colégio de freiras, mostrava o capricho e cuidado com cada detalhe: português impecável, poucos erros de ortografia e gramaticais, nenhum borrão ou rasura, sem tremores, linhas regulares do início ao fim. Nenhum pieguismo, palavrão ou gíria. Nomes familiares em meio a novos. *Diligitis Theo*. Estranho se fosse amor a Deus, em latim seria Amor Deo, Diligitis Theo é um trocadilho ou alguma expressão em castelhano? Ou seria sua declaração de amor? Um erro? Tanto esmero, não iria relaxar no cabeçalho. "As mulheres são sempre misteriosas, mesmo quando tentam ser explícitas". Olívia estava bem, conseguira um emprego como arquiteta num *shopping center*, relatava os prejuízos urbanos com a proliferação de *shoppings*, pondo em risco o comércio de rua, incentivando o uso de automóveis e a criação de um palácio de cristal para uma camada restrita, atrofiando a vida urbana, de acasos e diversidades. Por outro lado, seu chefe era uma pessoa adorável, meu conhecido nos tempos de estudante. Contou que o marido estava muito bem, que o emprego no banco era mais de coordenação que de projeto e isso ele fazia bem. A rua do Comércio era um empreendimento público-privado. O projeto era do departamento de urbanismo da cidade, com profissionais sérios, e os projetos de restauro estavam a cargo dos respectivos proprietários. Ele compatibilizava os projetos e gastava seu tempo conversando, mais do que desenhando. Raul não se deu bem com as pessoas do partido e, praticamente, abandonou as reuniões. Usou seu tempo para dar aulas de espanhol numa escola pública, perto de casa, à noite e angariou um monte de fãs. Havia até um grupo que vinha aos sábados à tarde na sua casa ler "A história da riqueza do homem", de Leo Huberman. Contou que uma das meninas, uma polaquinha lindinha, se apaixonou por ele. Ela tinha dezesseis anos, era inteligente, meiga e ficava olhando para ele com olhos tão melosos, que até Olívia se sentia atraída. Ela se chamava Valentina e começou a ter um caso com Raul. Ele, por sua vez, tinha feito um regime e perdera uns quinze quilos, deixou o pouco cabelo crescer e a barba também. Passou a usar roupas mais descontraídas e estava feliz. Olívia e Raul fizeram um pacto de nunca mais falar a respeito da perda do filho e, apesar de ela rezar todos os dias, não contava nada para ninguém. Alugaram um bom apartamento de dois quartos em Santa Felicidade. *Um predinho parecido com o seu da vila Madalena, de arquitetura despretensiosa e correta. O banheiro é enorme e os quartos bons! Um é meu e o outro de Raul.* Depois que Raul começou a namorar a polaquinha, eles até voltaram a fazer sexo. Ela conta para todo mundo que a Valentina é sua meia irmã, apesar de serem de tipos tão diferentes. Se soubessem que eram amantes, podia dar confusão. *A menina informou à família que tinha aula comigo e não com Raul. Um dia a mãe de Valentina veio trazê-la e quis me conhecer. Eu fiquei meio nervosa, mas encarei a situação e me saí bem. Valentina disse que a mãe estava com medo de que eu fosse comunista, mas quando viu meu escapulário, se acalmou. Conto para todo mundo que somos filhas do mesmo pai, mas ela saiu parecida com a mãe loira. De tanto mentir, acabei acreditando na mentira e a trato e sinto como uma irmã realmente. Temos uma Brasília, quando o tempo é bom, vamos até Paranaguá, para andar pela praia, correr e brincar como fazíamos nas Ramblas de Montevidéu. Ter uma jovem em casa nos alegra e nos rejuvenesce, ela é um amor. O Raul queria até que nós fizéssemos amor, mas eu não aceitei. Primeiro, que não sou desse tipo, depois, eu gosto dela como irmã menor mesmo e não seria capaz de cometer um incesto. Por sinal, devo acrescentar que minha fé não mudou quase nada, mas não me liguei a nenhuma paróquia. Não me confesso mais, só comungo e troco de igreja constantemente. Faço minhas orações, vou embora sem falar com ninguém e quase não choro mais. O plano de saúde do Raul é ótimo e me paga até terapia. Encontrei uma terapeuta junguiana e estou frequentando uma vez por semana. Ela me faz muito bem. Pude tratar de várias questões da minha infância, e mesmo da minha vida adulta. Um dia, comecei a ter sonhos eróticos com ela. Pensei que estava substituindo o padre pela psicóloga. Um dia contei para ela, para minha surpresa, ela contou que também vinha tendo sonhos eróticos comigo e pudemos conversar muito sobre isso. Ela me falou que existem sonhos para a gente aprender com eles e outros para a gente perseguir, a gente deve sempre tentar distinguir um tipo de sonho do outro. Você não imagina como isso me fez bem. Conto e anoto meus sonhos e minha terapeuta interpreta cada sonho de uma forma muito surpreendente para mim, revelando-me muitas coisas...* Contou que, no começo, se sentiu enciumada da Valentina, mas cumpriram o compromisso que tinham de sempre ser sinceros um com o outro. *Uma menina de dezesseis anos é um pouco assustador, fiquei inclusive com medo da reação dos outros. Eles não se expõem em público e isso fez com que nos tornássemos mais caseiros, Raul passou a ser mais doce e amoroso comigo, e isso nos aproximou...* Contou que as poucas amigas que sabem ficam admiradas com seu comportamento tolerante. *Mal sabem o quanto fiz Raul sofrer.* Disse que agora o arquiteto, seu chefe, abriu uma loja de móveis de escritório e a convidou para trabalhar lá. Ela tinha aprendido Autocad e estava bastante segura com o Photoshop. Ajudou a aceitar o novo emprego a proximidade do *shopping*. *O ônibus não leva mais de quinze minutos de casa. Lá, terei horário flexível e adoro trabalhar com decoração, mesmo que seja corporativa.* Contou dos ônibus em Curitiba, que andam em corredores exclusivos e não têm cobradores. Os pontos de ônibus são uns tubos de policarbonato e você paga na entrada do ponto, depois entra e sai de quantos ônibus quiser, sem pagar mais nada. *Como é inteligente e fácil o transporte público na cidade, com isso diminuiu muito o trânsito de automóveis.* Ela ficou fã do arquiteto Jaime Lerner, o prefeito, e das inovações na cidade, com um sólido departamento de planejamento para regular criteriosamente o crescimento da cidade e o estabelecimento de um sistema muito inteligente de áreas verdes. *A cidade é pequena comparada com São Paulo, do tamanho de Montevidéu e é uma delícia morar aqui. O clima se parece mais com o Uruguai e as pessoas são menos estressadas, há menos violência, menos pobreza, pelo menos visível.* Contou como estão felizes com a democratização que vem se dando na América Latina e no Uruguai e que o Brasil também parece ir se assentando, *apesar da inflação maluca que vivemos*. Depois de todas as descrições da sua vida, disse frequentar o restaurante Bologna, aos domingos. Contou que eles levam o chimarrão para todos os lugares e ninguém estranha, não têm saudades de São Paulo ou do Escritório do Chefe. Pergunta de mim, se continuo com a "holandesa" e trabalhando no escritório do Chefe. *Não sei quanto tempo vai durar esse negócio do Raul com a Valentina. Nosso pacto me força a ficar assim pelo menos até ela completar dezoito anos, aí ela poderá escolher se casar com ele ou não, mas se isso continuar, eu vou para São Paulo e tiro você daquela holandesa, eu juro que mato ela para ficar com você. Agora, eu tenho certeza que você é o homem da minha vida. Tenha a certeza, Théo! Fazer sexo com o Raul é apenas uma necessidade fisiológica, com qualquer outra pessoa não me desperta o menor interesse, só você me faz feliz realmente, com você sexo é muito mais que essa banalidade comum, é um entrelaçamento de almas como eu sempre sonhei toda a minha vida. Raul e a Valentina bem que poderiam, se ficarem juntos, me liberarem para você. Nós combinamos como água e óleo, eu nasci num país que não é nada, um buraco para separar o Brasil da Argentina, os portugueses dos espanhóis, um vazio de gente, de riquezas de sentido, você nasceu no centro de um país que é um continente, nasceu longe do mar, numa colina densa, viva, pujante. Quando eu era pequena, minha mãe dizia que eu vomitava o leite, ficava com cara de espantada e não queria pegar seu peito. Você sempre soube o que fazer do leite. Tirava o cálcio para os ossos, as proteínas para os músculos, as gorduras para o corpo e o que não prestava, mandava para o intestino. Você não tinha problemas, não se surpreendia, não ficava em estado de tensão. Você já nasceu adaptado no mundo, eu fora dele. Por isso, podemos ficar juntos, você aceita o mundo como ele é e tenta se encaixar nele, eu estou à beira de um precipício, não há nada para me apoiar, olho o mundo com admiração, queria mesmo fazer parte dele. Você é um clássico latino que acredita na geometria, na precisão do quadrado, do triângulo retângulo 3,4,5 e no olfato das pedras. Eu acredito em bem poucas coisas e só há uma coisa que sei, que vou lhe seguir pelo resto da minha vida, ou ela não terá mais sentido. Você gosta do Wesley Duke Lee, que diz ser a superficialidade o que há de mais profundo, eu gosto do Piero Della Francesca, que quer pintar a alma das pessoas, que acredita que sempre há algo mais profundo a se investigar, o Wesley detalha a linha que marca o abismo entre as pessoas e o mundo. O Della Francesca busca a alma das coisas, o limite entre o ser e o nada.* "Ela pensa que só ela vive à beira do precipício, não sabe que todos somos penetras na ceia do senhor, nós estamos à beira do precipício, ninguém tem onde se apoiar. Se pensa que tem alguém? Pare logo de se enganar, não somos sozinhos, estamos no mesmo barco. Não sou um homem só com sua solidão caminhando nos paralelepípedos molhados no Havre, estamos em São Paulo e estão cobrindo os paralelepípedos com asfalto, nossa garoa se foi e se andar só no meio da rua, vai ser atropelado. Se precisa de amor para encontrar o sentido da vida, não acho que tenha algum. Razão para viver? Também não sei se é preciso. Animais vivem sem razão, moscas, baratas, bactérias, por que não nós? Por acaso somos muito diferentes deles? Minha querida Olívia, não sei se há respostas para sua carta, não sei o que escrever..." Guardei a carta com envelope dentro de um saco plástico e fechei com *durex*. Não queria que ninguém a lesse ou mesmo visse e não queria falar daquilo com ninguém. Agora que ia ficar sem casa, será que encontro um lugar para guardá-la? Vou comprar um cofre, assim ninguém pega meu livrinho de primeira comunhão, as fotos da Ana pelada, a toalhinha higiênica, que roubei da cabeceira da minha mãe, minha coleção de moedas estrangeiras, meu dólar de prata, o relógio de ouro do meu avô, a medalha de matemática, que ganhei no ginásio, o barbeador, que ganhei do meu pai e a calcinha, que a Olívia esqueceu em casa. Enquanto isso, vou levar essa carta comigo onde quer que eu vá, como troféu, a prova que eu não sou apenas um aproveitador ou impostor, para essa mulher eu sou especial, quem dá sentido à sua vida. Mas o que vou responder para ela? Vou contar que me casei com a Thereza? Vou contar que o marido dela foi para o México e volta daqui a dois anos, e que eu só estou guardando o lugar para ele? Ela vai me achar um interesseiro, um aproveitador. Vou contar que ganhei o apartamento do meu avô? Vou contar que ele morreu? Conto que vou me mudar? Se não falar, ela vai continuar escrevendo para lá, e não receberei respostas? Não tenho coragem, ela vai desistir de mim. Depois de tanto tempo atrás de alguém que me amasse de verdade, vou desperdiçar isso? Qual opção? Mentir? Não. Isso acaba com qualquer relação. Vou dizer que não vinha pensando nela mais? Vou ser sincero e dizer que gosto da Thereza e que é muito bom fazer amor com ela, é diferente, mas tão bom quanto? Vou contar todas as minhas aventuras com a Jane e a Tatin? Não. Mas também não vou mentir. Se a Tatin ou a Thereza lerem essa carta, vão me chamar de babaca e vão me encher o saco. Para elas, "o grande amor da vida" não existe. Será? Essa história de grande amor não é uma criação nossa? Até o décimo século, não havia amor cortês na Europa. Isso era natural ou criação cultural? Não seria coisa da rainha Victória, do século XIX? Nem sei se é verdadeiro meu sentimento. Se buscasse uma pessoa no mundo para me salvar, não tenho dúvidas que seria a Olívia, nem minha mãe, Tatin ou Thereza, nenhuma outra. Talvez isso seja "o amor da vida", que elas tanto desprezam. Mas o que eu faço? Banco o cavaleiro andante e vou com minha viola raptar a princesa do príncipe malvado? Posso desgraçar minha vida nessa empreitada. Um certo cavaleiro espanhol fazia essas coisas e apanhou para diabo. Thereza é um mulherão, gostosa, linda, ótima pessoa, boa arquiteta, vai dividir o trabalho comigo, generosa e franca. O que eu quero mais? É fácil aguentar algumas deslizadas dela com a Jane ou com o Otto, é pouco, comparado com os pesares de Olívia. Há uma oportunidade de vida aqui e não posso desprezar. Olívia me ama hoje, e amanhã? Ou só até um bispo fundamentalista atraí-la? O que é o amor, uma força interna irresistível ou uma oportunidade de vida feliz? Há sonhos para pensar e outros para perseguir. Olívia ou Thereza? Abri o envelope não sei quantas vezes, para reler. A cada leitura descobria uma novidade, cada frase soava para mim como uma declaração de amor, descobria rimas involuntárias, aliterações escondidas e metáforas impensadas. Era a minha comédia, e Olívia a minha Beatriz, mas Beatriz tinha treze anos, Valentina dezesseis e eu me aproximava dos quarenta. Eu iria contar sobre Thereza, sobre Otto e sobre a Tatin, mas não era obrigado a contar tudo. Podia omitir a Jane, o assalto e alguns ardis, que os pensamentos tramam para nos iludir.

Correr

A manhã surgiu quente e azul, sinal de calor forte e chuva. A tensão despertou com o alvorecer, o tempo era de calafrios, "será que consigo?" Na véspera, dormi em casa, bem cedo, fui ao Ibirapuera me encontrar com Marcão, pegar os kits e descontrair os músculos, com alongamentos e trotes curtos. Encontramos os atletas estrangeiros, fazendo o mesmo que nós. Africanos de diversas partes, quenianos, sul-africanos, do Zimbábue, colombianos e um ou dois brasileiros com alguma chance. Depois que a prova se tornou internacional, nunca mais um brasileiro ganhou, mas o primeiro brasileiro a chegar ganhava um carro zero, era por isso que competiam. Repórteres e cinegrafistas registravam as pernas longas, saltando como gazelas, numa elegância invejável. João Paulo resolveu trotar ao lado deles, para aparecermos na TV. Ledo engano, minha velocidade máxima não era suficiente para acompanhar seus trotes relaxantes. Impressionante a diferença das nossas performances! Tomei um café da manhã de frutas. O almoço foi macarrão, evitando proteínas e frutas. Às nove horas, estávamos na frente do Banco Mitsubishi. Colocamos os números com os alfinetes do kit, no peito e nas costas, comemos barrinhas de carboidrato e tomamos energéticos. Relaxávamos as pernas com golpes secos no ar, e Marcão passava as últimas instruções:

— O pessoal da frente sai empurrando todo mundo. Os caras vêm do fim do mundo para correr aqui, tudo que eles querem é aparecer na televisão. Na região deles, estão todos à procura de suas imagens. O cara sai e desembesta, se chega até o fim ou não, não tem a menor importância. Nem pense em ficar entre os caras mais rápidos, é perigoso se machucar. Se você vai correr a seis minutos por quilômetro, se posiciona na placa do sete, se vai correr a quatro, vá para o pelotão do cinco.

Baitola sairia no segundo pelotão, logo atrás da turma de elite, que ganha cachê, o segundo pelotão sai uns cem metros atrás. João Paulo saiu com o pessoal de quatro minutos por quilômetro, mesmo correndo o risco de levar pancada. Eu e Osvaldinho saímos na turma dos sete minutos. Meu objetivo era terminar em uma hora e meia. O vento fresco, depois da chuva, eriçava os pelos, sugerindo arrepio emocional. Conferi o saco plástico, com a carta de Olívia na cintura. Helicópteros, holofotes, câmeras de TV e fotográficas. Nos esprimíamos no centro da avenida Paulista poucos metros à frente do nosso ponto de encontro, a massa nos empurrava. O quanto a vista alcançava à frente e atrás, as cabeças preenchiam a avenida. Enormes telas nos mostravam comprimidos e tensos, à espera do sinal. De repente, gritos distantes confirmaram a largada. Ali, nenhum movimento. Parados e tensos, assistíamos pelo telão os líderes disparando em direção à Consolação. Um, dois minutos e começamos a dar pequenos passos, mais um minuto e já andávamos, mais um pouco e estávamos na frente do Masp, sob o relógio digital, marcando nosso tempo. Depois da Augusta, começaram os trotes e os empurrões. Ao meu lado, Osvaldinho.

— O mais difícil conseguimos.

— Essa parte é a mais fácil. — Eu disse.

— Ter coragem e preparo para estar aqui foi o mais difícil. Se tem dez mil pessoas na nossa frente, e outras tantas atrás, tem milhões que nem isso que fizemos conseguem.

— E que vantagem Maria leva? Para mim, não é uma competição, levo ela do meu jeito, se os outros não podem ou não querem é problema deles, legal é estar aqui, olha aquela figura! — Apontei para um cara fantasiado, enquanto falava, apareceram tantos outros que nem sabia mais onde apontar.

Na frente do Belas Artes, a avenida mostrava claros, víamos as calçadas e as fachadas. Muita gente nas ruas para nos ver, incentivar e brincar conosco. Tatin havia me dado um calção estampado de vermelho e branco, muita gente brincava comigo e eu não entendia, depois de um tempo a televisão mostrou de longe meu calção que parecia rosa, por isso alguns zombavam de mim, achei divertido. A dificuldade na descida era conter a euforia e não desembestar, senão as pernas não suportariam a subida. As casas velhas da Consolação tiveram as fachadas deformadas com as obras de alargamento e as cicatrizes eram visíveis. Sobre as lojas, os apartamentos degradados exibiam roupas secando na fachada e as costas de móveis encostados nas janelas. Gente de toda espécie se acotovelava ao longo das guias, gritando e aplaudindo. Nos sentimos importantes. Corredores de todos os lugares levantavam faixas com nomes ou mensagens, gente fantasiada queria ser vista ou apenas se divertir. Capacetes de Ayrton Senna proliferavam nas cabeças suadas, chapéus de sertanejos, cartolas, fantasias de políticos, de artistas populares e outras excentricidades nos acompanhavam avenida abaixo. Víamos os helicópteros sobre o centro novo acompanhando os líderes, àquela altura, já na São João com Ipiranga. Guardando as forças, chegávamos ao segundo quilômetro. A paisagem mudara. Terminaram as lojas de lustres e abajures e começaram os grandes galpões de revenda de automóveis. Terrenos baldios à espera de valorização. Os muros toscos do cemitério da Consolação, exibindo o piso trincado pelas árvores e polvilhado de sem-teto e seus dejetos. Nas proximidades da Maria Antônia, aumentaram os prédios residenciais. Prédios construídos nos últimos 30 anos davam um ar mais moderno e civilizado ao percurso. Prédio na esquina da Maria Antônia com Consolação, Hotel Dan, bela arquitetura. Praça Roosevelt, que horror de arquitetura, quase nova e já degradada. A igreja, lindinha, escondida entre formas esdrúxulas. Ipiranga, que linda, edifício Itália, Hilton e Copan, que belo trio. Cantarolei a música do Tom Zé:

O Edifício Itália
era o rei da Avenida Ipiranga:
alto, majestoso e belo,
ninguém chegava perto
da sua grandeza.
Mas apareceu agora
o prédio do Hilton Hotel,
gracioso, moderno e charmoso,
roubando as atenções pra sua beleza.

O Edifício Itália ficou enciumado
e declarou à reportagem de Amiga,
que o Hilton, pra ficar todo branquinho
toma chá de pó-de-arroz.
Só anda na moda, se veste direitinho
e se ele subir de branco pela Consolação
até no cemitério vai fazer assombração.
O Hilton logo logo respondeu em cima:
a mania de grandeza não te dá vantagem,
veja só, posso até ser requintado
mas não dou o que falar,
Contigo é diferente,
porque na vizinhança,
apesar da tua pose de rapina,
já andam te chamando
Zé-Boboca da esquina

E o Hilton sorridente
disse que o Edifício Itália
tem um jeito de Sansão descabelado
e, ainda mais, só pensa em dinheiro,
não sabe o que é amor
tem corpo de aço,
alma de robô,
porque coração ele não tem pra mostrar,
Pois o que bate no seu peito
é máquina de somar.

O Edifício Itália sapateou de raiva,
rogou praga e
até insinuou que o Hilton
tinha nascido redondo
pra chamar a atenção,
abusava das curvas
pra fazer sensação
e até parecia uma menina louca
Ou a torre de Pisa
vestida de noiva

A avenida São Luiz, arborizada, larga, civilizada, um pedacinho de Paris por aqui, o prédio na esquina da República, podia ser a *Champs Elysées*. Edifício Ester, onde a arquitetura moderna começou e por ali tem prédios do Niemeyer também. A zebra na empena do prédio da H. Stern, pintada pelo Cláudio Tozzi. Como é lindo este centro! Alguma coisa acontece no meu coração, cheguei na Ipiranga com a avenida São João. O bar Brahma, toldos deformam sua fachada, o que tem atrás desses luminosos. "Nunca trouxe a Olívia aqui", acariciei minha carta na cintura. Em frente ao Citibank, arquitetura correta e sóbria. Cine Marabá, que linda fachada com elementos vazados iluminados, fora chique, mas agora só passava filme B, C e sexo explícito. Entramos na São João, atrás de nós a multidão se movimentava como um turbilhão humano iluminado pelos holofotes dos helicópteros, olho para frente e vejo gente a perder de vista. No chão, se espalhavam copinhos largados pelos corredores, nas mesas os ajudantes não se preocupam em nos atender, os bons já passaram há tempos, agora só os retardatários. Escorrego e não caio. Jogo um copo na goela e outro na cabeça. A rampa para o Minhocão é pior do que pensava. Avenida indigesta, o vazio de carros expunha trincas, matos crescendo pelas frestas do concreto e o descuido da cidade. Os prédios deteriorados escondem com manchas e pichações uma arquitetura que já foi digna. As putas se expõem nas janelas, oferecendo aos retardatários sugestões de abandono da corrida para já cair em seus braços. Varais com roupas baratas puídas. Outro prédio do Niemeyer, a publicidade das calcinhas Hope, com mulheres sensuais nas empenas. Inóspita avenida que não acaba. "Quantos trechos na vida não acabam nunca?" Os corredores se espalham pelo asfalto, estou no quilômetro quatro, com o tempo de vinte e cinco minutos. O planejamento está indo bem, tirei dois minutos da largada, descemos a rampa do Minhocão para uma pracinha Padre Péricles, ruas estreitas de paralelepípedo, escorregadias. Casas geminadas alinhadas à calçada, plena de moradores conversando nas janelas, já não nos olham. Descemos até a avenida Pacaembu e outro ponto de distribuição de água, ainda mais desorganizado, mais copos no chão e mais perigo de tombos. Avenida vazia sem janelas, a arquitetura esdrúxula do memorial da América Latina parece um bolo de aniversário infantil com enfeites sobre uma base. O trecho mais inóspito da corrida, pior que o Minhocão, é a avenida Antártica até o viaduto. Ali nos anunciam que o vencedor é um queniano. Ninguém sabe pronunciar seu nome. A televisão mostra fogos, festa, helicópteros e não percebo nada, estou no extremo oposto do percurso e os prédios que sobem a Bela Vista encobrem a festa. Corro sem ninguém ao meu lado, Osvaldinho havia ficado para trás já na Consolação, os fantasiados, misturavam-se aos espectadores e eu grudado ao cansaço da minha camiseta encharcada perseguia meu relógio. Não fazia calor, pouco mais de vinte graus, o suor prendia o número no meu peito e não sobrava espaço para qualquer angústia. Tempo, caras e asfalto. A noite abria estrelas e as nuvens se mostravam rosadas, como luzes de natal. No viaduto Antártica, outra surpresa. Olhando de baixo, parece uma inclinação suave e curta, quando venço essa elevação, surge outra mais íngreme e mais extensa, depois dela uma outra ainda mais acentuada, mas felizmente mais curta. A avenida Rio Branco é território devastado. Casarões antigos que foram sofisticados estão apagados, abandonados ou ocupados pelos sem-teto. Ninguém nas ruas escuras atravessadas de solidão e tristeza. Prédios "modernos" se insinuam no horizonte, prédios de péssima qualidade, sabe-se lá onde encontraram esse padrão de arquitetura. Não na arquitetura brutalista paulista, não na escola carioca, em nenhum manual, certamente o dono da construtora tem um sobrinho com jeito para desenho, o burguesão que fez um pouco de dinheiro se achando um gênio melhor que qualquer arquiteto, e tasca formas esdrúxulas, arcos, pórticos e ornamentos vindos do esgoto das formas horríveis, granitos e caixilhos baratos. O centro chega e não consegui recuperar um minuto que havia perdido. Pelo caminho desolado, apenas a carta de Olívia me acompanhava e isso não ajudava a recuperar o minuto perdido na largada. Chego no fim da Rio Branco e vou em direção ao Teatro Municipal. No fundo do teatro, há uma pequena ladeira, quase imperceptível no dia a dia, entretanto, depois de dez quilômetros, não é fácil. O teatro está sujo e maltratado, ainda que a obra de Ramos de

Azevedo guarde muito de seu esplendor, parece que vão reformar. Pouca gente no centro, depósito do lixo de dez mil corredores. Atravesso o Viaduto do Chá. A principal obra de arquitetura do início do século, criando o centro novo. Vejo daqui os fogos da Paulista. Já é meia-noite e o ano novo começou. Não para mim, que ainda tenho uma longa subida. Largo São Francisco, o restaurante Itamaraty, onde almocei com meu tio, lugar com paredes de azulejo e ambiente de bacharéis. O que abunda nessa terra são os bacharéis, e como abundam. A igreja é linda, o belo prédio da Estrada de Ferro Paulista restaurado, agora é sede da Fepasa. O centro velho continua vazio, escuro e sujo. As antigas luminárias com lâmpadas de sódio dão um certo encanto. Atravesso o viaduto sobre a 23 de maio. A subida parece simples, vejo o pequeno trecho de uns duzentos metros, depois parece vazio. Na última distribuição de água, olho o relógio e continuo atrasado, desligo o relógio. "Agora seja o que Deus quiser". Meu batimento vai a cento e noventa, e o fôlego está no fim. A primeira rampa é fácil. A Brigadeiro Luís Antônio, lá embaixo, não tem muitos atrativos, uma arquitetura de mau gosto, alguns prédios, entre eles o hotel Danúbio, onde ficam os artistas, ao lado tem a sauna, mas nessa nunca fui, do outro lado um belo teatro, e o castelinho meio deteriorado. Ao longe, vejo o viaduto da 13 de maio. Parece logo ali. Chegando lá, a Paulista está logo depois. Arquitetura escura, sóbria, casarões fechados, travessas enviesadas, a assistência aumenta, aplausos, incentivos, brincadeiras: "tanto homem, se ao menos tivesse um que prestasse!" O viaduto parecia se aproximar, muitos andam com a mão no baço. Eu continuo no máximo das minhas forças para tirar segundos, corro a onze quilômetros por hora na subida, ao lado tem gente pior que eu e me animo, forço um pouco mais e me sinto herói. Chegou o viaduto da 13 de maio. De repente, alguém gritou: "estamos perto do Paraíso", "sei, sei, o paraíso é um jardim sem cercas. Isso aqui está mais parecendo um inferno". Muita gente nas calçadas. Já não vejo arquitetura, prédio, nada. Seguro a carta, está lá. O conjunto Nações Unidas do Abelardo de Souza, o charme se impõe à minha direita, entro na Paulista como Aquiles entrando em Troia. Mas, da Brigadeiro até a frente da Gazeta, são uns trezentos metros, mais ou menos da Terra à Lua, diminuo a velocidade, não tenho ar, respiro e volto a acelerar. Em volta, pessoas largadas esticando as pernas, medalhas no peito gritando para mim. Os fiscais me encaminham para uma baia, a mais perto do canteiro central da avenida, olho o imenso relógio digital, com números garrafais, indica uma hora, vinte e nove minutos e cinquenta e dois segundos. Consegui. No gradil estão Thereza, Otto e Jane eufóricos, sabiam da minha meta, apertam minha mão. Seguro a carta na cintura, ainda está lá. Divido minha glória com Olívia. Vou andando pela avenida na faixa da direita vazia, ninguém para me entregar a medalha, eu pego a minha numa mesa bagunçada, balde de água fria em quem está se sentindo herói, mais isotônico, uma barra de cereal, muitos brindes. O oxigênio volta aos pulmões, as unhas do pé doem, muito. Vinham doendo desde o centro, mas não liguei, agora latejavam. Ando no corredor dos atletas. Sinto cada pedaço do meu corpo. Alguém fuma distante, barulho de helicópteros, rádios, vozerios não encobrem gritos e lágrimas de alegria, janelas acesas nos escritórios, mas pouca gente atrás delas, o frio toma meu peito, minhas mãos parecem adormecidas. O palanque de premiação já desmontado. Os vencedores tomavam banho e contavam seu dinheiro. Pego meu diploma. Colocação 4.625, nada mau. Largaram mais de dez mil. Fiquei na primeira metade. Tempo recorde para mim, para o público, ridículo, para meus amigos, um feito histórico. Encontro Marcão, alegre, tinha me visto chegar e sabia do meu tempo. Choro. Vem João Paulo, cinquenta e nove minutos.

— Você ainda está aqui?
— Esperamos o Osvaldinho.
— E o Baitola?
— Cinquenta e dois.
— O quê? O cara voou.
— 602 na classificação geral.
— Cadê ele?
— A família toda estava aqui, mas sumiu. Não achei mais.
Osvaldinho chegou dez ou doze minutos atrás de mim. Subiu a maior parte da Brigadeiro andando. Tiramos fotografia, nos abraçamos e fui encontrar Thereza, Otto e Jane, no abraço de Thereza sinto seus seios pequenos e rijos pressionarem o meu peito, ela me beija na boca, fico constrangido, Otto não demonstra reação, Jane também me beija e os seus seios maiores mostram o artificialismo do silicone, fico excitado, o calção não disfarça, ninguém presta atenção. O carro estava a cinco quadras dali, outra distância enorme. Tirei o tênis, não tinha levado uma sandália, o mundo não existia depois da corrida, voltou a rodar na forma de pedrinhas, mordendo meus pés. Minhas unhas estavam pretas, alguma dor nos músculos, de resto estava bem. Em meia hora, estávamos na Melo Alves, tomando um banho quente no novo ano. Com as dores e o orgulho do ano anterior, com olhos na casa onde iria ficar um bom tempo do novo ano, e com a carta que me acompanharia para sempre. Desci e a champanhe Chandon gelada estourava na mesa central. Bebi muita água e comi melão com presunto. Serviram a ceia. Peru, farofa, salada russa, tudo do Vilex, não queria comer nada, merengue de sobremesa e começava o novo ano. Eu e Thereza no quarto principal, Otto e Jane no quarto de hóspedes.

Dormir, sonhar, talvez...

Longa noite rodando pelas ruas dos Jardins, pela cama recheada de sexo e bebida, me viro e o clarão da cidade rasga na janela frisos de luz, vejo a linda garota se trocando, era Jane ou Thereza? Chego perto da janela, as calçadas lisas e largas estão vazias. É Paris com poucos postes furando o piso. Avenida Onze de Setembro em Santiago, casas alinhadas parecem vila Toscana. Viro e a linda Thereza encosta o joelho em mim. Tem alguém mais aqui? Vejo uma moto, tipo Harley Davidson preta estacionada na frente de um *saloon* (filmes de faroeste, assoalho alto, bem acima da rua barrenta), chego perto, a moto é grande, enorme, não sei por que, mas sei que é da Agnes. Saio em disparada e a moto corre atrás de mim, o(a) piloto(a) usa óculos e capacete de couro, não dá para ver sua cara, corro pela Paulista com cara de antigamente, cinco linhas de árvores, calçadas imensas e duas pistas de cada lado. Bondes modernos e coloridos passam sobre a grama; ônibus, faixas de pedestres, placas de sinalização em cores intensas. Onde é isso? Guardas com os uniformes como na época da minha infância, andam pelos passeios fazendo piruetas com o cassetete. Corro atrás de Agnes, ou é a Olívia que voa com os cabelos muito longos formando um rastro. Chove, estou molhado, mas Olívia não. Tem alguém na cama com a Thereza, não consigo acordar, volto à avenida Paulista, entro no bonde, por dentro é de madeira, dentro as pessoas procuram o infinito, homens leem os jornais, mulheres se perdem em pensamentos, crianças brincam e lá fora os automóveis andam em frente. É o filme do Jacques Tati. Saio e tropeço em bicicletas, gente, sento-me num banco de madeira, um senhor lê jornal de páginas enormes, o cachorro procura a árvore para fazer xixi. É a Jane, será? É Ana, menina adolescente com seu rosto ingênuo e cheio de libido, passeando pelas calçadas da Augusta, como se fosse sábado, butiques, a Hi-Fi, a Tobbs e a Rastro, na rua só há bondes amarelos. O chão parece pedra, com iluminação baixa, vários laguinhos, a rua parece praça. Crianças brincam nos terrenos baldios, não, também são praças. Do chão, jorram repuxos d'água. Sim, as duas estão aqui abraçadas, se eu conseguisse? Meus dedões latejam. Você é o homem da minha vida... Ah, Olívia! Não tenho força para nada, entro no bonde e vou para a cidade. Passo no prédio do IAB, tem muita gente na rua, prostitutas, sem-teto, mendigos e estudantes, colarinhos brancos dividindo as mesmas ruas, os mesmos bares. Calçadas invadidas por mesas de bares, bancas de frutas e verduras, pessoas andando nas ruas. Pequenos carros circulam bem devagar. Jardins debruçam das janelas, com flores radiantes de perfumes. Silêncio como nos dias de férias, mas é dia normal e paira uma calma de domingo. A cama balança como um banco de um Ford 52. É Thereza e Jane fazendo bagunça ao lado, uma diz: "não vamos acordar o Théo!". A outra responde: "Ele não acorda tão cedo". Que sede, se eu acordar agora vou ter que entrar nessa brincadeira e não consigo, vou continuar fingindo que estou dormindo. As favelas, tantas favelas que ocupam morros, várzeas e zonas de risco. Não tem nenhum prédio em lâminas, como Berlim ou Marselha. Como é bonito o conjunto em Marselha, do Le Corbusier. Ônibus colombianos com muita cor, malas, caixas e frutas no teto seguiam pela estrada estreita entre montanhas íngremes enormes, barrancos ameaçadores. Olívia pegou minha mão, não, era minha avó quem segurava minha mão. Medo, imagino eu caindo, caindo e não chego nunca, e lá está meu avô, olhando a queda de uma reentrância na encosta. Eu olho para ele, ele me sorri, e já não estamos mais caindo, estou beijando Jane, que está ao meu lado. Um gemido e me viro. Ela sai, o quarto fica em silêncio. Ainda tem gente falando lá fora. Não dá para saber de onde vem o som. Surdo nunca sabe, festa em algum apartamento. Tem gente que comemora também o dia primeiro. A casa voltou ao silêncio, abro o olho, pego um copo d'água na cabeceira, vou ao banheiro e olho o relógio. Herança do meu avô. Um relógio quadrado com capa de couro que se fecha e fica parecido com uma carteira, aberto, os ponteiros dourados me informam que são sete da manhã. Horário de verão, o sol bate forte na soleira da janela de cerâmica vermelha. Esquenta, abro totalmente o vidro e puxo a cortina. A cabeça dói, bebida depois da corrida não rima. Molho a cabeça, ligo o ventilador. O ruído constante metálico encobre os outros. Onde foram todos? Thereza vem saber se estou bem. Me diz que Otto dorme, Jane teve uma chamada e ela me perguntou se a queria no quarto. Recusei, preciso descansar. Ela sai com a doçura de uma mãe recente. Penso na minha mãe, lembro da tristeza do primeiro natal sem meu avô. Penso na Ana, como ela estará? Será que continua bonita e sensual? Uns bons anos não a via. Lembrei da minha primeira ida à sua casa e imaginei como deveria ser o Itaim, lembrei do bairro Previdência em Santiago, onde os térreos são livres e a gente pode atravessar os quarteirões pelo meio, onde há lojas, bares e micropraças para descanso ou esportes. Meu avô está argumentando sobre os ladrões e desocupados que invadiram a cidade. Meus pais vão dormir num colchão, embaixo da minha cama. Estamos de mudança, preciso falar com o Marquinhos sobre o caminhão. A empregada me chama ao telefone, vou vestir a calça, mas a perna engasta e fico pulando com um pé só. Meus pais não cabem sob a cama. Preciso desocupar o escritório para os novos inquilinos. Agnes fala para a empregada segurar o disco do telefone no zero, que ela já vai. Olho meus pais e eles olham para mim, só minha mãe, meu pai não tem rosto, só presença, tem uma barba vermelha e joga minha coleção do Tesouro da Juventude numa fogueira. Mosquito zune no meu ouvido. Como eles gostam do cheiro da cera, o pessoal do colégio interno não gostava. Volto para o apartamento do Sérgio Bernardes, toca Billy Holiday, mas onde? Ana está com shortinhos bem curtos e suas coxas roliças douradas, plenas de pelinhos loiros nascentes, pés delicados, parecem ter sido cortados retinhos por uma tesoura afiada. As ruas são calmas, os carros passam devagar. Não há motos. Por que há tantas motos? Agora tem bicicletas também, os ônibus não fazem barulho. Serão elétricos? Mas não têm fios em cima. As pranchetas são retiradas, as réguas Ts são jogadas na calçada, T de Thereza, de Tatin, de Tony, de tudo que me envolve. As árvores estão cheias de lâmpadas coloridas. É Natal e eu corri a São Silvestre, fui ver os presépios do Museu de Arte Sacra e estou na rua em Nápoles, entre enfeites de presépios e motos, batedores de carteiras, turistas, calor, e a melhor pizza do mundo. Estou com fome? Criança, eu sonhava com dois pães Pullman correndo atrás de uma fatia de queijo. Nunca mais sonhei isso. Sonhava também que queria correr e não conseguia, ao telefone Thereza está falando com Otto, que está no México, falam de amor e sacanagem, fico excitado e passo a mão no lado da cama: ninguém. O mosquito volta a zunir, ponho o travesseiro na orelha. A Nove de Julho está linda, arborizada, e as calçadas floridas. Onde foram os ônibus daqui? Estou com sede. Sento, tomo um copo d'água da cabeceira. Volto às ruas. Jane está trepando com o motorista. Canalha. Tem pó por toda a parte e cai dinheiro do teto. Lallo está apanhando como um vagabundo qualquer na delegacia. Amélia está junto com as putas. Ouço a cantoria dos canalhas chapados, na cobertura da Peixoto Gomide. Vejo miolo dos prédios nos Jardins, como pequenas praças acessíveis a todos, vejo policiais nas ruas, ao invés de proteger juízes canalhas. E o outro juiz, que assaltou o Corinthians. Rios atravessam a cidade, azuis ou verdes carregando barcos de transporte e recreio. Jovens praticam *windsurf* no Tietê. Os rios arrastam mulheres, vestidas com anáguas de renda e cetim, rindo e cantando, passam por mim e me chamam, eu não consigo me mover. Jane passa com as roupas de Amélia. América-Amélia. As meninas riem e se afastam, vem uma melancolia de vê-las partir. A vida é perda e perda. Os rios ficam sujos e passa bosta, pneus, carros, geladeiras e fede. Não sinto o cheiro, mas sei que fede. Os rios enchem e transpassam as margens. A marginal está sob as águas e carros boiam. As meninas riem lá longe, mas onde estão? Sobre as árvores. Amoreiras e pitangueiras, que mancham suas alvas roupas. O vermelho do lençol de Ana. Baralhos vão escrevendo palavras de amor para Thereza, Agnes, Jane, Olívia, Lia, Morena, Ana e a filha do sargento. Tudo se mistura na cidade e as nuvens encobrem o céu azul, azul profundo, como nos invernos de Roma, como no alto dos Andes, como em Cortina ou *Avorriaz*. Jane, com seus sapatos estranhos de saltos altíssimos, está correndo ao meu lado, ou será minha mãe, é o anjo da guarda da minha mãe, que corre com a roupa de Jane. Atravessamos o viaduto do Chá e, lá embaixo, uma linda estrutura como se fosse do Shigueru Ban, de madeira, abriga um imenso galpão, ocupando quase todo o piso de mosaico português do vale e, dentro, arte, ateliês e estúdios. Muita gente rindo, Jane corre com aquele salto agulha, como consegue? No viaduto, meus avós, seus irmãos, cunhados e amantes, vestindo ternos e gravatas, elas de chapéus coloridos, estão na praça São Marcos de Veneza, nos anos cinquenta, mas eu os vejo aqui no viaduto do Chá. Do outro lado, desce uma imensa quantidade de água do espigão da Paulista, pelas laterais do túnel, enxurradas devastam tudo pelo caminho, ruas, calçadas, e se tornam um imenso rio que se junta à pororoca vinda do anfiteatro da Vergueiro, o turbilhão varre o vale do Anhangabaú e segue, potente e resoluto, em direção ao Tietê. Me debruço na balaustrada do viaduto e olho as águas revoltas. As cartas do baralho voam uma a uma como uma pintura pontilhista de andorinhas migratórias se lançando nas águas turvas. Contrariando a natureza, a correnteza se nega a espraiar no calor do Atlântico repleto de gente sobrenutrida de corpo e subnutrida de espírito, correm para o interior em direção às esmeraldas, ao ouro e ao Prata, banhando campos férteis, despencando em sete quedas, saltando o Iguaçu, para se misturar às águas frias de azul profundo, penteadas pelos ventos boreais. Águas não querem ser esgoto, ser pasta de dejetos, querem ser glaciais, *icebergs*, se resguardarem para quando for preciso voltar ao estado líquido em condições mais nobres. Ando pelas ruas em que nunca passei sem me perder, falo com todos que me olham e me sorriem. Talvez não esteja mais na cidade, talvez já estivesse no território do inefável, mas se sonho e sei que sonho, é porque talvez esse sonho seja possível. Ana me olha e sorri, seus olhos olham além de mim e talvez não seja eu quem está no seu foco, Jane me olha e me vê. Tatlin me olha e vê vários, será que estou entre eles? Olívia olhava, me via e se via. Estou na fila para entrar no trem, além dos trilhos o rio corre resoluto e alegre, abaixo, os carros, caminhões e motos se digladiam por espaço. Ao lado, crianças jogam futebol, velhos passeiam as bengalas. Estou só e a fila começa a andar, Thereza chega com Otto e tomam a minha frente, vou ficando para trás da fila e, quando estou prestes e entrar, as portas se fecham. Talvez não faça sentido o que faço. Talvez Thereza não seja o que é. Mas talvez ela me quisesse desde sempre e essa tenha sido só uma oportunidade para ficar comigo. Quem saberá? Na Patagônia, um glacial despenca sobre o oceano num rumor estrondoso. As águas escuras e frias ficam revoltas, os pássaros cessam seu canto, os leões marinhos se calam e o rugido da natureza se sobrepõe, depois o silêncio, lentamente os pássaros voltam ao seu canto, as ondas repetem o som, quebrando-se na costa. Se alguém estivesse lá, veria que, na encosta de gelo restante, um valete de copas olha a paisagem silenciosa. Será a minha carta que caiu no viaduto do Chá? Talvez.

© 2020, Cláudio Furtado

Todos os direitos desta edição reservados à
Laranja Original Editora e Produtora Ltda.

www.laranjaoriginal.com.br

Edição **Filipe Moreau**
Revisão **Olenka Franco**
Projeto gráfico **Arquivo · Hannah Uesugi e Pedro Botton**
Ilustrações **Cláudio Furtado e Camila Amadio**
Produção executiva **Gabriel Mayor**
Foto do autor **João Perrone**

Dados Internacionais de Catalogação na Publicação (CIP)
(Câmara Brasileira do Livro, SP, Brasil)

Furtado, Cláudio

    Liame / Cláudio Furtado. — 1. ed. — São Paulo: Laranja Original, 2020.

    ISBN 978-65-86042-03-0

    1. Ficção brasileira   I. Título.

20-34057   CDD-B869.3

Índices para catálogo sistemático:
    1. Ficção: Literatura brasileira B869.3

Maria Alice Ferreira — Bibliotecária — CRB 8/7964

COLEÇÃO **PROSA DE COR**

Flores de beira de estrada
Marcelo Soriano

A passagem invisível
Chico Lopes

Sete relatos enredados na cidade do Recife
José Alfredo Santos Abrão

Aboio — Oito contos e uma novela
João Meirelles Filho

À flor da pele
Krishnamurti Góes dos Anjos

Liame
Cláudio Furtado

Fonte **Tiempos**
Papel **Pólen Bold 90 g/m²**
Impressão **Forma Certa**
Tiragem **300**